Petra A. Bauer

Kunstmord

Kappes 11. Fall

Kriminalroman

Jaron Verlag

Petra A. Bauer, geboren 1964, lebt als freie Journalistin und Autorin in ihrer Geburtsstadt Berlin. Neben Krimis, Kinder- und Jugend-büchern schreibt sie Ratgeber, Fachartikel und Kolumnen zum Themenbereich Familie, Frauen und Lifestyle. Sie gehört sowohl der Vereinigung deutschsprachiger Krimiautorinnen an, den «Mör-derischen Schwestern», als auch dem «Syndikat», der Autoren-gruppe deutschsprachiger Kriminalliteratur. In der Reihe «Es geschah in Berlin ...» des Jaron Verlags erschien von ihr 2009 «Unschuldsengel». (www.writingwoman.de)

Originalausgabe
1. Auflage 2010
© 2010 Jaron Verlag GmbH, Berlin
Alle Rechte vorbehalten. Jede Verwertung des Werkes und
aller seiner Teile ist nur mit Zustimmung des Verlages erlaubt.
Das gilt insbesondere für Vervielfältigungen, Übersetzungen,
Mikroverfilmungen und die Einspeicherung und Verarbeitung
in elektronischen Medien.
www.jaron-verlag.de
Umschlaggestaltung: Bauer + Möhring, Berlin
Satz: LVD GmbH, Berlin
Druck und Bindung: CPI – Clausen & Bosse, Leck

ISBN 978-3-89773-642-9

Für meine Familie, die auch beim 14. Buch wieder sehr viel Geduld bewiesen hat.

Wer heutzutage Karriere machen will,
muss schon ein bisschen Menschenfresser sein.
Salvador Dalí

EINS

ER SCHLICH SICH an das Kind an. Wenn Kinder alleine waren und in Gedanken versunken spielten, war der Moment perfekt. Dann konnte er sie am besten einfangen.

Einige schnelle Linien reichten aus, um festzuhalten, was sie gerade taten. Bewegten sie sich dann, konnte er einige Details erhaschen, die Augenform zum Beispiel, ihren Gesichtsausdruck beim Anblick einer schleimigen Schnecke auf ihrer Hand. Rasch war das Skizzenblatt gefüllt, mit Anmerkungen versehen zu Lichteinfall und Farben. Wenn das Kind ihn genug faszinierte, bannte er es in seinem Zimmer auf eine Leinwand oder einen großen Bogen Aquarellpapier.

Manchmal wurden die Kleinen auf ihn aufmerksam und kamen schüchtern näher. Manche liefen wie zufällig vorbei, und wenn sie mit einem Seitenblick die Zeichnung sahen, wiederholten sie die herbeigeführten Zufälle, bis er sie mit einem Lächeln ermunterte, näher zu treten. Die Mutigen stellten ihm Fragen, so wie er selbst damals, als er die Maler am Montmartre gesehen hatte, wie sie mit ihren Leinwänden am Place du Tertre standen. Manche malten und zeichneten, während die fertigen Werke auf Käufer warteten.

Das kleine Mädchen war im Buddelkasten aufgestanden und klopfte sich den Sand von seinem kurzen Kleidchen. Das weiße Unterhöschen blitzte beim Nach-vorne-Beugen hervor. Es schien das Mädchen nicht zu stören, dass die Kniestrümpfe heruntergerutscht waren. Unschlüssig sah es erst zu den Müttern hinüber, die auf einer Parkbank saßen, außerhalb von Victors Sichtweite, durch einen Busch verdeckt. Doch er wusste, dass die Mütter sich dort immer angeregt unterhielten, während die Kleinen im Sandkasten waren und die größeren Geschwister im Park Fangen spielten. Niemand achtete darauf, dass das Mädchen sich umdrehte und geradewegs auf Victor zulief.

Es beobachtete ihn zunächst aus sicherer Entfernung. Victor wusste, dass es wichtig war, in diesem Stadium nicht aufzublicken, sondern weiterzuarbeiten, wenn er es nicht verscheuchen wollte. Langsam kam es näher, bis es direkt an sein Bein gelehnt stand und sich über das Bild beugte.

«Tatze!» Ein sandverkrusteter Finger tippte direkt auf die Zeichnung. Einige Sandkörner krümelten auf das Papier. Victor lächelte. Er wusste, dass Kinder Katzen liebten, daher hatte er eine neue Zeichnung auf billigerem Papier begonnen, als das Mädchen auf ihn zugelaufen war.

«Helda auch Tatze maln!» Energisch deutete der blondgelockte Engel auf Victors Bleistift.

Victor verstand. Er legte den Block beiseite und hob das Mädchen auf seinen Schoß. Dann platzierte er ein neues Blatt im Block zuoberst, legte den Block auf das kurze Spielkleidchen und drückte dem Mädchen den Stift in die Hand.

Die Kleine sah ihn an und grinste. «Maln!»

«Na, dann los!»

Vorsichtig setzte sie den Stift in die Mitte des Papiers und zog eine krakelige Linie. «Tatze!»

Victor nahm ihre Hand in seine. «Schau, da fehlt noch der Kopf!»

Gemeinsam malten sie einen Kreis an ein Ende der Linie. «Und die Beine. Eins, zwei, drei … und vier, siehst du?»

Die Kleine kicherte und rief fordernd: «Wanz!»

«Stimmt, du hast vollkommen recht. Was wäre eine Katze ohne Schwanz?» Schwungvoll führte er ihre Hand, bis ein verschnörkelter Katzenschwanz am anderen Ende der krakeligen Linie entstanden war.

Die Kleine lachte wieder, bis ein ohrenbetäubender Schrei durch den Park gellte: «Helga! Um Gottes willen!»

Eine junge Frau in taubenblauem wadenlangem Kleid rannte quer durch den Sandkasten, ungeachtet dessen, dass ihre Schleifenpumps dafür nicht geeignet waren. «Lassen Sie sofort mein Kind in Ruhe!»

Von ihren Rufen alarmiert, folgten drei weitere Mütter mit wehenden Röcken wie ein Haufen aufgescheuchter Hühner. Sie begannen auch sofort zu gackern: «Schämen Sie sich denn überhaupt nicht?»

«Wer weiß, was er dem Kind angetan hätte, wenn wir nicht rechtzeitig gekommen wären!»

Die Mutter riss das Kind von Victors Schoß. Der Zeichenblock fiel zu Boden.

Die Kleine fing an zu weinen, und die Mutter redete auf sie ein: «Helga, wie oft habe ich dir schon gesagt, du darfst nicht mit bösen Onkels mitgehen!»

«Nicht auszudenken, was hätte passieren können!», mischte sich eine der anderen Mütter mit hochrotem Kopf ein.

«Vielleicht passen Sie beim nächsten Mal ja besser auf Ihr Kind auf!», gab Victor trotzig zurück. «Ich verstehe überhaupt nicht, weshalb Sie so ein Geschrei veranstalten. Ich bin Künstler! Die Kleine hat mir beim Zeichnen zugeschaut, und dann wollte sie selbst eine Katze malen – sehen Sie?»

Victor hob den Block auf und zeigte den aufgebrachten Frauen, was die kleine Helga mit seiner Hilfe gezeichnet hatte.

Doch die Frauen ließen sich nicht beruhigen. «Ja, so fängt es immer an! Und als Nächstes hätten Sie gesagt: ‹Ich habe ein kleines Kätzchen zu Hause. Magst du es dir ansehen?› Und dann hätten Sie wer weiß was mit dem armen Ding gemacht. Wir wissen, wie so was läuft!»

«Ach, ist das so? Wie vergiftet muss Ihr Gemüt sein, wenn Sie stets nur das Schlimmste annehmen? Wenn ich als Kind den Künstlern zugeschaut habe, dann haben sie mir nur gezeigt, wie sie malen. Hätte mich jedes Mal jemand weggezerrt, so wäre ich heute Lagerarbeiter oder Straßenbahnschaffner!»

Nun hatte auch Victor einen roten Kopf bekommen. Es kam nicht häufig vor, dass er sich aufregte, weil er sich normalerweise von Menschen fernhielt, so gut dies in seinem Beruf eben ging. Das war das Schöne an Kindern: Sie machten kein großes Geschrei um selbstverständliche Dinge.

Doch die Frauen hörten ihm nicht zu. «Wir sollten die Polizei rufen! Wer weiß, wie viele unschuldige Kinder ihm schon zum Opfer gefallen sind! Stand da nicht kürzlich etwas in der Zeitung?»

Zeit, den Rückzug anzutreten, dachte Victor und raffte seine Zeichenutensilien zusammen. Das Krakelbild wollte er der kleinen Helga schenken, doch die Mutter schlug es ihm aus der Hand.

«Meine Tochter wird nichts von einem Perversen annehmen!»

Da drehte Victor sich um und ging, während die Frauen hinter ihm sich nicht einigen konnten, was nun als Nächstes zu tun sei. Er hörte ihr Gezeter noch, als er längst die Hasenheide verlassen hatte.

Als er seine Dachkammer in der Steinmetzstraße betrat, atmete er erst einmal tief durch, um sich wieder zu beruhigen. Der Raum war nur kärglich eingerichtet. Unter der Dachschräge stand sein Bett. An einem winzigen Tischchen daneben pflegte er sein Essen einzunehmen, das er in einer Kochnische neben der Tür zubereitete. Ein breiterer Holztisch an der gegenüberliegenden Wand war im hinteren Bereich vollgestellt mit Farben, Wassergläsern, Pinseln, Terpentin. Der Tisch war über und über mit Farbklecksen bedeckt. Daneben, genau unter dem Dachfenster, stand eine hölzerne Staffelei mit einem unvollendeten Ölbild. Es zeigte einen kleinen Jungen, der in die Betrachtung eines Schmetterlings auf seiner Patschhand versunken war. Victor wollte später noch mehr Tiefe in den Hintergrund bringen, einige Lichtpunkte und dunklere Bereiche hinzufügen.

Damit war die Kammer auch schon voll, doch das störte ihn nicht. Hier war seine Zuflucht. Wenn er die Tür hinter sich schloss, war er sicher vor hysterischen Müttern und anderen Un-bilden.

Was war das nur für eine Welt? Damals, am Montmartre, hatte niemand etwas dagegen gehabt, wenn er die Künstler beobachtete und wenn diese ihm etwas erklärten. Er hatte dabeigestanden, den Kopf in den Nacken gelegt und ihnen ins Gesicht gesehen. So kon-zentriert sahen sie aus und gleichzeitig zufrieden mit sich und der Welt. Er konnte ihre Nasenhaare sehen und die Falten um die Augen, die sich vom vielen Zukneifen beim Betrachten ihrer Kunst gebildet hatten.

Natürlich hatten ihn auch die Bilder fasziniert, damals, als er mit seinem Vater Paris besucht hatte, doch noch mehr hatte ihn die Mimik der Künstler beeindruckt. Ihr Anblick hatte sich ihm so tief ins Gedächtnis gebrannt, dass viele seiner Motive noch heute die Künstler vom Montmartre waren.

Victor ging zum großen Tisch hinüber und betrachtete die Zeichnungen, die er an diesem Tag angefertigt hatte. Er strich sich durch das Haar, wie um es zu glätten, doch die dunklen Wellen widerstanden dem Versuch. Einige Studien hatte er fertig, doch sie überzeugten ihn nicht recht. Kein Motiv war dabei, das er für wür-dig befunden hätte, auf einer großen Leinwand verewigt zu wer-den.

Es gab sie häufig, diese mittelmäßigen Tage, an denen nichts recht glücken wollte, an denen der Funke nicht übersprang. Umso glückseliger tauchte er in das Gefühl ein, das ihn dann und wann übermannte, wenn er merkte, dass das Bild, das er begonnen hatte, ein ganz besonderes zu werden versprach – was es dann meist auch wurde.

Doch was nützten all seine Bemühungen, wenn nur eine Handvoll Menschen diese Bilder je zu sehen bekamen? Die Zeiten waren schlecht, und er hatte kaum Ausstellungen. Von der Berliner Künstlerszene hielt er sich fern, denn er hielt diese Leute für arro-gant und aufgeblasen. Er war allenfalls mal auf Sichtweite an einen von ihnen herangekommen, und das genügte ihm völlig. Er hatte nichts mit ihnen gemeinsam, das glaubte er auch aus der Entfernung zu erkennen.

Er, Victor Reimer, war stolz darauf, dass er niemals eine Kunstschule von innen gesehen hatte. Alles, was er konnte, hatte er sich selbst beigebracht. Sein Vater hatte ihn, als er nicht einmal sechzehn war, dazu gedrängt, eine Lehre als Lagerverwalter bei Opel in der Bessemerstraße zu machen, der Firma, in der er selbst als Einkäufer arbeitete. Victor wäre gerne weiter zur Schule gegangen, doch der Vater hatte darauf bestanden, dass er endlich Geld verdiente. Als Lehrling bekam er zwar nicht viel, aber doch genug, damit der Vater beruhigt war. Immerzu machte er sich Sorgen. Victor hatte ihn damals zu einem Freund sagen hören: «Was soll denn aus dem Jungen werden, wenn mir etwas zustößt? Sie schicken ihn ins Waisenhaus, wenn er nicht für sich selbst sorgen kann!»

In ein Waisenhaus wollte er keinesfalls. Er hatte *Oliver Twist* gelesen, und die Vorstellung, für eine Woche in einen Kohlenkeller gesperrt zu werden, wenn man sich im Heim nicht den Anordnungen fügte, erfüllt ihn mit Angst. Also gab er widerwillig dem Drängen seines Vaters nach, verschob fortan Kisten und Kästen bei Opel und katalogisierte Waren.

Er hasste diese Arbeit. Für körperliche Anstrengung war er nicht geschaffen. Schon als Kind war er dürr, blass und kränklich gewesen, und das hatte sich auch später nicht geändert.

Andere Jungen in seinem Alter hatten schon früh richtige Muskeln. Berni von nebenan zum Beispiel. Der hatte Hände groß wie Teller, mit kräftigen Fingern. Victor war häufig damit in Berührung gekommen, denn Berni benötigte keinen Grund, um sich zu prügeln. Es genügte, wenn man schwach war und Victor Reimer hieß. Berni wäre hervorragend für das Kistenstapeln geeignet gewesen, zumal zu viel Hirn bei dieser Art von Arbeit eher hinderlich war.

Victor aber litt unter der Anstrengung, und zusätzlich unterforderte das stupide Notieren der Warenein- und -ausgänge seinen Intellekt. So begann er immer häufiger, sich seinen Träumen vom Malen hinzugeben. Von seinem ersten Gehalt kaufte er sich einen

Skizzenblock, einen Aquarellblock, gute Bleistifte, Pinsel und Aquarellfarben. Er war so lange glücklich, bis sein Vater die Sachen entdeckte. So wütend hatte er ihn noch nie erlebt.

«Mit diesem Teufelszeug will ich dich nie wieder sehen!», hatte er gebrüllt und die Sachen vom Tisch auf den Boden gefegt.

Victor war völlig verstört gewesen. Andere Väter regten sich weniger auf, wenn ihre Sprösslinge bei einer Straftat erwischt wurden oder wenn sie zur Unzeit ein Mädchen schwängerten. Doch Paul Reimer hatte Victor das Gefühl gegeben, eine Todsünde begangen zu haben.

Immerhin hatte er ihm die Zeichenutensilien nicht weggenommen. Schließlich hatte Victor sie von seinem eigenen Geld gekauft. Doch was änderte das, wo er ihm das Malen doch verboten hatte? Victor verstand einfach nicht, was seinen Vater so sehr daran störte, und der ließ ihn im Unklaren darüber.

So tat Victor zum ersten Mal in seinem Leben etwas gegen den Willen seines Vaters und malte nachts, wenn dieser schlief. Nacht für Nacht zeichnete er Gegenstände ab, so oft, bis sie perfekt aussahen, in verschiedenen Techniken und Stilen. Von Tag zu Tag war er unausgeschlafener und unkonzentrierter. Er trug die Waren in die falschen Spalten ein, und eines Tages brachte er einen großen Stapel Kartons zum Einsturz. Das war das Ende seiner Lehre. Ohnehin war er nur seines Vaters wegen eingestellt worden, und selbst das konnte ihn nun nicht mehr retten. Unter der Lawine der schweren Kartons wurde ein Arbeiter verletzt.

Sein Vater konnte ihm das nicht verzeihen. Bisher war Paul Reimer bei Opel immer durch gute Leistungen aufgefallen. Jetzt war er nur noch der Mann mit dem unfähigen Sohn.

Schließlich erwischte er Victor eines Nachts, als dieser gerade die Malutensilien unter dem Bett hervorholte. Dort befanden sich auch Victors Bilder. Paul Reimer zerriss sie in winzige Fetzen, weil ihm klar wurde, dass die heimliche nächtliche Malerei schuld daran war, dass Victor seine Aufgaben in der Firma nicht ordentlich erfüllt hatte.

Schließlich sank sein Vater ermattet auf einen Stuhl und verfiel in Selbstmitleid. «Womit habe ich einen Sohn verdient, der zu nichts zu gebrauchen ist? Ich kann mich bei niemandem mehr für dich verwenden.»

«Das habe ich auch nie von dir verlangt!»

«Aber was soll nun aus dir werden? Du musst doch von etwas leben.» Hilflos hob er die Hände und sah Victor tief in die Augen.

Dieser starrte trotzig zurück.

«Tu mir einen Gefallen: Lass die Finger von den Farben. Das bringt nur Unglück!»

Victor hatte seine Entscheidung längst getroffen. «Und wenn du jedes meiner Bilder zerstörst, du wirst mich niemals vom Malen abhalten!»

Noch in derselben Nacht packte er seine Sachen und verließ das Haus seines Vaters.

ZWEI

KOMMISSAR HERMANN KAPPE hielt sich die Hand vor den Mund und fluchte. Der Kaffee war noch viel zu heiß, doch er musste dringend los, wenn er nicht zu spät zum Dienst antreten wollte. Weiß der Himmel, weshalb sie heute alle verschlafen hatten. Das war ihm in all seinen Dienstjahren als Kriminaler noch nie passiert.

«Möchtest du nicht vielleicht doch wieder näher ans Präsidium ziehen?», fragte Klara, die die Schulbrote für Gretchen und Hartmut bereitete.

Kappe sah sie erstaunt an. Für Klara hatte er diese Wohnung in der Britzer Hufeisensiedlung ausgesucht, weil sie sich immer nach einer Wohnung im Grünen gesehnt hatte, vor allem der Kinder wegen. Er hatte die Wahl schon bald nach dem Einzug im März 1927 verflucht, als ihm bewusst wurde, wie früh er immer aufstehen musste, um zur Arbeit zu gelangen. Doch niemals hätte er vorgeschlagen, in Richtung Alexanderplatz zu ziehen, weil ihm Klaras Zufriedenheit sehr am Herzen lag. Nicht zuletzt seiner eigenen Nerven wegen, denn sie konnte schon sehr penetrant nachbohren, wenn sie etwas wollte, seine liebe Klara.

Doch es blieb keine Zeit, sich weiter zu wundern – er musste wirklich los. Typisch, dass sie solche Fragen stellte, wenn er in Eile war!

«Manchmal wünsche ich mir das schon», sagte er vorsichtig, denn bei Klara konnte man nie wissen, ob sie ihn mit einer solchen Frage nur auf die Probe stellen wollte, um das Gesagte hinterher gegen ihn zu verwenden und dann tagelang die Beleidigte spielen zu können. Frauen eben. Er schnappte seine Aktentasche, drückte

Klara einen flüchtigen Kuss auf den Mund und hetzte im Laufschritt aus der Tür.

Die volle Kaffeetasse und die ernst dreinblickende Klara blieben in der Küche zurück.

«Wir fahren nach Paris!» Sein Vater hatte nicht *gefragt,* ob er mitkommen wolle auf diese Reise, mit Geschäften, von denen er, der Siebenjährige, nichts verstand. Er hatte es ihm mitgeteilt, so wie man seiner Frau sagt, dass am Abend noch überraschend Gäste zum Essen kämen und sie doch einen Teller mehr aufdecken möge. Was blieb auch als Alternative? Tante Gerda, die mit ihrem räudigen Hund in einem abbruchreifen Haus wohnte? Das war schon für einen Nachmittag kaum zu ertragen, für zwei ganze Wochen jedoch völlig inakzeptabel, und das wusste sein Vater glücklicherweise auch. Trotz allem hatte der kleine Victor sich vor der Reise gefürchtet, die so viele neue, unbekannte Eindrücke bringen sollte. Paris – das waren fünf aneinandergereihte Buchstaben für ihn. Wohl hatte ihm der Vater vom Eiffelturm berichtet, doch er konnte sich einfach nicht vorstellen, dass Menschen imstande waren, einen solch hohen Turm zu bauen. Als er dann davorstand, wurde ihm klar, dass dieser stählerne Gigant schier unbeschreiblich war, und ihn wunderte nicht mehr, dass dies in seinen kleinen Kopf im fernen Berlin einfach nicht hatte hineinpassen wollen.

Paris. Die fünf Buchstaben hatten in jenen Tagen einen anderen Klang für ihn bekommen und waren seither der Inbegriff für all seine Sehnsüchte. Nicht nur der Turm, nein, auch der Arc de Triomphe, die Tuileriengärten, die Seine und die Champs-Élysées hatten ihn tief berührt. Doch am stärksten hielt der Eindruck der Künstler vom Montmartre vor.

Anfangs hatte sein Vater ihn nicht ohne Aufsicht lassen wollen, doch wollte er seinen Geschäften ordentlich nachgehen, so konnte er sich nicht fortwährend um den Siebenjährigen kümmern und ihm die ganze Stadt zeigen. Victor hatte sich schließlich erbettelt, alleine durch die Umgebung streifen zu dürfen, und sein Vater hatte ihm mit ernstem Blick seine Uhr umgelegt und ihn ermahnt, nur ja wieder in der Unterkunft zu sein, wenn der große Zeiger auf der Zwölf und der kleine auf der Sechs stünde.

Nachdem dies am ersten Tag wunderbar geklappt hatte, war der Vater beruhigt. Offensichtlich kam der kleine Victor trotz der Sprachbarriere alleine zurecht, nachdem er ihm eingeschärft hatte, sich beim Gehen stets umzublicken und sich markante Häuser oder andere Orte für den Rückweg zu merken.

So konnte der kleine Victor den lieben langen Tag den Malern am Place du Tertre auf die Finger schauen, wie sie mit kräftigen Pinselstrichen ihre Gemälde bearbeiteten oder einfach neben ihren Werken saßen, die an die Bäume auf dem Bürgersteig gelehnt waren. Den einen oder anderen Namen schnappte er auf, mit dem er nichts anzufangen wusste, doch er hatte Zeit, also prägte er sich die Namen gut ein. Heute wusste er, welche Berühmtheiten oft dort gesessen und zwei Straßen weiter in einem Künstleratelier gewohnt hatten. Pablo Picasso und Georges Braque waren nur zwei von ihnen.

Ach, könnte er doch die Zeit zurückdrehen! Damals war er zum ersten Mal seit dem Tode seiner Mutter wieder glücklich gewesen.

Noch heute klangen ihm die Sprache und die Melodie der Stadt in den Ohren. Paris war voller Musik gewesen, wenn man nur darauf hörte. Doch es gab eines, das ihn traurig stimmte: Er würde die Künstler von damals dort sicher nicht mehr antreffen. Doch wer wusste schon, welcher der Künstler und Bohemiens des heutigen Paris der nächste Picasso werden könnte? Und er, Victor Reimer, könnte mit ihm reden, von ihm lernen!

Wenn er nur endlich genügend Geld beisammen hätte, um sich die Reise und den Aufenthalt dort leisten zu können! Zurück wollte er nicht mehr. Berlin war ebenfalls eine aufregende Stadt, das war unbestritten, doch es besaß nicht den Zauber, den er suchte.

«Die schaffen das doch sowieso wieder nicht!» Kappe nippte am Bureaukaffee und wünschte nicht zum ersten Mal, dass Gertrud Steiner, die Sekretärin, endlich lernen würde, den Kaffee weniger stark zu brühen. Er hatte seinen mit Wasser verdünnt, weil sein Löffel sonst senkrecht darin stehengeblieben wäre. Das hatte jedoch den Geschmack nicht gerade verbessert.

«Hast du 'ne Ahnung! Diesmal musset einfach klappen, da jibs keene Ausreden mehr! Viermal war unsre Hertha Vizemeister – diesmal tragen se den Pokal nach Hause, so wahr ick Gustav Galgenberg heiße!»

Von Grienerick nickte bekräftigend dazu. «Die sind sooo dicht dran!» Er deutete mit Daumen und Zeigefinger eine Lücke an, in die gerade drei Formulare gepasst hätten.

Kappe war erstaunt über die plötzliche Fußballbegeisterung im Präsidium. Galgenberg war zwar schon in früheren Jahren hin und wieder bei einem Herthaspiel gewesen, aber so fanatisch wie in diesem Jahr hatte er ihn und von Grienerick noch nicht erlebt. Die Begeisterung schien beinahe sämtliche männlichen Kollegen angesteckt zu haben, doch Kappe war das Ganze nicht geheuer.

Seine eigenen Fußballerfahrungen lagen lange zurück, und die Erinnerung daran war von Schmerz und Demütigung geprägt. Mehr als einmal hatte er mit der Nase im Dreck gelegen, und blaue Flecke am Schienbein waren an der Tagesordnung gewesen. Irgendwann hatte er das Spielen lieber den anderen überlassen. Sein Sohn Hartmut traf sich hin und wieder mit den Kindern aus der Nachbarschaft zum Fußball, doch Kappe war froh, dass der Kleine nicht auf die Idee kam, in einem Verein spielen zu wollen.

«Wir können ja eine Wette abschließen.» Von Grienerick riss Kappe aus seinen Gedanken. «Ich setze darauf, dass Hertha den Meistertitel gewinnt.»

«Ick ooch! Wat is mit dir, Kappe?»

«Wer wetten will, hat Lust zu betrügen», zitierte dieser einen Spruch seiner Mutter.

«Wie? Meinste, wir bestechen den Schiedsrichter, damit du

deine fuffzich Pfennje verlierst?» Galgenberg lachte dröhnend. «Det wär ja noch schöner! Aba wat nützt 'ne Wette, wenn keener dajejenhält?»

«Na gut.» Kappe kapitulierte.

Galgenberg kramte eifrig in seiner Schreibtischschublade, bis er eine Streichholzschachtel zutage gefördert hatte. «Jeder legt hier fuffzich Pfennje rein. Jewinnt Kappe, kricht er die janze Penunze, wird Hertha doch Meister, teilen Grienerick und icke. Allet klar?»

«Vielleicht machen ja noch ein paar andere Kollegen mit. Dann lohnt es sich. Und wir könnten ja auch darauf setzen, auf welchen Platz die Hertha kommt, wenn sie nicht Meister wird.»

«Ach, das wird doch zu kompliziert», sagte Kappe.

«Was höre ich von Komplikationen, meine Herren?» Unvermittelt stand Brettschieß in der Tür. «Ich hoffe doch, dass alles seinen gewohnten Gang geht!»

Kappe verdrehte innerlich die Augen. Der Brettschieß hatte ihm gerade noch gefehlt. Sein Vorgesetzter war in Kappes Augen ein Störfaktor, und er wusste, dass er mit seiner Meinung nicht alleine dastand. Außerdem sympathisierte Brettschieß mit der zehn Jahre zuvor gegründeten NSDAP, und das war ihm wirklich ein Dorn im Auge. Von so jemandem ließ er sich nur ungern etwas sagen.

«Wir reden grade über 'ne neue Beobachtungstaktik», sagte Galgenberg und grinste, was Dr. Brettschieß jedoch nicht sehen konnte, weil dessen Aufmerksamkeit Kappe galt.

«Alles muss so einfach und effektiv wie möglich laufen. Komplizierte Vorgehensweisen beeinträchtigen das Ermittlungsergebnis. Merken Sie sich das stets, mein lieber Kappe!», dozierte Brettschieß.

Kappe fragte sich, wieso er sich diesen Sermon anhören musste. Immerzu redete Dr. Brettschieß geschwollen daher und sagte damit leider rein gar nichts. Heiße Luft aus einer Dampfmaschine war aussagekräftiger. Leute, die keinen Durchblick hatten, sich stattdessen aber gerne wichtig machten, waren Kappe zuwider.

Nachdem sein Vorgesetzter noch einen prüfenden Blick auf

Kappes Schreibtisch geworfen hatte – Kappe fragte sich, was er dort zu finden hoffte –, ging er grußlos wieder hinaus.

«Welche Laus ist dem denn über die Leber gelaufen?»

Von Grienerick äffte ihn nach: «Alles muss so einfach und effektiv wie möglich laufen.» Dabei stand er stocksteif und schnitt die dümmste aller Grimassen, die er in seinem Repertoire hatte – und das waren so einige, wie Kappe wusste.

«Grienerick, meist steht der Veräppelte hinter einem, wenn man so wat macht. Hat dich das die Erfahrung nich jelehrt?» Galgenberg lachte, als von Grienerick sich erschrocken umdrehte. Doch da war niemand.

«Sollten wir uns nicht lieber unseren Akten zuwenden?», fragte Kappe in die Runde, bevor die beiden wieder mit ihren Fußballgesprächen anfangen konnten.

«Ick wusste ja schon immer, dass du 'n Spielverderber bist, Kappe, aber die fuffzich Pfennje zahlste trotzdem.» Galgenberg hielt ihm die Streichholzschachtel hin.

Kappe zog seufzend seine Geldbörse hervor. «Ihr macht mich arm!»

«Wieso, wenn Hertha verliert, biste doch reich!» Galgenberg gluckste.

«Kindsköpfe!», dachte Kappe, musste dabei aber schmunzeln.

Er ging hinüber zum Aktenschrank und starrte auf die Ordner und Aktenzeichen. Mit einem Mal hatte er vergessen, was er eigentlich heraussuchen wollte, stattdessen ging sein Blick durch die Ordnerrücken hindurch, und er befand sich wieder mit Klara am Frühstückstisch. Wieso nur wollte ihm Klaras Vorschlag so gar nicht aus dem Kopf gehen? Er hätte froh sein müssen, dass sie sich mit dem Gedanken trug, seinen Arbeitsweg wieder zu verkürzen. Dann könnte er endlich wieder länger schlafen und wäre auch bei überraschenden Einsätzen schneller zur Stelle. Er könnte sich wahrlich darüber freuen – wenn der Vorschlag nur nicht so vollkommen untypisch für Klara gewesen wäre. Ihr Blick, ihr bemüht beiläufiger Tonfall – all das beunruhigte ihn. Sonst nörgelte sie lautstark und in einem fort, wenn ihr etwas missfiel. Da war etwas im Busch, und Kappe nahm sich fest vor herauszufinden, was das sein könnte. Gleich heute Abend wollte er sie fragen.

Er suchte nicht sehr häufig die Gesellschaft von Menschen – meist erschreckten sie ihn nur oder gingen ihm mit ihrer Dummheit auf die Nerven. Doch an jenem Tag zwang ihn ein unerklärlicher Drang nach Gesellschaft aus dem Haus. Normalerweise ging er nicht in Kneipen, schon gar nicht tagsüber. Er mied solche Orte – nicht nur wegen der Leute, sondern weil er sich mehrfach überlegte, ob er das Geld, das er für seinen Traum aufsparte, wirklich für ein Bier in zweifelhafter Gesellschaft ausgeben wollte. Doch heute war so ein Tag. Einer, an dem man an einem Scheideweg steht und nichts davon ahnt.

Er schlenderte durch die Straßen, bis er zur Oranienstraße kam, einer der besten Einkaufsstraßen Berlins, in der sich auch das Wirtshaus «Max und Moritz» befand. Dort verkehrte er gelegentlich, obwohl es mehreren Hundert Menschen Platz bot und somit eigentlich dem schüchternen Naturell Victors völlig widersprach. Doch das Gründerzeitmobiliar inmitten von Glasmosaiken, Stuck- und Schmiedearbeiten strahlte eine gewisse Gemütlichkeit aus, und er verband angenehme Erinnerungen mit dem Etablissement. Außerdem gab es ihm ein gutes Gefühl, dass der von ihm geschätzte Heinrich Zille Stammgast im «Max und Moritz» gewesen war, bevor er im Jahr zuvor verstorben war.

Am schönsten fand er jedoch die Wandreliefs, deren Szenen von Max und Moritz zum Betrachten einluden. Das Wirtshaus verdankte seinen Namen tatsächlich den beiden Lausbuben von Wilhelm Busch, der jedoch nie selbst dort gewesen war, wie der Wirt berichtet hatte. Doch Busch hatte nichts dagegen gehabt, dass das Gasthaus diesen Namen trug, vorausgesetzt, es wurde jeden Donnerstag Erbsensuppe an die ärmere Bevölkerung ausgegeben.

Während der Inflation, als sich alle Menschen nur lebensnotwendige Dinge leisten konnten, war Victor ebenfalls donnerstags hierhergekommen, wenn der Hunger gar zu groß wurde. Denn natürlich gab in dieser Zeit niemand Geld für Kunst aus.

Eines Tages war Victor dem äußerst gesprächigen Wirt Felix Fournier ausgeliefert gewesen. Es war noch nicht viel los, und Fournier hatte Langeweile beim Gläserputzen.

«Dieses Wirtshaus war die beste Idee, die ich je hatte!» Die Gläser quietschten, als er das Geschirrtuch hineindrückte und drehte, bis die Feuchtigkeit gewichen war. «Der gute Heinrich Zille hat hier drin sogar seine Bilder verkauft.»

Interessiert sah Victor auf, denn die Tanzveranstaltungen, von denen Fournier vorher berichtet hatte, waren nicht seine Kragenweite, und auch die Erzählungen vom Kabarett «Die Wespen», das oben im Max-und-Moritz-Saal des Obergeschosses aufgetreten war, hatte Victor zum einen Ohr hinein- und zum anderen wieder hinausgelassen.

«Ach?», sagte er, begierig, mehr darüber zu erfahren, doch er war kein Freund vieler Worte.

«Pinselheinrich hat einige Motive am Mariannenplatz gemalt. Die haben hier reißenden Absatz gefunden.»

Victor konnte sich das gut vorstellen. Denn obwohl seine eigene Kunst in eine vollkommen andere Richtung ging, faszinierte ihn die Art, wie Zille seine Milieustudien betrieben hatte. Die Figuren wirkten so lebendig, und selbst den Schurken musste man eine gewisse Sympathie entgegenbringen, so wie Zille sie darstellte.

Victor nahm all seinen Mut zusammen. «Könnten Sie sich vorstellen, auch meine Bilder einmal hier auszustellen?»

Der Wirt spreizte Daumen und Zeigefinger der rechten Hand und stützte sein Doppelkinn darauf. «Dazu müsste ich erst einige Bilder von Ihnen sehen, junger Mann. Und wenn ich ehrlich bin … Normalerweise müssen die Künstler schon einen gewissen Ruf haben, bevor ich meine Wände mit ihren Gemälden schmücke.»

«Wie soll man sich denn einen Ruf erwerben, wenn alle mit demselben Argument eine Ausstellung ablehnen?» Victor senkte den Blick, und so sah er auch nicht das wohlwollende Lächeln von Felix Fournier.

«Manchmal muss man einfach zur richtigen Zeit am richtigen Ort sein, junger Freund.»

Doch Victor hatte der Mut bereits wieder verlassen, und so hatte er dem Wirt nie eines seiner Gemälde vorgelegt. Trotz allem zog es ihn immer wieder einmal hierher.

So auch heute.

Als er die Tür öffnete, drang Stimmengewirr zu ihm hinaus. Beinahe hätte er wieder kehrtgemacht, doch er sah ein, dass er sich nicht ewig verstecken konnte. Ein Künstler brauchte Inspiration, und diese würde versiegen, wenn er nicht hin und wieder seine kreativen Quellen auffüllte und etwas erlebte.

Unruhig um sich blickend, schlängelte er sich zwischen den schwitzenden, lachenden Männern zum Tresen durch und bestellte eine Molle. In der hintersten Ecke hatte er ein kleines Tischchen ausgemacht, an dem sich noch niemand niedergelassen hatte. Er ging dorthin, den Kopf gesenkt, den Blick fest auf den Tisch gerichtet, um nur niemanden an einem der anderen Tische ansehen zu müssen.

Was war er nur für ein Künstler, der sich weigerte, die Atmosphäre jederzeit in sich aufzunehmen! Hier lagen Motive vor ihm, er müsste sie nur ansehen! Victor war sich dessen sehr wohl bewusst, doch erst mit der Wand im Rücken, im Schutze der kleinen Ecke, hinter dem Tisch verschanzt, wagte er, aufzublicken und die Szenerie auf sich wirken zu lassen.

Geschäftsmänner sah er keine. In dieser Gegend verkehrte das einfache Volk – die Hautevolee würde man im «Max und Moritz» vergeblich suchen. Trotz des literarischen Bezugs im Namen des Lokals kreisten die meisten Gespräche der Gäste nicht um Literatur, sondern um ihre Arbeit und um das weibliche Geschlecht, das von jeher ein beliebtes Thema in jenen Etablissements zu sein schien.

Ein sehr beleibter Kerl, vielleicht Mitte vierzig, geriet am Nebentisch in Streit mit einem hageren Jungen, den er offenbar vergeblich dazu überreden wollte, eine der Prostituierten aufzusuchen, die in der Nähe ihren Geschäften nachgingen. Der Junge lehnte die käufliche Liebe samt und sonders ab, was ihm den stillen Beifall Victors eintrug. Dieser konnte gar nicht anders, zückte das Skizzenbuch, das er stets in der Jackentasche bei sich trug, und zeichnete die Streithähne mit flinken Strichen.

Inzwischen hatte der Dicke den Tisch verlassen, abgewinkt, den Jungen einfach sitzenlassen und war schwankend durch das Lokal auf die Straße gegangen. Der Junge saß nun unschlüssig da, blickte in die Runde und erwischte mit seinem Blick auch irgendwann den skizzierenden Victor.

«Was machst 'n da?» Er stand auf und beugte sich über den Tisch.

Victor, dem es unangenehm war, dass die skizzierte Person ihn bei seiner Arbeit ertappt hatte, legte rasch die Hand über seinen Block.

«Komm, ich lache auch nicht! Zeig mal!» Er nahm Victors Hand vom Block, blickte staunend auf die beiden Streithähne im Bleistiftstrich und pfiff anerkennend durch die Zähne. «Den Dicken haste hervorragend getroffen! Und das dürre Männchen soll wohl ich sein?»

Victor nickte zögernd und hoffte, dieser Mensch würde sich rasch entfernen, als der auch schon an seinem Tisch Platz genommen hatte.

Er streckte eine Hand aus. «Alfons Lauterbach mein Name. Ich mach auch Kunst!»

Oh, wie sehr Victor diese Menschen hasste, die glaubten, auch für die Kunst geboren zu sein, nur weil sie einen Stift in der Hand halten konnten! Für ihn war das ebenso, als würde er behaupten, er würde demnächst ein Buch schreiben, nur weil er in der Schule das Alphabet gelernt hatte und wie man Buchstaben aneinanderreiht. Er würde sich so etwas nie anmaßen – weshalb belästigten ihn die Menschen dann mit Gesprächen über ihre stümperhafte Krakelei?

Als hätte Alfons Lauterbach seine Gedanken gelesen, sagte er: «Nein, das ist wirklich wahr, ich bin Künstler, ich male. Ich möchte behaupten, dass ich mir auch schon einen Namen gemacht habe, auch wenn die Zeiten gerade schwierig sind. Wenn du willst, zeig ich dir meine Wirkungsstätte mal.»

Victor konnte sich nicht erinnern, seinem Gegenüber das Du angeboten zu haben, aber so was passierte eben, wenn man sich in ein Gasthaus begab, anstatt sich in die Arbeit zu vertiefen. Er verfluchte seine Entscheidung, bis sein Gegenüber einen Zettel aus der Tasche zog und auseinanderfaltete.

«Kleine Fingerübung von vorhin.» Er schob den Zettel zu Victor hinüber, und dieser hielt für einen Moment den Atem an. Alfons Lauterbach hatte mit wenigen genialen Strichen die Sacre Cœur skizziert.

«Waren Sie schon am Montmartre?», wollte Victor wissen, bereute jedoch sofort seine Frage.

«Sag doch Alfons! Unter Künstlern müssen wir doch nicht so förmlich sein.» Er lächelte. Der Steg zwischen seinen Nasenlöchern war wesentlich tiefer angesetzt als die Nasenflügel, was ihm ein leicht katzenhaftes Aussehen verlieh. «Aber um auf deine Frage zu antworten: Nein. Ich kenne Paris nur von Photos. Aber mir gefällt die Basilika, und deswegen zeichne ich sie immer mal wieder. Das erste Mal war ein Photo die Vorlage. Und wenn ich einmal etwas gesehen habe, das mich berührt hat, dann kann ich es jederzeit aus dem Gedächtnis malen.»

Victor mochte es noch immer nicht, dass Alfons Lauterbach ihn behandelte, als wären sie schon ewig befreundet. Er wirkte sympathisch, abgesehen von seiner Angeberei mit dem photographischen Gedächtnis, doch es widersprach einfach Victors grundsätzlicher Skepsis anderen Menschen gegenüber, sich so rasch auf eine vertraute Ebene zu begeben. Distanz war wichtig für ihn, es war etwas, an dem er sich festhalten konnte, ein fester Rahmen, den er seinem Leben gab. Traue niemandem, dann bist du sicher! Zu oft war er enttäuscht worden. Sogar seine eigene Mutter war einfach gestorben, anstatt für ihn da zu sein. Worauf sollte man sich dann im Leben noch verlassen können?

Trotz allem beschloss Victor, sich auf das Duzen einzulassen. Sich weiterhin stur zu stellen wäre ihm grob unhöflich vorgekommen. Außerdem schien dieser Alfons kein so übler Kerl zu sein. Wie hätte er das auch sein sollen, wo er doch Sacre Cœur mochte, auch wenn er die Basilika nur aus der Ferne kannte? Wer Victors Leidenschaft teilte, hatte sich einen kleinen Vertrauensvorschuss verdient, auch wenn es Victor schwerfiel. Außerdem war sein Interesse erwacht.

«Zeichnen S ... Zeichnest du nur, oder benutzt du auch andere Materialien?»

«Ich male auch in Öl und Aquarell. Kleine Bilder, große Bilder, Häuser, Porträts – alles, was du willst. Und selber?»

Victor biss sich auf die Zunge, damit er kein Wort über das Acryl verriet. «Im Grunde dasselbe. Bilder, Auftragsarbeiten, um den Lebensunterhalt zu finanzieren. Und wahre Kunst, um geistig zu überleben.»

«Warst du schon mal im Romanischen Café? Da sitzen viele von uns.»

Victor hatte sich bisher aus genau diesem Grund von dort ferngehalten, doch das wollte er seinem Tischkumpan nicht auf die Nase binden. «Ich gehe nicht viel aus», sagte er vage.

«Solltest du aber! Das ist ungemein belebend für die kreative Energie. Glaub mir, ich weiß, wovon ich rede. Manchmal bin ich so ausgelaugt, dass mir kein einziger Pinselstrich mehr von der Hand gehen will. Keine Ideen, nur Stroh im Kopf. Dann muss ich mal lockerlassen und Blödsinn machen.» Alfons nahm sich einen Bierdeckel und legte ihn so auf den Tisch, dass er zur Hälfte über die Kante hinausragte. Als Victor sich noch fragte, was das sollte, hatte Alfons schon mit den Fingern von unten gegen den Bierdeckel geschnippt. Der Deckel vollführte eine Drehung, so schnell, dass man mit den Augen kaum folgen konnte, und Alfons hielt ihn in der Hand.

«Kennst du das noch nicht?» Alfons hatte Victors irritierten Blick gesehen. «Schau, es ist ganz einfach: Hinlegen, schnippen, fangen.» Er wiederholte das Kunststück einige Male. «Probier es doch auch mal!»

«Ich bin nicht so geschickt bei so was. Lass mal.»

Die Wahrheit war, dass Victor unglaubliche Angst davor hatte, sich vor allen Leuten zu blamieren. Sicher hätte er den Bierdeckel durch das halbe Lokal geschnippt. Er wusste nicht, wie er damit hätte umgehen sollen. Er begab sich normalerweise nur in Situationen, auf die er gut vorbereitet war, und Bierdeckelschnippen gehörte nicht zu den Dingen, mit denen er heute gerechnet hatte.

Alfons grinste.

Victor konnte sich lebhaft vorstellen, was sein Gegenüber wohl denken mochte, aber das war ihm egal.

«Solche Tricks lernt man eben, wenn man unter Menschen geht, die alle darauf aus sind, ihren Kopf wieder freizubekommen.»

Und dann begann er, von den Treffen im Romanischen Café zu erzählen, von der Inspiration, die ihm der Austausch mit den Kollegen bescherte, und davon, wie schön das Leben als Künstler sei. Kein Wort von beschwerlichen Stunden, die Victor nur zu gut kannte, kein Wort von Zweifel und tiefer Traurigkeit. Alfons schien auf der Sonnenseite geboren zu sein. Er strahlte so viel Freude aus, dass Victor irgendwann dachte, etwas von dieser Energie könnte auf ihn abstrahlen, wenn er sich nur oft genug in Alfons' Nähe aufhielt. Er hätte es nicht über sich gebracht zu fragen, doch Alfons nahm ihm diese Entscheidung ab.

«Ich habe heute noch etwas vor, aber ich würde mich freuen, wenn wir uns wiedertreffen. Willst du dir meine Bilder mal ansehen?»

Victor versicherte eifrig, aber nicht zu eifrig, dass er sich freuen würde.

Sie verabredeten sich für die nächste Woche.

An diesem Tag ging Victor Reimer ungewohnt frohgemut nach Hause.

DREI

VICTOR war verwundert, als er in der Fürstenstraße ankam und in dem Haus, das Alfons ihm genannt hatte, auf dem Stummen Portier nach dem Namen Lauterbach suchte. Unterhalb der vorgesehenen Felder für die Namen der Hausbewohner klebte ein zusätzlicher Zettel mit Alfons' Namen. Das ließ keinen anderen Schluss zu, als dass sich Alfons' Wohnung im Keller befand – nicht gerade ideal für ein Künstleratelier.

Muffiger Geruch nach alten Kartoffeln schlug ihm auf der Treppe nach unten entgegen, und es war nicht leicht, in der Dunkelheit überhaupt den Lichtschalter zu finden.

Die Lampe erhellte nur schwach einen schmalen Gang. Die Mauern bestanden aus rotbraunen Steinen, in deren Fugen sich Staub angesammelt hatte. Türen, lose aus einfachen Holzlatten gezimmert, gingen rechts und links davon ab. Victor spähte durch die Lattenzwischenräume in einen Verschlag hinein. Bei der spärlichen Beleuchtung konnte er zwar kaum etwas erkennen, er vermutete aber, dass Kohlen darin lagerten.

Eine Türöffnung auf der linken Seite des schmalen Ganges war mit andersfarbigen Steinen offenbar nachträglich zugemauert worden, und die nächste Tür sah anders aus als die anderen: keine einzelnen Holzlatten, sondern eine massive Holztür, die über und über mit geometrischen Formen bemalt war, in allen erdenklichen Farben. Auf Augenhöhe befand sich ein Schriftzug: *A. Lauterbach – Künstler*.

Darunter war ein verschnörkelter Türklopfer angebracht, der aussah, als hätte er einmal an einem hochherrschaftlichen Haus als Ankündigungsmechanismus für Gäste gedient.

Victor streckte die Hand danach aus, zog an dem Griff und ließ ihn wieder fallen. Ein lautes «Klong!» ertönte, und es dauerte eine Weile, bis Victor Schritte hinter der Tür vernahm.

Alfons öffnete. Er sah Victor für einen Moment irritiert an, dann hellte sich seine Miene auf.

«Stimmt, wir waren verabredet!» Er drehte sich in der halbgeöffneten Tür um. «Eva, zieh dir etwas über, wir haben Besuch!»

«Wia waan doch noch ja nich fertich!»

«War ja nicht das letzte Mal. Du weißt doch, dass es mir mit dir besonderen Spaß macht!» Alfons lächelte anzüglich, und Victor fühlte sich äußerst unwohl in seiner Haut.

«Ich kann gerne ein andermal wiederkommen, wenn ich das junge Glück nicht störe.»

Nach einem kurzen Moment der Überraschung fing Alfons schallend an zu lachen, trat einen Schritt zurück und deutete auf die Leinwand, die auf der Staffelei in der Mitte des Zimmers stand. Darauf war ein sitzender Akt abgebildet. Das Modell trug eindeutig die Züge jener Eva, die nun angezogen dem Ausgang zustrebte.

«Na jut. Nächste Woche um dieselbe Zeit?»

Alfons, noch immer grinsend, drückte der winzigen Blondine ein Geldstück in die Hand und gab ihr einen Abschiedskuss auf die Wange. «So machen wir es.»

Eva schwirrte ab, nachdem Victor beiseitegetreten war, um sie vorbeizulassen.

«So, nun komm doch mal rein, oder willste da draußen Wurzeln schlagen?»

Victor betrat den Raum, der von einer schirmlosen Funzel erhellt wurde, die das bisschen Tageslicht verstärkte, das kurz unterhalb der Zimmerdecke durch die niedrigen Souterrainfenster schien. Die Wände waren eng mit Bildern behängt. Akte, Landschaften, Gebäude, Porträts – in Öl, in Aquarell, als Kohlezeichnung. In einer Ecke stand ein Tisch, der über und über mit Malutensilien vollgestellt war, ähnlich wie in Victors Dachkammer. Daran angelehnt diverse Keilrahmen.

«Du hast also geglaubt, Eva und ich ...» Alfons kicherte.

«Du musst zugeben, dass euer Gespräch nicht ganz unzweideutig war.»

«Stimmt. Und versucht habe ich es natürlich. Aber die Kleine lässt mich nicht ran. Nichts zu machen, die ist in festen Händen. Karl Kasulke. Ein Bär von einem Mann. Wo der hinhaut, wächst mit Sicherheit kein Gras mehr. Falls du auch Appetit bekommen haben solltest ...»

Alfons lachte schon wieder. Diesmal sehr anzüglich, und Victor fühlte sich immer unwohler. Vielleicht bekam er auch Beklemmungen von Alfons' Atelier – er war nicht sicher.

«Bier?» Alfons wartete keine Antwort ab, sondern ging durch eine schmale Tür und kam mit zwei geöffneten Flaschen Berliner Kindl zurück.

Victor nahm ihm eine ab und trank einen tiefen Schluck, ungeachtet der frühen Stunde. Er blickte sich um, und sein Blick wanderte hoch zu den winzigen Fenstern. «Ist das nicht ein ungewöhnlicher Ort für ein Atelier?» Victor staunte über die schlechten Voraussetzungen, denn beim Malen brauchte man so viel Tageslicht wie irgend möglich.

«Ich kann mir kein anderes Atelier leisten. Ich bin froh, dass ich überhaupt dieses Loch hier bezahlen kann.» Alfons zog den blauen Vorhang beiseite, der einen Teil des Raumes abteilte. Eine Matratze kam zum Vorschein sowie eine Kiste, aus der Kleidung herausschaute. In der Wand dahinter sah man die zugemauerte Türöffnung. Ganz offenbar war diese «Wohnung» einfach aus zwei ehemaligen Kellerverschlägen entstanden. Alfons lebte hier buchstäblich unter Tage.

Victors Dachkammer war ihm schon so manches Mal wie ein Gefängnis vorgekommen, obschon es dort ausreichend Licht gab. Doch hier unten würde er es keine zwei Stunden aushalten! Eigentlich keine halbe, wenn er darüber nachdachte.

An Gehen war jedoch zunächst nicht zu denken, denn Alfons präsentierte Victor seine Bilder. Eines nach dem anderen hielt er in die Höhe und erzählte in epischer Breite, was darauf zu sehen war, als würde er die Motive einem Blinden erklären. Victor versuchte einige Male, Alfons' Redefluss zu stoppen, doch es gelang ihm nicht, also ergab er sich seufzend in sein Schicksal.

Sein Blick blieb an einem dreiarmigen Kerzenständer hängen. Alfons bemerkte es. «Hässliches Ding, wa? Aber was soll ich machen? Es ist ein Erbstück, und immerhin spendet es zusätzliches Licht, wenn es hier unten zu duster wird oder wenn ich romantische Anwandlungen kriege.» Er hielt die nächste Leinwand hoch.

Einige der Bilder waren geradezu geschmacklos, andere sehr ästhetisch. Am besten gefielen Victor die Stadtansichten, von denen Alfons auch einige in Öl gemalt hatte – darunter wieder Sacre Cœur.

Doch Victors Blick wanderte immer wieder zu dem Bild auf der Staffelei. Das Fräulein Eva sah unschuldig und gleichzeitig verrucht darauf aus, was möglicherweise an der Federboa lag, die, in zarten Strichen gemalt, ihren Körper umschmeichelte. Allerdings sah sie nur so lange unschuldig aus, bis man den Blick nach unten auf die weit gespreizten Beine lenkte. Alfons hatte kein Detail ausgelassen, und Victor hielt die Hand mit der Bierflasche vor seinen Schritt, als er merkte, dass die Darstellung Wirkung zeigte.

«Die gefällt dir, was? Aber sieh dich vor – ihr Verlobter kann wirklich ein rasender Stier sein, nach allem, was man so hört.»

«Mir gefällt das, was ich auf der Leinwand sehe. Und soweit ich erkennen kann, hast du dort keinen Verlobten gemalt.»

«Du hast ja Humor», feixte Alfons. «Auch wenn du das bisher gut versteckt hast!»

Victor verzog das Gesicht. Er hatte es nicht spaßig gemeint.

Aus Kappes Vorsatz, Klara zum Umzugsthema zu befragen, wurde nichts. Erst hatte er es vollkommen vergessen. Als es ihm im Bureau erneut eingefallen war, hatte er sich einen Notizzettel gemacht. Doch abends fand er keine ruhige Minute. Die Kinder waren ungewöhnlich laut und quengelig.

«Die brüten bestimmt etwas aus», seufzte Klara.

«Hoffentlich nichts Ernstes!» Kappe hatte am Tag zuvor gehört, dass ein Nachbarskind an Diphtherie erkrankt war, und seither waren seine heimlichen Ängste wiederauferstanden. Als er damals zur Volksschule ging, war sein Klassenkamerad Oskar an Kehlkopfdiphtherie gestorben. Ihm war die Luftröhre zugeschwollen, bis er keine Luft mehr bekam. Die Vorstellung, einem seiner Kinder könnte dieses grauenhafte Schicksal widerfahren und er könnte rein gar nichts dagegen unternehmen, schnürte Kappe fast die Kehle zu.

Jedenfalls standen die Kinder mehrfach aus dem Bett auf, und der kleine Karl-Heinz rief bis nach Mitternacht immer wieder nach seiner Mama. Als endlich Ruhe eingekehrt war, war Klara so müde, dass sie gleich darauf ins Bett ging.

Als Kappe sich endlich für die Nacht fertiggemacht hatte, hörte er nur noch ihre regelmäßigen Atemzüge. Leise legte er sich dazu und schlief ebenfalls rasch ein, doch gegen halb zwei drückte die Blase.

Danach war er putzmunter. Der verdammte Kaffee! Gestern hatte er Gertrud Steiner gebeten, den Bureaukaffee ein wenig dünner zu machen, mit dem Erfolg, dass sie ihm mit beleidigter Miene etwas serviert hatte, das an gefärbtes Wasser erinnerte. Heute war sie wieder zur alten Gewohnheit zurückgekehrt und hatte den Kaffee so stark gebrüht, dass in der Brühe auch ein Hufeisen nicht untergegangen wäre. Und an einem Hufeisentag sollte man die letzte Tasse nicht zu spät trinken. Er schlief dann zwar abends meist trotzdem rasch ein, doch er schrak stets gegen zwei Uhr früh auf und lag wach, bis der Wecker um halb sechs gnadenlos zum Aufstehen bimmelte.

Auch heute hatte er das Gefühl, immer wacher zu werden, denn zu viel ging ihm durch den Kopf. Klara schien in letzter Zeit mit ihren Gedanken ständig woanders zu sein. Sie war überhaupt nicht mehr bei der Sache. Neulich hatte sie ihm sogar einen falschen Knopf ans Hemd genäht und es nicht einmal gemerkt. Der Kaffee war alle, weil sie vergessen hatte, neuen zu kaufen.

Kappe seufzte leise. Das dritte Kind war ganz offensichtlich zu viel gewesen. Der kleine Karl-Heinz war ein sehr fordernder Junge und saugte offenbar die letzte Kraft aus ihr heraus. Schon Gretchen war nicht einfach mit ihrem ausgeprägten Dickkopf, den sie wohl von ihrer Patentante und Namensvetterin Margarete Klump übernommen hatte, doch Karlchen konnte man praktisch gar nichts recht machen. Schon als ganz kleiner Wicht hatte er Nachbarn und Freunde zum Lachen gebracht, weil er oft unglaublich missmutig in die Weltgeschichte schaute. Kappe fragte sich bis heute, wie es sein konnte, dass schon ein Baby den Widerwillen gegen die Welt so deutlich mit seiner Mimik zum Ausdruck brachte. Ganz abgesehen davon, dass er auch viel schrie.

Hartmut war das genaue Gegenteil von Karl-Heinz. Bereits als Säugling war er still und vergnügt gewesen. Man konnte ihn schon mit den einfachsten Dingen glücklich machen. Als Kleinkind hatte er stundenlang mit Klaras Töpfen gespielt, ohne dessen überdrüssig zu werden.

Doch dass Hartmut so pflegeleicht war, wog das Genöle von Karl-Heinz nicht auf. Oft genug war Kappe heilfroh, der Tyrannei des Kleinen entrinnen zu können, indem er ins Bureau flüchtete. Klara hatte diese Chance nicht und wurde mit der Zeit immer unleidlicher. Und nun war ihr dieser ganze Zirkus offenbar auch aufs Gehirn geschlagen. Kappe konnte sich ihre Verstimmung und die geistige Abwesenheit zumindest nicht anderes erklären, denn es hatte in ihrem Leben ja ansonsten keine Veränderung gegeben.

Wenn er doch nur die Gedanken abstellen könnte! Kappe versuchte, an etwas anderes zu denken. An etwas Schönes. Er wollte sich einen Spaziergang am Meer vorstellen, doch so ganz wollte ihm das nicht gelingen, denn er war noch nie am Meer gewesen. Als Kind war er mit seinem Vater im Fischerboot oft auf dem Scharmützelsee gefahren, aber das konnte man bestimmt nicht vergleichen.

Überhaupt, sein Vater ... Der war vor zwei Jahren gestorben, mit gerade einmal 65 Jahren. Nie war er vorher ernsthaft krank gewesen, und wenn er mal so etwas wie einen Schnupfen bekommen hatte und Mutter ihn zum Arzt hatte schicken wollen, hatte er stets nur ein mürrisches Brummen zur Antwort gegeben. Bevor sein Vater zugegeben hätte, dass er sich nicht wohl fühlte und vielleicht sogar ärztliche Hilfe hätte brauchen können, hätte er sich lieber die Zunge abgebissen. Als Fischer könne er sich solchen Pipifax wie eine Krankheit nicht leisten, hatte er stets gesagt.

Und nun war sein Vater tot. Schon in den Monaten zuvor war er geistig stark verwirrt gewesen. An Kappes vierzigstem Geburtstag hatte er seinen eigenen Sohn nicht einmal mehr erkannt. Und natürlich hatte sein Vater sich auch nicht mehr daran erinnern können, dass er nie begriffen hatte, weshalb Kappe als Kind kein Draufgänger gewesen war. Er hatte diese Tatsache in den Diskussionen stets seiner Frau angelastet. «Du verzärtelst den Jungen. So wird nie ein echter Kerl aus ihm!», war ein Satz, den Kappe oft gehört hatte.

Abends, wenn er nicht einschlafen konnte, hatte er sich nämlich oft in den dunklen Flur geschlichen und hinter der Küchentür gelauscht, was die Eltern so zu erzählen hatten. Dabei hatte er so manches gehört, was nicht für seine Ohren bestimmt war.

So wie neulich, als Kappe eher versehentlich ein Gespräch belauscht hatte, das Dr. Brettschieß am Telefon geführt hatte. Er war an dessen Bureautür vorbeigegangen, die einen Spalt offen stand. Plötzlich hörte er, dass von der NSDAP die Rede war, und er konnte gar nicht anders, als stehenzubleiben, um zu hören, um was es ging. Sein Chef hatte für seinen Geschmack nämlich im Februar entschieden zu laut getrauert, als der SA-Sturmführer Horst Wessel von zwei Mitgliedern des Roten Frontkämpferbundes in seiner Wohnung erschossen worden war.

Am Telefon hatte Brettschieß sich mit seinem Gesprächspartner dann über das Horst-Wessel-Lied unterhalten. Es waren Sätze gefallen wie «Endlich haben wir eine anständige Hymne!», und Brettschieß hatte gesungen: «Schon bald flattern Hitlerfahnen über allen Straßen!» Kappe hatte fast schon die Flucht ergriffen, doch die Neugier hatte ihn zurückgehalten.

Richtig beunruhigt war er dann gewesen, als Brettschieß vollmundig gesagt hatte: «Bald weht hier ein anderer Wind! Dann können die Itzigs, Tagediebe und Faulenzer sich warm anziehen! Und im Präsidium wird auch aufgeräumt!»

Kappe wagte nicht sich auszumalen, was das bedeuten könnte. Wenn es an Entlassungen ging, würde Kappe vielleicht als einer der Ersten auf der Abschussliste stehen. Was sollte dann aus ihm werden? Aus Klara und den Kindern? Und wieso wollte Klara auf einmal unbedingt von hier weg? Klara ...

Als der Morgen dämmerte, war Kappe endlich wieder eingeschlafen. So hörte er auch nicht, dass der kleine Karl-Heinz lauthals schrie und auf sein vermeintliches Recht auf Aufmerksamkeit bestand. Er hörte auch nicht, wie Klara aufstand und grummelte, dass Kappe wenigstens ein einziges Mal reagieren und den Kleinen trösten könne.

«Oh, hallo, wir kenn' uns doch!»

Victor zuckte zusammen. In Gedanken versunken war er auf dem Weg zum Landwehrkanal gewesen, wo er eine Brücke malen wollte.

Er blickte irritiert auf und sah das Mädchen, das für Alfons Modell gesessen hatte. Das aufreizende Gemälde auf der Staffelei. Er merkte, wie er rot wurde, und konnte Eva nicht in die Augen sehen, nun, nachdem ihm dies eingefallen war. Zu obszön war das Bild. Er fragte sich, ob Alfons sich wirklich im Griff haben konnte, wenn sie vor ihm saß, die Beine gespreizt, keinerlei Geheimnisse mehr verbergend.

Er selbst hatte so was nur ein einziges Mal gesehen, bei Lenchen. Sie war die Einzige, die ihm das je gestattet hatte. Und auch nur ein einziges Mal. Danach hatte sie stets darauf bestanden, dass er das Licht löschte, bevor sie berühren durfte.

Victor war wütend auf Eva, weil sie ihn an Lenchen erinnert hatte. Es tat zu weh, auch heute noch. Weshalb mussten alle Menschen sterben, die er liebte?

Eva beachtete sein mürrisches Schweigen nicht. Sie redete und redete, während sie ihn auf seinem Weg begleitete. Als er schon dachte, sie würde ihr Geschnatter niemals abstellen, winkte sie ihm fröhlich zu.

«Ick muss jetzt hia lang! Da wohn ick nämlich! Schön' Tach noch! Vielleicht sehn wia uns ja mal wieder!»

Bitte nicht, dachte Victor und setzte seinen Weg grußlos fort. Als er einige Meter gegangen war, überlegte er es sich anders. Er konnte selbst nicht sagen, woher dieser plötzliche Impuls kam. Doch er hatte mit einem Mal das Gefühl, es könne nicht schaden zu wissen, wo Eva wohnte. Vielleicht lag es an der Anziehungskraft, die sie auf ihn ausübte, wenn er sie nicht gerade wie einen Wasserfall reden hörte. Ein gewisses sexuelles Verlangen ließ sich nicht leugnen, und schuld daran war Alfons' Bild.

Vorsichtig sah er um die Hausecke in die Dieffenbachstraße hinein, denn sie sollte natürlich nicht wissen, dass er ihr folgte.

Er hatte Glück, sie war beschäftigt. Ein riesiger Kerl stand vor ihr und redete auf sie ein. Redete? Er brüllte. Und zwar so laut, dass Victor es mühelos hören konnte.

«Wo kommste um die Zeit wieda hea? Wenn dit nich bald uffhört, zieh ick aba andre Saiten uff, haste mir verstan'n?» Der Hüne packte sie hart am Arm, schüttelte sie und zog sie in den Hauseingang.

Das musste Karl Kasulke sein, der Kerl, von dem Alfons gesagt hatte, dass kein Gras mehr wüchse, wo der hinschlug.

Zuerst waren es nur die Blicke gewesen, die bei seinem stets höflichen Gruß förmlich auf den Grund ihrer Seele zu blicken schienen. Er hatte bei jeder Begegnung galant den Hut gelüftet, dann hatten seine stahlblauen Augen sie förmlich gefangen genommen.

Anfangs hatte sie versucht sich einzureden, dass dies alles nur in ihrer Einbildung passierte, doch die «zufälligen» Begegnungen hatten sich gehäuft, die Blicke waren eindringlicher geworden. Bis er sich ihr eines Tages anschloss, als sie sich alleine auf den Weg in die Stadt machte, um etwas zu besorgen. Freundlich hatte er gefragt, wo der Weg sie hinführe und wie es den Kindern und dem Gatten gehe.

Der Herr wohnte im Aufgang nebenan und schien so einiges über sie zu wissen. Dabei ging es hier eigentlich weitaus anonymer zu als in der Gegend, in der sie vorher gewohnt hatten. Ein wenig unheimlich war er ihr schon gewesen, vor allem diese Blicke, mit denen er sie weiterhin durchbohrt hatte.

Später waren zufällige Berührungen hinzugekommen, die sie anfangs erschreckt hatten, die sie jedoch nach einiger Zeit als durchaus angenehm registrierte. Er benutzte ein ganz besonderes Rasierwasser. Es gefiel ihr, denn es roch so männlich.

Bald war die regelmäßige Begleitung auf ihren Spaziergängen zum festen Ritual geworden, und als er eines Tages ihre Hand nahm, zog sie sie nicht weg, obschon sie sich augenblicklich umschaute, ob jemand sie sah. Aber sie waren weit weg von ihrer Wohngegend.

Nachts lag sie wach, von Gewissensbissen geplagt. Was tat sie da? Was setzte sie aufs Spiel? War es das wert? Gleichzeitig beruhigte sie sich mit dem Gedanken, dass sie nichts Verbotenes tat. Harmlose Spaziergänge, nicht einmal ein Kuss. Ein guter Freund war er ihr mittlerweile geworden, weiter nichts.

Immer öfter ließ sie den kleinen Karl-Heinz bei einer Nachbarin und schob wichtige Erledigungen vor, bei denen sie den Kleinen nicht mitnehmen konnte. Das Hand-in-Hand-Laufen wurde intensiver. Er streichelte sie dabei mit seinen Fingern. Und eines Tages, in einer verschwiegenen Stelle im Park, ein Kuss, erst zart, dann leidenschaftlich und immer fordernder. Ein lange verloren geglaubtes Gefühl machte sich in ihrem Unterkörper breit und ließ sie alle Vorsicht vergessen. Sie war wild entschlossen, sich ihm auf der Stelle hinzugeben, doch dann hörte sie in der Ferne Kinderlachen, und das holte sie auf den Boden der Tatsachen zurück.

«Ernst», sie schob ihn von sich, «wir können so nicht weitermachen. Ich darf dich nicht mehr sehen.» Fluchtartig verließ sie den Park und musste sich die rotgeweinten Augen mit Brunnen-wasser kühlen, bevor sie in die Wohnung zurückkehrte.

Doch zum Glück war niemand zu Hause, und sie konnte sich wieder in einen einigermaßen passablen Zustand versetzen. Allerdings nur äußerlich. In ihr drin, ganz tief, wüteten Lust und Verzweiflung, und die Erinnerung an den Kuss ließ ihre Hand in den Schoß wandern, wo sie sie beließ, bis sie sich Erleichterung verschafft hatte. Noch nie hatte sie Derartiges getan, und sie war mehr als erschrocken über sich selbst. Im Spiegel überprüfte sie, ob man ihr den Frevel ansah, den sie soeben begangen hatte. Hektisch rote Wangen strahlten ihr entgegen. Sie schrubbte ihre Hände mit Seife und begann dann, energisch Kartoffeln zu schälen, zerteilte sie, als gälte es, jemandem die Kehle durchzuschneiden. Was hatte sie nur getan?

VIER

KAPPE saß im Bureau und konnte es nicht fassen. Da hatte er zum Einschlafen an etwas Schönes denken wollen und war ausgerechnet bei Brettschieß gelandet! An so viel konnte er sich zumindest noch erinnern. Und daran, dass er sich Sorgen gemacht hatte, was aus ihm und seiner Familie werden würde, wenn die Zustände sich hier weiter änderten.

Er versuchte, sich auf seine Arbeit zu konzentrieren, um wenigstens etwas zu den Akten legen zu können. Zum Beispiel den Fall Paula Krauß, geborene Saenger. Sie waren gerufen worden, weil die Frau des Schauspielers Werner Krauß tot in ihrer Dahlemer Villa aufgefunden worden war. Werner Krauß war selbst dem kulturell eher wenig interessierten Kappe bekannt, weil Klara ihn vor rund zehn Jahren ins Kino geschleppt hatte, als *Das Cabinet des Dr. Caligari* lief. Krauß spielte in dem Film die Hauptrolle, die ihm schließlich zum Durchbruch verholfen hatte. Jetzt – so ganz ohne Filmschminke – hätte Kappe den Mann beinahe nicht wiedererkannt. Außerdem stand er unter Schock, was ihn noch älter erscheinen ließ.

«Wieso hast du mir denn kein Autogramm mitgebracht?», war Klaras erste Reaktion gewesen, als er davon berichtete. So war sie, seine Klara. Kappe seufzte bei dem Gedanken daran, wie pietätlos sie sein konnte. Wo sie doch selbst gerne etwas Besseres gewesen wäre.

Aber ob sie dann glücklicher wäre? Paula Krauß war sicher «etwas Besseres» in Klaras Sinne, doch die Ermittlungen hatten ergeben, dass die Dame eindeutig Hand an sich selbst gelegt hatte. So etwas tat kein glücklicher Mensch. Was hatte sie von all dem Glanz, in dem sie sich dank ihres Mannes sonnen konnte? Wer wusste schon, ob nicht gerade das die Depression ausgelöst hatte, die dieser Selbsttötung vermutlich zugrunde lag?

Kappe lochte die Papiere und heftete sie in den Ordner, der für Selbstmörder reserviert war. Fall abgeschlossen, Deckel zu. Was blieb von einem Menschenleben?

Das brachte ihn erneut dazu, darüber nachzudenken, welches Schicksal ihm und den Seinen beschieden wäre, wenn Brettschieß' «anderer Wind» erst einmal durch die Gänge des Polizeipräsidiums am Alexanderplatz wehen würde.

Als er 1910 nach Berlin gekommen war, hatte er noch hochfliegende Träume gehabt. Kriminaler hatte er werden wollen, und dieser Traum hatte sich auch erfüllt, nachdem er maßgeblich an der Aufklärung des Falles um eine verkohlte Leiche in Moabit beteiligt gewesen war.

Er hatte seine Arbeit gut gemacht und sich wohl gefühlt in der Gemeinschaft des Präsidiums am Alexanderplatz. Selbstverständlich war er nicht mit allen gleich gut ausgekommen. Da war beispielsweise der alte Oberregierungsrat von Canow. Waldemar von Canow hatte so manche Fehlentscheidung getroffen, und Kappe war öfter mit ihm aneinandergeraten. Aber wenigstens hatte «die größte Schlaftablette Berlins», wie von Grienerick ihn nannte, sich nicht in ihre tägliche Arbeit eingemischt. Als Dr. Brettschieß sein Nachfolger geworden war, war es mit der Gemütlichkeit vorbei gewesen. Alles wollte er reglementiert wissen, überall steckte er seine Nase hinein, egal, ob ihn die Angelegenheit etwas anging oder nicht.

Von Canow hatte auch taktische Entscheidungen getroffen, mit denen er bei den Herrschenden möglichst nicht aneckte, und das hatte ihm wieder und wieder Kappes Zorn eingetragen. Doch Kappe fürchtete, dass von Brettschieß noch viel Schlimmeres zu erwarten war. Der war in Kappes Augen eine falsche Schlange. Das würde Kappe natürlich niemals laut sagen, zumindest nicht hier im Präsidium. Er hatte Familie und somit Verantwortung. Er konnte seinen Arbeitsplatz nicht aufs Spiel setzen. Doch irgendwann musste er sich seine Bedenken wenigstens mal von der Seele reden.

Er würde sich gerne mal wieder mit seinem alten Freund Gottlieb Lubosch treffen. Mit Liepe, den er seit Kindertagen kannte, hatte er bisher immer über alles reden können. Doch leider hatte dieser sich zwei Jahre zuvor als Hotelbesitzer in Bad Saarow niedergelassen, da konnte Kappe nicht mal eben auf einen Sprung nach Dienstschluss vorbeischauen.

Trotzdem wollte er es gerne einmal einrichten. Vielleicht konnte er Klara mit einem Wochenendausflug überraschen? Kappe bekam kurzfristig gute Laune, bis er sich bewusst machte, dass Klara schon mehrmals die Nase gerümpft hatte, weil ihr die Beschreibung, die Liepe vom Hotel geliefert hatte, nicht vornehm genug gewesen war. Außerdem – wer sollte denn die Kinder nehmen? Mitnehmen wollte und konnte er sie nicht, sonst wäre das Wochenende keine Erholung.

Andererseits, wenn Klara dabei war, konnte er auch nicht offen mit Liepe über das reden, was ihn bedrückte. Genaugenommen konnte er dann überhaupt nicht reden. Wenn Liepe und er, manchmal auch noch Theodor Trampe und Ludwig Latzke, in Männerrunde zusammensaßen, passte keine Frau dazwischen. Männergespräche waren eben manchmal deftiger, und nicht alles war für Frauenohren bestimmt. Außerdem wollte er mit seinem besten Freund auch über Klara reden. Also war die ganze Expedition eine Schnapsidee – es sei denn, er konnte sich unauffällig alleine auf den Weg machen.

Sofort packte ihn das schlechte Gewissen. Klara hatte doch so schon genügend mit den Gören zu tun, wie Kappe die Kinder insgeheim nannte. Wenn er jetzt auch noch am Wochenende verschwand, ohne dass er dienstlich gebraucht wurde ... Moment – ob das die Lösung war? Er könnte einen Einsatz vortäuschen.

Diese Überlegungen machten das schlechte Gewissen nicht

besser. Doch er kam auf andere Gedanken, als Gertrud Steiner ihm eine Akte hereinreichte.

Kappe warf einen Blick darauf. «Was soll ich denn damit?», rief er ihr hinterher. «Da ist doch niemand umgekommen!»

Aber Bockwurst-Trudchen, wie die Abteilungssekretärin ihrer Leidenschaft für ebendiese Wurstwaren wegen auch genannt wurde, hörte ihn schon nicht mehr. Trotz ihrer Leibesfülle war sie nämlich erstaunlich flink.

Seufzend sah Kappe noch einmal auf die Akte. Es ging um einen Einbruch in der Flemingstraße in Thiergarten. Die Gebrüder Sass waren mal wieder bei einem Einbruch überrascht und verhaftet worden.

Seit 1927 führten die beiden Einbrecher, die aus ärmlichen Verhältnissen stammten, die Polizei schon an der Nase herum und genossen dabei in der Bevölkerung gewisse Sympathien, da sie das erbeutete Geld auch unter den Leuten verteilten. Wie einst Robin Hood nahmen sie von den Reichen und gaben es den Armen – behielten vermutlich jedoch auch etwas für sich. Dummerweise hatte man ihnen bisher nichts Konkretes nachweisen können, zumal die beiden sich inzwischen auch einen pfiffigen Anwalt leisten konnten.

Offenbar hatten sich die Kollegen jedoch wieder auf die Lauer gelegt. Vielleicht war Franz und Erich Sass diesmal etwas nachzuweisen. Die Polizei hatte sich schon lange genug der Lächerlichkeit preisgegeben.

Wie auch immer, die Akte war bei ihm falsch. Kappe machte sich auf den Weg, um sie den rechtmäßigen Bearbeitern zu bringen. Eine willkommene Ablenkung für ihn. Im Bureau grübelte er heute einfach zu viel.

Die Frau sprach ihn an, als er gerade in die Studie zu einem Katzenbild vertieft war. Nicht, dass er Katzen besonders mochte, jedoch verkauften sich solche Bilder erstaunlich gut, und wollte er das Geld für Paris irgendwann zusammenbekommen, so musste er eben auf Kundenwünsche eingehen. Die eigentliche Kunst machte er nebenher, auch wenn ihn mitunter das Gefühl beschlich, dass er dafür kaum noch Zeit hatte.

Er sah mürrisch von seiner Arbeit auf. Zumindest mürrischer, als er gewollt hatte, denn Kunden zu vergraulen lag nicht in seiner Absicht. Er hatte sie von weitem im Augenwinkel unter «blond und hübsch» abgebucht, nun jedoch, da sie nahe vor ihm stand, sah er, dass das Blond bereits von dünnen grauen Strähnen durchzogen war und sie sicher einmal noch hübscher gewesen war. Doch hatten sich einige Falten zum Teil schon tief in ihre Haut gefressen.

«Hallo ...», sagte sie, offenbar unschlüssig, was sie noch hinzufügen sollte.

Er erwiderte den Gruß mit einem scheuen Lächeln. Vermutlich würde er sich nie an den Kontakt mit den Kunden gewöhnen, denn es waren ja Menschen, und Menschen, das wusste er, waren unberechenbar.

Mitunter glaubte er, dass seine Mitmenschen einzig dazu auf der Welt waren, um Pläne zu durchkreuzen. Jemand nahm sich etwas vor, und ein anderer versuchte, ihn daran zu hindern, als sei dies alles Teil eines teuflischen Plans. Victor hasste diese Vorstellung, und doch schien sie ihm allzu wahr. So bemühte er sich, den Kontakt zu anderen so weit wie möglich zu vermeiden.

Er suchte Verlässlichkeit, nichts durfte sich seinen Zielen in den Weg stellen. Menschen waren eine potenzielle Bedrohung, vor allem, wenn sie älter als fünf Jahre waren, obwohl er auch mit diesen kleinen Kerlchen schon üble Überraschungen erlebt hatte. Zum Beispiel der kleine Junge, der ihm Matsch auf ein fast fertiggestelltes Bild geworfen hatte. Die Mutter war schier untröstlich gewesen, doch bezahlt hatte sie den Schaden nicht.

Was mochte die Frau jetzt wollen, die ihn aus großen blauen Augen forschend anstarrte? Mit einem Mal zuckte er zusammen. Konnte es sein, dass sie ihn aus Argwohn so ansah? Auch wenn er zuweilen nicht sehr an der Welt um ihn herum interessiert war, sofern er sie nicht malen oder zeichnen konnte, so war ihm doch nicht verborgen geblieben, dass Stimmen laut geworden waren, die all jene verteufelten, die nicht blond und blauäugig waren.

Doch er schien sich in ihr geirrt zu haben.

«Schöne Bilder, junger Mann. Man sieht die Leidenschaft darin.» Sie hielt inne, als erwarte sie eine Antwort auf ihre nicht gestellte Frage.

Doch er lächelte nur. Er konnte ihren Gesichtsausdruck nicht deuten, besann sich dann jedoch, mit der Grübelei aufzuhören. Vermutlich gefielen ihr tatsächlich einfach nur die Bilder. Weshalb war sie ihm dann aber so besonders aufgefallen?

Am Wochenende kam Kappe endlich dazu, die Zeitungen der letzten Tage durchzublättern. Hier und da blieb sein Blick an einem Artikel hängen. Normalerweise las er kommentarlos, heute jedoch schüttelte er heftig den Kopf: «Jetzt wird unser schöner Sportpalast schon wieder für eine Kundgebung dieser NSDAP genutzt! Machen die das jetzt jeden Monat?»

«Was haben die denn wohl zu verkünden?», wollte Klara wissen.

«Dieser Hitler und der andere da, Joseph Goebbels, reden über ‹Raum für unser Volk›. Und ich fürchte, sie meinen nicht, dass wir neue Wohnungen bauen sollen.»

«Was wollen die eigentlich?»

«Das wüsste ich auch gerne. Bisher habe ich nur mitbekommen, was sie nicht wollen: Juden und Menschen aus anderen Ländern. Am liebsten würden sie wohl auch noch verbieten, dass jeder sagen darf, was er denkt. Aber zum Glück können selbst die das nicht verhindern.»

«Dafür müssten sie überhaupt erst mal an der Regierung sein. Und es wird ja wohl niemand so dumm sein, die zu wählen!»

«Dein Wort in Gottes Ohr, Klärchen. Aber vergiss nicht: Mit der Dummheit der Menschen sollte man immer rechnen. Es gibt ja offenbar Leute, die es gut finden, was die NSDAP zu sagen hat, sonst würden sie ihre Kundgebung in einer Eckkneipe abhalten und nicht im Sportpalast. Da passen immerhin rund zehntausend Menschen hinein. Wir werden ja sehen, wie die im September bei den Reichstagswahlen abschneiden.»

«Wenn ich ehrlich bin, mag ich über solche Dinge gar nicht nachdenken. Es gibt doch auch so schon genug Probleme. Ich mache mir lieber schöne Gedanken.»

«Bist du deshalb in letzter Zeit so zerstreut?»

Klara öffnete den Mund zu einer Antwort, als die Kinder in die Küche stürmten.

«Papa, dürfen wir rausgehen?»

Hartmut und Gretchen hatten ihre Sonntagssachen an. Einmal hatte er ihnen erlaubt, damit spielen zu gehen, und sich Klaras Zorn damit zugezogen. Die Kinder waren verdreckt wie die Ferkel wieder nach Hause gekommen. Er hatte aber auch keine Lust, ihnen zu sagen, dass sie sich umziehen sollten. Eigentlich hatte Kappe zu gar nichts Lust. Die Hitze machte ihn träge, und er hätte lieber noch weiter Zeitung gelesen. Auch Klara sah müde aus, doch zu seiner Überraschung schlug sie einen gemeinsamen Spaziergang vor.

«Och, nöööööö», maulten Hartmut und Gretchen im Chor. Karl-Heinz stimmte mit ein, vielleicht, weil es so lustig klang.

«Wir könnten uns ein wenig in der Stadt umschauen.» Die Stadt, damit war das Zentrum von Berlin gemeint. Wenn man so weit am Rand wohnte, war es fast schon eine längere Reise bis ins Innere Berlins.

Das fanden die Kinder schon besser.

Kappe sagte nichts und fügte sich in sein Schicksal, weil er Klara nicht verärgern wollte.

Es dauerte einige Zeit, bis sie endlich los konnten. Karl-Heinz nahmen sie in der Karre mit, weil der Kleine vom Herumrennen meist irgendwann müde wurde. Und inzwischen war er zu schwer, um ihn weite Strecken zu tragen. Sie fuhren bis zum Thiergarten, wo sie auf andere Ausflügler stießen, die das schöne Wetter genossen.

In der Nähe der Thiergartenschleuse standen einige Künstler und boten ihre Bilder dar. Der eine oder andere zeichnete währenddessen an neuen Werken.

«Schau mal, Mama, die süßen Katzen!» Gretchen lief auf einen der Künstler zu, einen ernsten dunkelhaarigen Mann, der diverse Leinwände mit Katzen- und Kinderbildern vor sich aufgebaut hatte. Aber auch abstrakte Malerei war darunter.

Kappe verzog das Gesicht, als sein Blick auf die bunten Gemälde fiel. «Das kann Karlchen auch», raunte er Klara zu.

Die grinste.

Doch die Katzenbilder und die Kinderporträts fand auch Kappe beeindruckend. Sein eigenes künstlerisches Talent beschränkte sich auf das Zeichnen von Strichmännchen und Kopffüßlern.

«Mama, kaufst du mir die?» Gretchen zeigte auf das größte Katzengemälde, das der junge Künstler im Angebot hatte.

«Aber Gretchen, das können wir uns sicher nicht leisten», sagte Klara lachend.

«Was kostet das?», fragte Grete ernsthaft und zog ihre kleine rote Geldbörse hervor.

Der junge Mann lächelte und nannte eine Summe, die in etwa Kappes Monatsgehalt entsprach.

Gretes Mundwinkel wanderten nach unten.

«Nicht traurig sein, kleine Mademoiselle! Schau her!» Der Künstler blätterte seinen Zeichenblock um, so dass ein frisches Blatt Papier zuoberst lag. Mit flinken Bleistiftstrichen zeichnete er zwei Katzenkinder, die sich um ein Wollknäuel stritten. Dann signierte er schwungvoll mit *VIC* und reichte Gretchen das Blatt. «Das schenke ich dir. Und wenn du erwachsen bist und ganz viel Geld hast, dann denkst du an den alten Victor und kaufst ihm ein großes Katzenbild ab, einverstanden?» Er hielt der Kleinen die Hand hin.

Grete strahlte und schlug ein. «Abgemacht!» Dann lief sie los und zeigte Kappe und Klara stolz das Bild.

Hartmut interessierte sich nicht dafür. Er schaute sehnsüchtig einer Gruppe von Jungen hinterher, die mit einem Fußball durch den Park liefen, dem eindeutig einiges an Luft fehlte.

Karl-Heinz war in der Karre eingeschlafen.

Grete winkte dem netten Künstler zum Abschied, und dieser erwiderte die Geste.

«Ich bin immer froh, wenn ich sehe, dass es noch freundliche Menschen auf der Welt gibt», sagte Kappe und nickte dem Mann lächelnd zu.

Victor nahm ein frisches Blatt und wollte eben den Zeichenstift ansetzen, als er sich eines Besseren besann. Es war schon recht spät geworden, und er hatte das Gefühl, dass er nach dieser Unterbrechung nichts Vernünftiges mehr zu Papier bringen würde. Also räumte er die Malsachen ein, schnürte die Bilder zusammen, wie er es an jedem Abend tat, und trat den Heimweg an.

Nachts träumte er von der Frau und konnte doch am nächsten Morgen nicht sagen, weshalb er von ihr so fasziniert war. Es war nur eine zufällige Begegnung, wie sie jeden Tag vonstatten ging, denn immer kamen Menschen, um seine Bilder zu betrachten. Doch von dieser Frau war etwas Unerklärliches ausgegangen, etwas, das ihn beunruhigte.

Er versuchte, wieder einzuschlafen, doch da ihm das nicht gelingen wollte, ging er an seine Staffelei und sah das unvollendete Bild an. Er stellte es beiseite und nahm eine neue Leinwand.

Er musste darauf achten, nicht zu verschwenderisch mit seinen Malutensilien umzugehen, vor allem, da ein entfernter Freund ihm diese sensationelle Farbe besorgt hatte, die kürzlich erst erfunden worden war und noch nicht industriell hergestellt wurde. Die Farbpigmente waren nicht anders als in Ölfarben, doch das Bindemittel war ein völlig anderes: ein Kunstharz, das biegsam und elastisch blieb. Das Beste daran war, dass die Farben mit diesem Acrylat wasserlöslich wurden und somit viel einfacher zu handhaben waren, weil auch die Pinsel nicht mehr mit Terpentin gereinigt werden mussten. Da der Wasseranteil der Acrylfarbe rasch verdunstete, konnte man die Farben bereits nach ungefähr fünfzehn Minuten übermalen. Das beschleunigte den Schaffensprozess. Außerdem leuchteten die Farben beinahe überirdisch.

Er hatte die Farben zunächst skeptisch ausprobiert und war nun mehr als begeistert. Er hätte mit Öl- oder gar Aquarellfarbe kein Gemälde wie Sól schaffen können. Und nun wollte er mehr.

Dafür würde er noch Geld brauchen. Doch dann wäre er einer der Ersten, die mit Acrylfarbe experimentieren und vielleicht wahre Wunder zuwege bringen konnten. Wenn sie nur nicht so teuer wäre! Wenn nur mehr Menschen auf seine Kunst aufmerksam würden und den Geldbeutel ein wenig lockerer sitzen hätten!

Wenn, hätte, würde ... Er seufzte und sah doch ein, dass die Zeiten für niemanden besonders rosig waren – er bildete da keine Ausnahme.

Er zog seinen hellgrauen Kittel über und malte schwungvoll ein Porträt aus dem Gedächtnis. Eckig, bunt, eng an sein großes Vorbild Picasso angelehnt und inspiriert von der Fremden, die seine Gedanken einfach nicht losließ. Für diese Werke lebte er, da durchströmte ihn ein Glücksgefühl! Jede Linie hatte etwas beinahe Erotisches an sich. Auf zu neuen Ufern! Nie Dagewesenes schaffen! Hier etwas dunkler, dort etwas heller, einen kontrastreichen Hintergrund schwungvoll auf die Leinwand bannen. Farben pur auftragen, Farben mischen – bunt für die Freude, Brauntöne für die düsteren Gedanken, mit denen er sich herumschlug. Doch alles in allem war er in diesem Moment glücklich: Malen – so zu malen, wie er es in seinem tiefsten Inneren wollte – machte ihn froh.

Ein Geräusch ließ ihn zusammenzucken. Etwas war heruntergefallen, und als er durch die Dachluke spähte, sah er eine Katze, die zu ihm hinunterschaute. Ganz entgegen seiner Gewohnheit öffnete er die Luke und ließ die Katze hinein. Warum er das tat, wusste er nicht. Es musste damit zusammenhängen, dass Katzenbilder einen immer größeren Raum bei seiner Malerei einnahmen.

Vielleicht lag es aber auch an Sól. Er hatte der Sonnengöttin katzenhafte Züge gegeben, obgleich nichts in der nordischen Mythologie darauf hindeutete, dass eine solche Verwandtschaft bestand. Doch das war seine Interpretation. Die Sonne buchstäblich als schöner Schein. Sie scheint gut zu sein, zumindest für das Leben auf der Erde. Doch sie vernichtet mit ihrem Feuer alles, was es wagt, ihr zu nahe zu kommen.

Rasch holte er den Skizzenblock, während die Farben auf der Leinwand trockneten. Die Katze tat ihm den Gefallen, sich in einer Ecke wohlig zusammenzurollen, so dass er sich mit seinem Block setzen und die rabenschwarze Schönheit mit Kohlestrichen aufs Papier bannen konnte.

Und es wurde gut. So gut, dass er danach eine kleine Leinwand bearbeitete, diesmal mit Ölfarben, von denen er noch genügend vorrätig hatte. Katze in Öl. Seine Gesichtsmuskeln verzogen sich zu einem Grinsen, das er sich selten gestattete, doch diesen Gedanken fand er amüsant. «Katze in Öl» klang wie ein Gericht.

Dann erstarb sein Grinsen wieder, denn ihm fielen die «Dachhasen» wieder ein, wie die geschlachteten Katzen genannt wurden, die man bisweilen in der Not anstelle eines Hasenbratens aß. Auch sein Vater hatte dies einmal versucht, doch Victor hatte keinen Bissen davon angerührt, weil er gesehen hatte, wie sein Vater die streunende Katze eingefangen hatte. Er hatte gehofft, ein wenig mit ihr spielen zu können, doch sie war mit einem Mal wie vom Erdboden verschluckt, und als er seinen Vater danach fragte, blieb dieser ihm eine Antwort schuldig. Das war für Victor Antwort genug gewesen.

Der Katze, die sich nun wohlig bei ihm auf dem Bett räkelte, würde dieses Schicksal hoffentlich erspart bleiben. Sie war so anmutig. Viel zu sauber und wohlgenährt für einen Streuner, fiel ihm plötzlich auf. Die Katzen seiner Kindheit waren zum großen Teil struppig und abgemagert gewesen, mit Augen ohne jeden Glanz. Diese hier wirkte, als würde sie jeden Tag nur das beste Futter erhalten, ohne darum kämpfen zu müssen.

Als hätte das Tier seine Gedanken erraten, sprang es vom

Stuhl und streckte sich, lief dann zögernd einige Schritte auf ihn zu und maunzte ihn von unten herauf auffordernd an. Als er nicht reagierte, strich die Katze langsam um seine Beine. Victor seufzte, legte den Skizzenblock beiseite und sah nach, was er aus seiner Speisekammer erübrigen konnte.

«Wo kommst du denn her?», fragte er leise, als die Katze die Milch schlabberte, die er in eine flache Schale gegossen hatte.

Als hätte das Tier ihn verstanden, blickte es auf und bedachte ihn mit einem Blick, den er von seiner Mutter in Erinnerung hatte. Sie hatte ihn stets so angesehen, wenn sie fand, er solle nicht so neugierig sein.

Ein Schauder lief ihm den Rücken hinunter, und er schalt sich, nicht so albern zu sein. Seine Mutter war tot, und er glaubte nicht an Wiedergeburt. Schon gar nicht daran, dass seine Mutter in Gestalt einer Katze in seiner Küchenecke Milch trank. Das war doch zu grotesk! Was sollte sie auch von ihm wollen? Ihm eine Botschaft überbringen? Ihn beschützen? Wovor?

«Victor, du bekommst eindeutig zu wenig Schlaf!», sagte er laut zu sich selbst.

Er wusch sich, zog seinen Pyjama an und ging ins Bett, nicht ohne zuvor das Dachfenster einen Spalt offen zu lassen, damit sein schwarzer pelziger Besuch wieder hinausgelangen konnte.

Die Katze sprang mit einem Satz ans Fußende seines Bettes, rollte sich zusammen und schlief ein.

FÜNF

VICTOR lief unruhig in seiner Dachkammer hin und her, schob hier einen Stuhl zurecht, zupfte da ein Kissen gerade und kontrollierte, ob er Berliner Kindl im Haus hatte, von dem er wusste, dass es seinem Gast schmecken würde.

Victor war nicht sehr geübt darin, Besuch zu empfangen. Es war sogar die Untertreibung des Jahrhunderts, denn außer der Vermieterin hatte noch nie jemand die Dachkammer betreten, seit er darin wohnte. Er wusste selbst nicht, weshalb ihm so daran gelegen war, seinen Gast zu beeindrucken, denn als er bei Alfons Lauterbach im Keller gewesen war, hatte es weder sauber noch besonders ordentlich ausgesehen. Überdies hatte Alfons ja sogar vergessen gehabt, dass er Victor eingeladen hatte.

Und offenbar hatte er die heutige Verabredung auch verschwitzt, denn er ließ schon zwanzig Minuten auf sich warten. Dabei hatte Alfons ihn förmlich bedrängt, ihm im Gegenzug seine Bilder im Atelier zu zeigen, obwohl ihm das gar nicht recht gewesen war.

Victor lief weiter durch den Raum, inzwischen verärgert. Es lohnte sich nicht, jetzt noch an die Staffelei zu gehen, denn sobald er die Vorbereitungen dafür beendet haben würde, stünde Alfons sicher vor der Tür. Ließ er die Malutensilien unangetastet, käme Alfons jedoch vermutlich gar nicht. Victor seufzte. Zumindest setzen konnte er sich ja.

Der Stuhl scharrte quietschend über den Holzboden und ächzte, als Victor sich darauf niederließ, obwohl er mit knapp siebzig Kilo bei 1,72 Meter Körpergröße sicher nicht zu schwer war.

Als er saß, dachte er, dass er wenigstens das Notizbuch hervorholen und ein wenig zeichnen könne. Schließlich musste er seine Finger immer in Bewegung halten. Tägliches Üben war der Schlüssel zum Erfolg. Er zeichnete einen Mann, der am Tisch saß und zeichnete, wie ein Mann am Tisch saß und …

Da klopfte es an der Tür, und Victor sprang auf.

Alfons stand draußen.

Victor wich zurück, denn eine starke Alkoholfahne schlug ihm entgegen.

Alfons nahm das Zurückweichen als Zeichen einzutreten und hielt sich nicht lange mit Entschuldigungen auf. Unrasiert und mit Ringen unter den Augen, sah er nicht aus wie jemand, der zum Kaffeeklatsch gekommen war.

Wieso habe ich hier überhaupt saubergemacht, dachte Victor verärgert, als von Alfons Schuhen Erde krümelte und sich auf dem ganzen Fußboden verteilte. Natürlich hatte er sich nicht die Mühe gemacht, seine Schuhe draußen abzutreten.

«Die wollen mich aus diesem Kellerloch werfen!» Alfons ließ sich auf den Stuhl fallen, auf dem eben noch Victor gesessen hatte.

Normalerweise werfen sie die Leute *ins* Kellerloch, dachte Victor. Und eigentlich konnte Alfons ja wohl kaum noch tiefer sinken.

«Bis zum Monatsende muss ich meine Mietschulden bezahlen, sonst …» Alfons machte mit seiner rechten Hand eine Bewegung, als würde er sich die Kehle durchschneiden. Dann richteten sich seine wässrig blauen Augen mit einem Mal direkt auf Victor. «Kannst du mir aus der Patsche helfen? Ich zahle dir das Geld auch zurück. Wenn ich nur endlich wieder ein Bild verkaufe, eines von den großen!»

Victor dachte an seine Ersparnisse, die er in einer Kiste unter dem Bett versteckt hatte, und sein Magen krampfte sich zusammen. «Ich … ich würde dir wirklich gerne helfen, wenn ich könnte. Aber sieh dich doch um, mir geht es nicht besser als dir. Überall Bilder, die niemand will.»

Das war gelogen, denn es waren einige Auftragsarbeiten darunter, die einfach noch nicht fertig waren. Aber er wusste, dass er keinesfalls signalisieren durfte, dass er auch nur die geringste Aussicht auf Geld hatte. Auch wenn Alfons Stein und Bein schwor, dass er Victor das Geld zurückzahlen würde – und den Schwur mit Sicherheit auch so meinte –, war Victor klar, dass er niemals etwas davon wiedersehen würde. Die Ausgaben waren bei freien Künstlern heutzutage oftmals höher als die Einnahmen, und wenn kein Wunder geschah, würde dies bis auf weiteres auch so bleiben.

Victor bekräftigte noch einmal die Aussichtslosigkeit seiner eigenen Situation: «Kürzlich habe ich sogar einem kleinen Mädchen eine Zeichnung geschenkt, weil es so traurig war, dass ihr Taschengeld nicht für ein Ölgemälde reichte. Ich bin also nicht einmal besonders geschäftstüchtig.»

«Entschuldige! Natürlich, die Zeiten sind schlecht.» Noch einmal sah Alfons ihn an, und Victor hatte Angst vor der Frage, die sein Gegenüber nun stellen würde. Denn mit einem Mal war ihm klar, weshalb Alfons unbedingt hatte sehen wollen, wo Victor wohnte. Er würde fragen, ob er hier unterkommen könnte, doch das war ganz und gar unmöglich! Es war ein Wunder, dass er Alfons überhaupt so nahe an sich herangelassen hatte. Aber mit ihm unter einem Dach leben? Nie und nimmer!

Schon öffnete Alfons den Mund, um jene verhängnisvolle Frage zu stellen, da wanderten seine Augen an die Wand hinter Victor und blieben an einem Punkt hängen. Ganz langsam erhob er sich vom Stuhl und ging an Victor vorbei auf das Bild zu, das offenbar seinen Blick gefangen genommen hatte.

Er hatte Sól entdeckt. «Wer hat das gemalt?»

«Ich. Ich besitze keine Bilder von anderen Künstlern.»

«Das ist phantastisch! Diese Farben! Ich habe diesen Stil nie zuvor gesehen. Die Menschen müssen dir das doch aus den Händen reißen!»

Also hatte Victor den richtigen Riecher gehabt. Er war auf dem richtigen Weg. Doch er reagierte ausweichend. «Ich glaube, die Leute in Berlin sind noch nicht so weit. Ich habe es noch nie ausgestellt.»

«Du musst verrückt sein, das ist großartig!»

«Montmartre.»

«Was?»

«Ich will es am Montmartre zeigen.»

«Warum?»

«Weil dort meine Bestimmung liegt.»

«Du spinnst! Berlin ist groß genug, in Berlin lebt die Avantgarde. Damit könntest du hier reich werden!»

Victor sparte sich eine Erwiderung. Er erwartete nicht, dass jemand verstand, was er vom Leben wollte. Er verstand es ja selbst oftmals nicht. Irgendetwas musste damals in Paris geschehen sein, dass er so besessen davon war, dorthin zurückzukehren. Eine Erinnerung kam hoch, etwas, das ihn der Lösung dieser Frage näherbrachte. Ein Duft, ein Bild …

«Um so malen zu können, würde ich töten!» Alfons stand wie hypnotisiert von dem Bild.

Victor bereute, dass er das Bild nicht versteckt hatte. Victor bereute, dass er es Alfons gestattet hatte herzukommen.

Victor ahnte nur noch nicht, dass er es später noch viel mehr bereuen würde.

SECHS

«PAPA, was ist eine Judensau?»

Kappe hatte gerade seine Kaffeetasse zum Trinken angesetzt. Er verschluckte sich und bekam einen knallroten Kopf.

Karl-Heinz sah ihm interessiert von Klaras Schoß aus zu und lachte.

Da Klara ihm weder rückenklopfend noch verbal zu Hilfe kam, musste Hartmut eine Weile auf Kappes Reaktion warten.

«Wo hast du das Wort denn her?», fragte er, weil es ihm die Zeit verschaffte, über eine angemessene Reaktion nachzudenken. Kappe hasste politische Diskussionen, weil ihn das regelmäßig dazu zwang, Stellung zu beziehen – etwas, das er tunlichst vermied. Doch hierüber konnte er nicht einfach hinweggehen. Immerhin hatte er so etwas wie einen Erziehungsauftrag, auch wenn Klara die Hauptverantwortung für die Kinder trug.

«Das sagt immer dem Heini sein Vater, sagt Heini. Und dass David eine Judensau wäre und seine Eltern sowieso.»

«Das heißt ‹Heinrichs Vater›, Hartmut, nicht ‹dem Heini sein Vater›», tadelte Klara, die ganz offensichtlich den Inhalt geflissentlich überhört hatte.

Also blieb die erzieherische Aufgabe tatsächlich an Kappe hängen, wie dieser resigniert feststellte. «So was sagt man nicht, Hartmut. Das ist eine Beleidigung.»

«Wenn ich ‹Heini sein Vater› sage, ist das eine Beleidigung?» Hartmut sah zweifelnd zu Kappe hinauf.

«Nein, das doch nicht! Ich meine, wenn Heinis Vater … wenn er über David und seine Eltern … dieses Wort sagt.»

«Judensau?»

«Herrje, hör doch damit auf!» Kappe hatte eigentlich vorgehabt, einen zweiten Anlauf mit seinem Kaffee zu starten. Stattdessen knallte er die Tasse auf die Untertasse zurück.

«Hermann! Mach das Geschirr nicht kaputt!», ereiferte sich Klara und wischte mit verkniffenem Blick die Kaffeelache weg, die sich auf der Untertasse gebildet hatte.

Kappe war froh um den Aufschub. Seiner Meinung nach gab es unter den Juden genau so viele gute und schlechte Menschen wie unter Christen. Ihm war vollkommen egal, welcher Religion jemand angehörte, solange er nicht versuchte, ihn zu bekehren. Ihm ging es nur gegen den Strich, wenn jemand beleidigt wurde, vor allem, wenn man dabei gleich eine ganze Bevölkerungsgruppe verunglimpfte.

«Hör mal, weiß Heini denn eigentlich, was er da sagt?»

«Na, dass David 'ne Ju ...»

«Ja, ja, schon gut. Weißt du, was das ist, ein Jude?»

«Nö. Unser Lehrer sagt aber immer, man muss ein bisschen vorsichtig sein, wenn man mit denen zu tun hat.»

Der Kampleitner also auch. Kappe schüttelte den Kopf.

«Hartmut, das ist Unsinn, ich möchte, dass du dir das merkst. Wir sind alle gleich, es gibt hier wie dort nette und weniger nette Menschen. David und seine Familie glauben nur ein bisschen anders an Gott als, sagen wir, Herr Müller aus dem Nebenhaus. Das macht sie nicht zu gefährlichen Leuten. Verstehst du das?»

Jetzt schaltete Gretchen sich in die Unterhaltung ein. «Du meinst den Herrn Müller, der manchmal mit Mama spazieren geht?»

Kappe sah Klara an. «Was meint sie?»

«Ich hatte vor einer Weile meine Hausaufgaben zu Hause liegenlassen und musste noch mal zurück. Da habe ich die beiden im Park gesehen.»

Es klapperte lauter als gewöhnlich, als Klara die Teller zusammenstellte. «Ach, das muss an dem Tag gewesen sein, als Herr Müller sich ausgesperrt hatte. Er hatte nicht mal Geld für den Bus dabei, um den Ersatzschlüssel von seiner Schwester abzuholen. Da habe ich ihm etwas geliehen, und wir sind gemeinsam zur Bushaltestelle gelaufen.» Sie verschwand in Richtung Spülbecken und begann geräuschvoll abzuwaschen.

Hartmut bat darum, aufstehen zu dürfen, was Kappe ihm geistesabwesend gestattete. Es hatte sich etwas ins Zimmer geschoben, das Kappe nicht greifen konnte.

Victor schrak hoch, als er die Stimme hörte.

«Schön, dass Sie wieder hier sind!»

Er sah von seiner Zeichnung auf und blickte in das Gesicht der blonden Frau, die ihn neulich so forschend betrachtet hatte. Er runzelte die Stirn.

«Ich hätte Sie neulich schon fragen sollen und hatte Angst, ich würde Sie nicht wiederfinden.»

Bang erwartete er, was sie als Nächstes sagen würde. War sie am Ende doch auf ihn angesetzt worden?

«Ich habe mich gefragt, ob Sie wohl auch Auftragsarbeiten annehmen würden.»

«Wieso?», fragte er, dabei war dies eine ganz normale Frage, die er schon oft bejaht hatte. Schließlich musste er von irgendetwas leben, und Auftragsarbeiten waren im Allgemeinen besser bezahlt als die wahre Kunst. Die Werke, die er aus seinem Innern erschuf, waren nahezu unverkäuflich. Die Menschen waren einfach noch nicht so weit.

«Ich sagte bereits beim letzten Mal, dass mir Ihre Art zu malen gefällt.» Sie lächelte ihn entwaffnend an. Offenbar schien ihr seine abweisende Haltung gar nicht aufzufallen, oder es machte ihr nichts aus. «Ich wünsche mir, dass Sie mich porträtieren. Könnten Sie sich das vorstellen?»

Er zögerte.

«Am Geld soll es nicht scheitern. Ich habe genug davon. Sie nennen die Summe, ich zahle.»

Er öffnete den Mund, doch die Stimme wollte ihm nicht gehorchen. Seine Geldsorgen könnten sich mit einem Schlag in Nichts auflösen. Vielleicht wäre das die Chance, endlich, endlich nach Paris zu kommen!

Er räusperte sich. «Selbstverständlich führe ich auch Aufträge aus.»

«Na bitte, war doch gar nicht so schwer.» Sie lächelte wieder. Ein Spur zu kokett vielleicht, wenn man bedachte, wie alt sie war – und wie alt er war.

Sie musste eine Frau aus gutem Hause sein. Nicht nur, weil sie den Preis für das Porträt offenließ. Nein, man sah es auch an ihrer Kleidung. Nicht zu extravagant, doch erkennbar teuer und gut gepflegt. Auch ihre Fingernägel waren manikürt. Es sah nicht aus, als würde sie das Haus selbst putzen. Er dachte an die Hände seiner Mutter, die stets rot und rissig waren vom vielen Eintauchen in den Putzeimer.

«Wann hätten Sie Zeit?» Die Frau riss ihn aus seinen Gedanken, und er merkte, dass er noch immer ihre Hände ansah. Der goldene Ring an ihrer rechten Hand funkelte im Sonnenlicht.

Während er sich noch eine Antwort zurechtlegte, machte sie bereits einen Vorschlag: «Wie wäre es morgen? Am Nachmittag, so gegen drei? Da habe ich nichts vor, und wir wären ungestört. Ich weiß nicht, wie lange Sie wohl brauchen werden, aber wir könnten dann gerne am Tag darauf weitermachen. Passt Ihnen das?»

Victor nickte, als hätte es ihm gänzlich die Sprache verschlagen. Dann fiel ihm etwas ein: «Wo soll ich mich einfinden?»

«Mir wäre es am liebsten bei mir zu Hause, wenn es Ihnen keine Umstände bereitet.»

Nun lächelte Victor ebenfalls. «Und wo ist das, Ihr Zuhause? Damit ich nicht vor dem falschen Haus stehe, meine ich. Die Stadt ist groß.»

Sie tippte sich leicht mit der Handfläche vor die Stirn. «Ach, wo habe ich nur meinen Kopf! Natürlich! Und vorgestellt habe ich mich auch noch nicht.» Sie reichte ihm die Hand. «Mein Name ist

Eleonore von Stielicke. Sie finden mich in der Viktoriastraße in Pankow. Gar nicht weit weg von der Schönholzer Heide. Kennen Sie die?»

Victor bejahte und reichte ihr ebenfalls die Hand. «Victor Reimer. Ich werde da sein. Morgen um drei.»

Kappe gestattete sich nicht oft, im Dienst die Zeitung zu lesen. Doch heute war nicht viel zu tun. Die Mörder hatten offenbar Pause. Er hätte sich einen der älteren unaufgeklärten Fälle vornehmen können. Mit einigen Monaten oder gar Jahren Abstand gewann man häufig einen neuen Blickwinkel auf die Geschehnisse. Doch dann brauchte er auch Zeit, um den neuen Erkenntnissen nachzugehen. Und wann immer er versucht hatte, einen alten Fall aufzurollen, war ihm eine frische Leiche dazwischengekommen. Gerade wenn er sich richtig eingearbeitet hatte. Es war ganz so, als würde er die Mörder durch die Beschäftigung mit alten Fällen dazu ermuntern, ihm etwas Neues zu tun zu geben.

«Ich will ja nicht schuld daran sein, wenn wieder einer stirbt», murmelte Kappe und schlug die *B. Z. am Mittag* auf. Würde Brettschieß hereinkommen, würde er behaupten, er suche darin nach Hinweisen. Brettschieß fragte nie genauer nach. Vermutlich hatte er Angst, dass dann Arbeit auf ihn zukäme, und die wollte er tunlichst vermeiden. Nachdem er aufgehört hatte, alles und jedes zu reglementieren, schien sein Arbeitseifer insgesamt erlahmt zu sein. Kappe war das nur recht, denn zu Beginn seiner Amtszeit hatte Dr. Brettschieß mit seinen neuen Anordnungen alle von der Arbeit abgehalten.

Kappes Blick fiel auf eine Schlagzeile: *Wiederholung! Hertha spielt unentschieden in Köln.* Er schmunzelte. Von wegen Hertha und Meister! Sie hatten gegen die Spielvereinigung Sülz zur Halbzeit im Müngersdorfer Stadion sogar 0:1 zurückgelegen und auch nach der Verlängerung nicht mehr als ein lausiges 1:1 zustande gebracht. Kappe glaubte nicht, dass das Wiederholungsspiel wesentlich erfolgreicher sein würde.

Er nahm sich vor, Galgenberg und von Grienerick später ein wenig damit aufzuziehen. Aber erst würde er die Zeitung von vorne bis hinten durchlesen.

«Mädchen, Mädchen, dich kann man auch nicht aus den Augen lassen, ohne dass du Blödsinn machst!» Margarete Klump tätschelte die Hand ihrer Freundin und legte die Stirn in Falten. «Ich hab ja immer gesagt, der Kappe kümmert sich nicht genug um dich.»

Margarete und Klara saßen in der Küche der Kappes am Tisch. Als hätte Margarete geahnt, dass Klara in der Klemme steckte, hatte sie überraschend vor der Tür gestanden. Dabei hatten die beiden sich mehrere Wochen lang nicht gesehen.

«Ach, das ist es doch gar nicht», schniefte Klara und putzte sich geräuschvoll die Nase. «Aber Ernst, mein Nachbar ... Er war einfach da. Es war, als hätte er meine geheimsten Gedanken gelesen. Wie soll eine Frau sich denn dagegen wehren?»

«Wenn in einer Ehe alles stimmt, dann kann ein anderer Mann Gedanken lesen, so viel er will – er würde trotzdem nicht zum Zug kommen.»

Klara schürzte trotzig die Lippen. «Ach du! Was willst ausgerechnet *du* mir sagen, wo du noch nicht mal einen Mann hast!»

Margarete lachte. «Wer hat mich denn um Rat gefragt, Klärchen? Nur weil ich zu deiner Liebschaft nicht lauthals Beifall klatsche, kannst du jetzt nicht mit mir herummeckern. Du wolltest meine ehrliche Meinung. Und die bekommst du. Du kennst mich.»

«Ich wusste aber nicht, dass du so ein Moralapostel bist.»

«Bin ich gar nicht! Du hast natürlich recht, ich habe lieber viele Männer, als mit einem einzigen bis ans Ende meiner Tage verbandelt zu sein. Aber das bin *ich*. Du bist ganz anders. Ich weiß, dass du deinen Kappe im Grunde deines Herzens liebst. Auch wenn ich das nie verstehen werde.» Margarete lachte wieder. «Aber das ist ja kein Geheimnis.»

Das war es wahrhaftig nicht. Klara wusste, dass Margarete Hermann immer für ein wenig zu spießig gehalten hatte. Außerdem war er ihr viel zu unpolitisch. Sie war eine Aktivistin, die alle, die nicht ebenso für ihre Rechte eintraten, für lauwarme Drückeberger hielt. Trotz allem wusste sie, was Klara und Hermann aneinander hatten. Und wenn sie auch Hermann Kappe stets ein wenig aufzog, so hatte sie ihn im Laufe der Jahre doch irgendwie liebgewonnen. Klara wusste auch, dass Margarete alles dafür tun würde, dass ihre Freundin glücklich war. Und da nun einmal Hermann derjenige war, den Klara für ihr Lebensglück ausgewählt hatte, würde Margarete auch auf seiner Seite stehen.

Wenn Klara tatsächlich jemanden gesucht hätte, der ihr einredete, dass sie Hermann zugunsten der Liebschaft mit Ernst verlassen sollte, wäre sie bei Margarete an die Falsche geraten. Das wurde ihr nun klar. Doch das war ohnehin nicht ihr Ziel gewesen. Sie musste sich nur dringend mal ausheulen, weil sie selbst nicht wusste, was mit ihr los war.

«Ich will Hermann doch auch gar nicht verlassen. Ich würde es ihm natürlich nie sagen, aber seit er aufgegeben hat, nach anderen Frauen zu schauen, ist er der allerbeste Gatte, den man sich wünschen kann. Er könnte vielleicht öfter mal nachts aufstehen, wenn Karlchen weint, aber sonst tut er alles für uns und schuftet, damit wir es gut haben.» Sie lächelte in sich hinein. «Manchmal komme ich absichtlich mit irgendwelchen absurden Wünschen, um ihn auf die Probe zu stellen. Doch Hermann klagt nicht, sondern versucht, sie zu erfüllen.»

«Das klingt mir alles ein bisschen *zu* rosarot.» Margarete schüttelte sich. «Aber wie gesagt, das ist eben nicht *meine* Art zu leben. Für dich müsste es aber goldrichtig sein!»

Klara fühlte, wie ihr wieder die Tränen kamen. «Das ist es doch auch! Deshalb verstehe ich doch nicht, warum ich mich so habe hinreißen lassen.»

«Dann beende es.»

«Das habe ich bereits. Doch ich glaube, Ernst begreift es nicht. Neulich hat er mir im Flur aufgelauert und wieder versucht, mich zu küssen.»

Das war ganz nach Margaretes Geschmack. «Und? Was hast du getan?»

«Ich habe ihm eine geschmiert. Weshalb hatte ich wohl zu ihm gesagt, dass wir es beenden müssen? Wie kann er es da wagen, einfach weiterzumachen, als wäre nichts gewesen? Nicht auszudenken, wenn Hermann das irgendwann bemerken würde!»

Klara stand auf, weil der Wasserkessel pfiff. Erst zaghaft wispernd, dann immer lauter erinnerte er sie daran, den Kaffee aufzubrühen.

«Eigentlich müsste ich Ernst für den Überfall dankbar sein. Er hat mit seinem gewaltsamen Kuss eine Grenze überschritten und alle schönen Erinnerungen ausgelöscht, die ich an die Zeit mit ihm hatte. Ich hatte mich mit ihm wieder wie ein junges Mädchen gefühlt, wie damals, als es mit Hermann anfing.» Klara sah durch den Tisch hindurch in die Zeit der leidenschaftlichen Küsse und Berührungen, bis sie plötzlich Margarete wieder in die Augen schaute. «Doch nun hat er mir klargemacht, wie falsch das alles war und was ich aufs Spiel gesetzt habe. Ich bereue zutiefst, was ich getan habe, und bin bereit, wieder an meiner Ehe zu arbeiten. Nur weiß ich nicht recht, wie.» Klara schnäuzte sich noch einmal vernehmlich. «Habe ich erzählt, dass Gretchen kürzlich von meinem Spaziergang mit Ernst berichtete?»

«Hoffentlich nicht Hand in Hand!» Margarete sah erschrocken drein.

«Nein, offenbar hat die Kleine uns noch in der Nähe des Hauses gesehen, und da wäre mir so etwas nicht im Traum eingefallen.»

Klara goss den dampfenden Kaffee in die Tassen. Kaffeeduft erfüllte die Küche.

«Aber Hermann hat mich so seltsam angesehen, als würde er etwas ahnen. Und seitdem steht eine unsichtbare Mauer zwischen uns. Was soll ich nur tun, Margarete?»

«Reiß die Mauer ein!»

«Wie soll ich das denn anstellen?» Klara kramte im Schrank

und förderte eine Keksdose zutage. Sie nahm den Deckel ab und roch am Inhalt.

«Gib mal her! Sind die noch von Weihnachten?» Margarete grinste.

«Unsinn!» Klara stellte die Dose auf den Tisch, und Margarete nahm sich einen von den Schokoladenkeksen. Genießerisch knabberte sie daran.

«Die sind perfekt! Das bringt mich auf etwas. Du weißt doch: Liebe geht durch den Magen. Zeig Hermann, dass du ihn liebst! Überrasche ihn mit seinem Lieblingsessen, irgendwann, wenn er überhaupt nicht damit rechnet. Bring die Kinder zu mir, und bereite alles für ein romantisches Abendessen zu zweit vor. Ich wette mit dir, sein Argwohn wird verfliegen.» Sie biss noch ein Stück vom Keks ab. «Und du kommst ihm dann auch wieder näher. Vielleicht merkst du dann, dass er nicht nur ein treusorgender Familienvater ist.» Sie zwinkerte Klara verschwörerisch zu.

«Und wenn Ernst mich nicht in Ruhe lässt?»

«Dann holst du die Polizei. Schließlich hast du sie im Haus.»

Klara sah sie entgeistert an. «Auf die Idee wäre ich nie im Leben gekommen!»

«Angriff ist die beste Verteidigung, das gilt auch in der Liebe. Das solltest du eigentlich wissen.»

Victor war pünktlich. Es hätte keinen guten Eindruck gemacht, wenn er zu spät zu einem Auftraggeber käme. Und ganz besonders in diesem Fall lag ihm viel an einem guten Eindruck. Er hatte sich selbst gefragt, woran das lag, und sich wenig später die Antwort gegeben: Diese Frau faszinierte ihn. Sie sandte Schwingungen aus, die etwas in ihm zum Klingen brachten, das er nicht zu erklären vermochte.

Es war anders als bei Lenchen damals. Zu Lenchen hatte er ein tiefes Vertrauen. Es war eine gute, tiefe Liebe zwischen ihnen gewesen, trotz aller Körperlichkeit irgendwie unschuldig. Ihr Tod hatte ihn halb wahnsinnig gemacht, doch er hatte sich mit ihm abfinden müssen. An solche Schwingungen, wie sie ihm von Eleonore entgegenschlugen, konnte er sich allerdings nicht erinnern. Vielleicht lag es daran, dass er damals noch vertrauen konnte?

Eleonore hatte ihn offenbar schon erwartet. Sie öffnete die Tür selbst. Dabei hätte Victor schwören können, dass sie Personal besaß. Das hatte er beim letzten Mal schon aufgrund ihrer manikürten Fingernägel vermutet. Außerdem lebte man nicht ohne Hilfe in einer solchen Villa.

Er stand in einer hohen Eingangshalle, von der mehrere Türen abgingen. Im Hintergrund befand sich eine Galerie, die offenbar als Bibliothek genutzt wurde, denn die Wände waren bis obenhin mit Büchern bedeckt. Alles war größer und schöner, als er es je zuvor gesehen hatte. Und doch war niemand zu sehen oder zu hören, der all dies in Ordnung hielt.

Eleonore lachte, als sie sah, wie Victor sich verlegen umsah. «Wir sind ungestört. Ich habe das Mädchen heute früher nach Hause geschickt.»

Also hatte er richtig vermutet. Doch weshalb hatte sie das getan? Sollte das Porträt ein Geschenk werden, und sie wollte sichergehen, dass niemand vorher würde verraten können, weshalb er hier war? Er beschloss, einen Schuss ins Blaue zu wagen. «Und der werte Herr Gemahl? Weilt er auf Geschäftsreise? Sicher soll das Bild eine Überraschung für ihn werden?»

Augenblicklich zog ein Schatten über das Gesicht der Hausherrin. «Mein Mann ist tot.»

«Oh, das tut mir leid, ich wollte nicht ... Es ist nur, weil ...» Victor deutete mit hilfloser Geste auf ihre Hand.

«Ach, der Ring?» Sie hielt die Hand hoch und sah das Schmuckstück an, als hätte sie es eben erst entdeckt. «Es gibt mir das Gefühl, ich wäre noch verheiratet. So, als wäre die Verbindung zu Georg nicht völlig abgerissen.»

Victor war die Situation mehr als unangenehm, und er starrte angestrengt auf seine Schuhspitzen. «Sie müssen sich mir nicht erklären.»

«Ich möchte es aber. Es tut mir sehr leid, ich wollte Sie nicht in Verlegenheit bringen.» Dann sah sie die Maltasche und die kleine Staffelei in seiner Hand. «Verzeihen Sie, ich bin eine schlechte Gastgeberin! Das kommt davon, dass Erna sonst immer die Besucher empfängt. Stellen Sie die Sachen doch bitte ab! Vielleicht leisten Sie mir bei einer Tasse Tee Gesellschaft, bevor wir beginnen?»

Victor stellte seine Sachen neben einen Sessel und folgte Eleonore von Stielicke zu einem Tisch in der Nähe eines hohen Sprossenfensters, dessen obere Kante in einem Rundbogen endete. Auf dem Tisch war bereits Teegeschirr für zwei gedeckt. Gebäck lag in einer silbernen Schale mit Durchbruchmuster.

«Setzen Sie sich doch!» Ihre Hand zitterte leicht, als sie den Tee eingoss.

Victor starrte sie die ganze Zeit über an, ohne sich zu rühren. Als sie den Blick hob, war ein leichtes Erschrecken in ihren Augen zu erkennen. Ihm gefiel das. Sie war deutlich älter als er, doch ihre offensichtliche Nervosität gab ihr etwas Mädchenhaftes. Er wollte versuchen, das in dem Porträt einzufangen, und hoffte, es würde ihm gelingen.

«Sind Sie immer so still?» Eleonore von Stielicke hatte die Teetasse an ihre Lippen gesetzt und sah ihn über den Rand hinweg an.

«Ich habe nicht sehr viel Gelegenheit, mich in Unterhaltungen zu üben.» Er lächelte.

«Ah.»

Stille.

Victor räusperte sich. «Seien Sie mir nicht böse, aber können wir nicht einfach direkt anfangen?» Ich würde es gerne hinter mich bringen, setzte er in Gedanken hinzu, weil die Spannung wirklich schwer zu ertragen war.

Er hatte nicht gelogen, er war tatsächlich kein Mann vieler Worte. Mit wem hätte er reden sollen? Schließlich vermied er es stets, zu intensiv in Kontakt mit Menschen zu kommen. Menschen ließen einen immer allein, wenn man sie am nötigsten brauchte. Weshalb dann also vorher viele Worte verschwenden?

«Aber natürlich, ganz wie Sie wünschen!» Eilfertig sprang sie auf und blieb an der Tischdecke hängen.

Victor beugte sich vor, um ihre Tasse vor dem Absturz zu retten. Zeitgleich mit ihr. Ihre Hände berührten sich, und er ließ seine etwas länger als nötig auf ihrer ruhen, um ihre Reaktion abzuwarten.

Sie zog ihre nicht weg. Es war, als hätte die Berührung sie beruhigt. Die Hektik verschwand, sie lächelte, und ihre Stimme klang tiefer, als sie sich bedankte.

«Das war nett von Ihnen. Das ist das Geschirr meiner verstorbenen Schwiegermutter. Vermutlich träfe mich auf der Stelle ein Blitz, wenn ich etwas davon zerstöre!» Lachend winkte sie ihm, ihr zu folgen. «Was halten Sie davon, wenn Sie mich hier malen?»

Victor fand sich in einem Schlafzimmer wieder, in dem ein prunkvolles Himmelbett stand. Zwei der Sprossenfenster, ähnlich denen am Teetisch, tauchten das Zimmer in gleißendes Licht – ideal zum Malen. Die Fenster gingen nach hinten auf einen parkähnlichen Garten hinaus.

«Hier kann uns niemand sehen», sagte sie. «Wenn Sie mit dem Rücken zum Fenster arbeiten, müsste es perfekt sein – habe ich recht?»

Victor nickte und ging seine Sachen holen. Er fragte sich, weshalb sie so darauf bedacht war, dass niemand sie sehen konnte. Das Licht war zweifellos perfekt, doch sicher hätte es in dem Haus noch andere Räume gegeben, die ähnlich gutes Licht boten.

Auf dem Rückweg verlief er sich im Haus und kam an einem Zimmer vorbei, in dem ein großer Schreibtisch stand. Vielleicht das ehemalige Arbeitszimmer ihres Mannes? Er lauschte, doch ihre Schritte waren nicht zu hören. Das Zimmer zog ihn magisch an. Er ließ seine Finger über dicke Folianten in den Regalen gleiten, über Bücher mit geprägtem Ledereinband und Goldschnitt.

Ein unscheinbares schwarzes Büchlein, das zwischen den anderen beinahe verschwand, erregte seine Aufmerksamkeit. Er zog es heraus und blätterte darin herum. Handschriftliche Aufzeichnungen, ein Tagebuch. *Eleonore von Stielicke* stand auf der ersten Seite. Er schlug es an einer beliebigen Stelle auf: *Doktor Mollenhauer hat mir Morphium dagelassen. Viel Morphium.*

War Eleonore von Stielicke eine Morphinistin, wie es sie angeblich in höheren Kreisen häufiger gab? Sie machte nicht den Eindruck auf ihn, aber der Schein konnte durchaus trügen. Entschlossen steckte Victor das Büchlein ganz unten in seine Tasche mit den Malutensilien und fand schließlich den Weg zurück ins Schlafzimmer.

Eleonore von Stielicke lag nackt auf dem Bett.

SIEBEN

KAPPE rutschte auf dem Stuhl hin und her. Das Kissen, das Klara ihm vor Jahren genäht hatte, war inzwischen durchgesessen und erfüllte seinen Zweck nicht mehr so recht. Es sollte ihm nämlich den Bureaustuhl bequemer gestalten, auf dass seine Zipperlein am Rücken nachließen, die ihn dann und wann plagten.

Er stand auf, um seinen Rücken zu strecken, als es an der Tür klopfte und sein alter Freund Gottlieb Lubosch die Nase hereinsteckte.

Kappe war hocherfreut. «Mensch, Liepe, was für eine wunderbare Überraschung! Was führt dich denn her?»

«Heimweh nach Berlin! Manchmal geht mir das piefige Bad Saarow doch ziemlich auf die Nerven.»

«Ich hab sowieso nie verstanden, wieso du unbedingt aus Berlin weg wolltest. Tja, Strafe muss sein!» Kappe lachte. «Wie lange bleibst du uns erhalten?»

«Ein paar Tage vielleicht, ich bin noch nicht sicher. Aber ich wollte dich unbedingt mal wiedersehen.»

«Ich freue mich wirklich, mir geht es nämlich genauso!»

Sie verabredeten sich auf ein Bier gleich nach Kappes Dienstschluss.

«So, was führt dich denn nun wirklich in die große Stadt?»

«Heimweh nach Berlin, hab ich doch gesagt.» Liepe sah in sein Bierglas, und Kappe hatte den Eindruck, dass das nur die halbe Wahrheit war.

«Und da kommste ausgerechnet in mein Bureau? Mein lieber

Gottlieb, deine Sehnsucht in allen Ehren, aber ich glaube, dahinter steckt noch mehr.»

Liepe blickte auf und sah Kappe nun direkt in die Augen. «Dir kann man auch nichts vormachen, was? Klar, bist ja auch 'n Kriminaler, dir entgeht natürlich nichts. Ist wirklich nichts Schlimmes, und ich wollte wirklich mal wieder nach Berlin.»

«Bereust du, dass du weggegangen bist?»

«Manchmal. Doch dann trete ich vor die Tür, sehe überall Natur und denke, ich habe es richtig gemacht.»

«Und was ist nun geschehen?»

«Meinen Gästen kommen Sachen abhanden.»

«Hast du einen Verdacht? Das Zimmermädchen?»

«Daran habe ich natürlich auch zuerst gedacht. Aber das wäre eine zu einfache Lösung gewesen. Und so habe ich mich mal auf die Lauer gelegt.»

Kappe grinste. «Das hätte ich zu gerne gesehen! Dann weißt du jetzt also, wer der Übeltäter ist?»

«Ja, und das macht die Sache nicht leichter.» Er holte tief Luft. «Es ist der Sohn des Zimmermädchens.»

Kappe machte ein dummes Gesicht. «Dann ist der Ausdruck ‹Mädchen› in dem Falle wohl nicht ganz zutreffend?»

«Na ja, auch in dieser Berufsgruppe wird man älter. Ihr Sohn ist zehn und besucht sie manchmal bei der Arbeit. Während seine Mutter den Besen schwingt, greift er in die Taschen der Hotelgäste.»

«Und – hast du ihn zur Rede gestellt?»

«Ich wollte, aber als ich meinen Beobachtungsposten verließ, um ihn abzufangen, war er verschwunden. Und seither war er auch nicht wieder im Hotel.»

«Wenn ich dich richtig verstehe, dann hast du das weder der Polizei gemeldet noch mit der Mutter darüber gesprochen?»

Liepe drückste herum. «Ich wollte keinen Eklat heraufbeschwören, daher habe ich auch die Polizei aus dem Spiel gelassen und den Gästen eingeredet, sie hätten ihre Sachen irgendwo verloren.»

«Das kannste aber auch nur Leuten erzählen, die freiwillig in Bad Saarow Urlaub machen. Hier in Berlin hätten die dir was gehustet!»

«Weiß ich doch. Aber was mache ich denn jetzt? Der Junge ist eigentlich ein lieber Kerl, und seine Mutter hat es nicht leicht. Ihr Mann ist gestorben, als das Kind noch ganz klein war. Ich kann den doch nicht anzeigen. Und wenn ich meinem Zimmermädchen das erzähle, macht sie dem Kleenen die Hölle heiß.»

«Und was soll ich da machen?»

«Ich habe überlegt, ob ich der Hannelore – so heißt das Zimmermädchen – nicht den Vorschlag mache, ihrem Jungen mal die große Stadt zu zeigen.» Gottlieb Lubosch machte eine Pause und hielt nach der Kellnerin Ausschau.

Kappe ahnte, was nun kommen würde.

«Na, und da hab ich gedacht, dass du – also wenn du so nett sein könntest – dem Kleinen zeigst, was aus den Kerlen wird, die andere beklauen. Vielleicht kannst du ihn mal mitnehmen zu einem Einsatz.»

«Du hast wohl vergessen, dass ich bei der Mordkommission arbeite. Eierdiebe gehören nicht zu meinem Aufgabengebiet.»

«Mord ist doch noch viel besser! Zeig ihm 'ne Leiche, und dann sag, dass man leicht so endet, auch wenn man am Anfang bloß Uhren geklaut hat.»

Kappe lachte dröhnend. «Liepe, so kenn ich dich ja gar nicht. Sind das Vatergefühle, die da bei dir zutage treten?»

Kappes Freund knetete seinen Bierdeckel. «Ich fühle mich eben irgendwie verantwortlich. Weiß auch nicht, weshalb.»

«Du kannst ihn gerne herbringen. Aber ob ich ihm eine Leiche zeigen werde ...»

Liepe strahlte. «Dann fällt dir sicher etwas anderes ein!»

«Du hältst ja große Stücke auf mich. Ich hoffe, ich muss dich nicht enttäuschen.»

Liepe lächelte und wollte gerade etwas erwidern, als vom Tresen her lautstarkes Scheppern zu hören war.

«Die ersetzt du mir, Bengel!», schrie der Wirt, und die beiden alten Freunde grinsten.

«Überall dasselbe mit den Gören. Egal, wie alt sie auch werden.» Liepe trank noch einen Schluck Bier. «Aber ich rede die ganze Zeit von mir. Wie geht es dir und deiner Familie?»

Beinahe hätte Kappe mechanisch «Gut!» gesagt, doch dann fiel ihm ein, dass er sich ja gewünscht hatte, mit seinem Kumpel mal über alles zu reden, was ihn bedrückte. «Muss ja. Wir sind alle gesund, aber ... Ach, ich weiß auch nicht.»

Gottlieb Lubosch machte ein Gesicht, als wolle er seine Ohren aufstellen wie ein Hund.

«Frollein, können wir noch ein Bier bekommen?» Kappe ahnte, dass er am nächsten Morgen wieder einen dicken Kopf haben würde, doch das war ihm in diesem Moment egal – er brauchte ein wenig Quasselwasser. «Ich weiß gar nicht recht, wo ich anfangen soll. Eigentlich könnte ich völlig zufrieden sein.»

«Der Mensch sucht doch immer etwas, das ihn vom Glücklichsein abhält, ist dir das noch nie aufgefallen? Man kann noch so reich und gesund sein – es ist, als sei es unrecht, wenn man sich wohl fühlt, also ereilt einen die Schwermut oder der Neid auf andere, denen es vermeintlich noch besser geht. Manch einer ist sein ganzes Leben lang auf der Suche nach dem Glück und sieht nicht, dass es direkt vor seiner Nase liegt.»

«Vielleicht habe ich nur Angst, dass mir mein Glück abhandenkommt. Klara, weißt du, sie ist momentan so ... so abwesend. Ich glaube, das ist das richtige Wort. Ständig scheint sie mit ihren Gedanken woanders zu sein.»

Die Kellnerin brachte das Bier, und Kappe hielt mit dem Reden inne, bis sie wieder weg war.

«Du kennst sie ja. Will immer ihren Kopf durchsetzen. Wie lange hat sie mir die Ohren vollgejammert, dass sie eine Wohnung im Grünen möchte, wegen der Kinder.»

«Ja, das klingt ganz nach Klara.» Liepe lachte. «Wieso machst du dir dann Sorgen?»

«Weil das die alte Klara ist. Die neue fragt ganz zaghaft immer wieder mal an, ob ich vielleicht lieber wieder in die Nähe des Präsidiums ziehen will. Keine Rede mehr davon, dass die Innenstadt für die Kinder nicht gut genug ist. Das macht mich stutzig. Und dass sie so vergesslich ist. Und nie zuhört, wenn ich mit ihr rede.»

«Das tun Frauen doch nie, Kappe.»

«Klara schon. Nur nicht, wenn sie sauer ist. Aber selbst das kommt ja gar nicht mehr vor.»

«Das klingt alles nach 'ner Wochenbettdepression. Eine Nachbarin hatte das mal. Konnte sich an nichts mehr erfreuen, auch nicht an ihrem Baby. Stand irgendwann nicht mal mehr aus dem Bett auf.»

«Liepe, Karlchen ist drei Jahre alt!»

«Du liebe Zeit, so lange ist das schon wieder her?» Liepe verzog das Gesicht. «An den Kindern merken wir, wie alt wir werden.»

«Da sagst du was.» Kappe starrte auf den Tisch, ohne etwas zu sehen.

«Und dass Klara einsam ist da draußen, kann das sein? Vielleicht sehnt sie sich nach Trubel?»

«Einsam? Ich weiß nicht. Zumindest zu einem unserer Nachbarn scheint sie ja Kontakt zu haben. Gretchen hat die beiden wohl mal zusammen gesehen. Angeblich sind sie nur zusammen zum Bus gegangen.» Kappe sprach nicht weiter. Es tat zu weh, laut zu sagen, was ihn seit jenem Frühstück quälte: der Gedanke daran, dass Klara mit diesem Herrn Müller vielleicht mehr verband als der gemeinsame Weg zur Bahn.

«Kappe, du glaubst doch nicht etwa, dass deine Klara einen Geliebten hat?»

Da war es: das Wort, das er sich nicht eingestehen wollte und das Liepe so locker aussprach, als hätte er lediglich nach der Uhrzeit gefragt. Er nahm einen tiefen Zug aus dem Bierglas. «Ich weiß nicht mehr, was ich glauben soll. Klara hat so komisch geschaut, als Gretchen beim Frühstück davon anfing. Sie hat sich bemüht, keine Miene zu verziehen, aber gerade das hat es so eigenartig gemacht.»

«Mal ehrlich, kannst du dir das wirklich vorstellen? Deine Klara? Wo sie doch so an dir hängt. Ich glaub das nicht.» Liepe schüttelte energisch den Kopf, als könne er auf diese Weise alles wegwischen, was vielleicht geschehen sein mochte.

«Natürlich kann ich mir das nicht wirklich vorstellen. Das will ich auch gar nicht. Aber sie ist so oft alleine, vielleicht ist man dann empfänglich für Avancen irgendwelcher Herren. Ich meine, ich weiß schließlich, wovon ich rede.»

Liepe gluckste. «Ach, warst du auch schon mal empfänglich für die Avancen gewisser Herren?»

Kappe knuffte Liepe in den Oberarm. «Blödmann!» Aber immerhin musste er lächeln. Natürlich wusste Liepe genau, dass Kappe von Clärenora Stinnes und Lienhwa Li sprach. Schließlich hatte er seinem besten Freund in einer schwachen Stunde davon erzählt. «Mir macht ganz sicher kein Herr Avancen. Gewisse Herren gehen mir höchstens schwer auf die Nerven.»

«Dieser Nachbar?»

«Nein, ich meine den Brettschieß.»

«Dein Chef.»

«Genau. Ich fühle mich ständig von ihm beobachtet. Und dass er die NSDAP so bejubelt, macht ihn nicht gerade sympathischer.»

«Nanu, mein Kappe wird politisch? Das sind ja ganz neue Seiten an dir. Bist du dir sicher, dass Klara komisch wird und nicht du?»

«Ja, bin ich», knurrte Kappe. «Du hast recht, in Politik mische ich mich nicht gerne ein, aber mir gefällt einfach nicht, was ich von denen so höre.»

«Bei uns da draußen ist es noch relativ ruhig. Aber in der Provinz kommt ja alles immer später an.»

«Ich wünsche mir sehr, dass die NSDAP politisch nie so viel Macht erreicht, dass es irgendjemanden kümmern muss, was die in ihren Reihen so treiben. Mir ist vor allem wichtig, dass ich meine

Arbeit weiterhin möglichst ungestört ausüben kann – und vor allem, dass ich sie behalte. Der Brettschieß hat angedeutet, dass er Leute entlassen wird. Juden und Leute, die nicht auf seiner Linie liegen.»

«Was denn, ganz offiziell?»

«Natürlich nicht! Ich habe zufällig ein Telefonat von ihm belauscht.»

«Na, na, Kappe – zufällig?»

«Hör mal, du kennst mich. Die Tür von Brettschieß' Bureau stand offen, und er hat sich nicht gerade bemüht, leise zu reden. Er hat alles viel weniger freundlich ausgerückt als ich eben.» Kappe nahm einen Schluck. «Nicht auszudenken, was aus Klara und den Kindern würde, wenn ich sie nicht mehr ernähren könnte.» Er seufzte und wollte sein Bierglas abermals ansetzen, stellte jedoch fest, dass es schon wieder leer war.

«Wenn du nicht mehr als Kriminaler arbeiten darfst, kannst du ja Krimineller werden. Damit kennst du dich schließlich aus. Nee, Kappe, um dich mache ich mir keine Sorgen!» Liepe kicherte. «Woll'n wir noch 'ne Runde nehmen?»

«Ich glaube, ich sollte vernünftig sein. So gerne ich mit dir noch einen trinken würde: Ich muss morgen wieder früh raus.» Kappe sah zur Uhr.

Es war zwar noch nicht sehr spät, weil sie sich relativ zeitig getroffen hatten, doch er würde trotzdem zu spät zum Abendessen kommen, und Klara würde seine Alkoholfahne zum Anlass nehmen, ihm Vorträge zu halten. Sie sah durchaus ein, dass er nicht immer genau sagen konnte, wann er Feierabend hatte. Schließlich hielten Mörder sich nicht an Geschäftszeiten. Doch wenn er Zeit zum Saufen hatte, wie sie es stets nannte, dann konnte er auch pünktlich zum Essen erscheinen.

Kurz überlegte er, ob er nicht einfach mit Liepe bis tief in die Nacht trinken sollte, um ihren Tiraden zu entgehen, doch Kappe wusste, wie leicht er inzwischen einen Kater bekam, und das hielt ihn davon ab. Früher hatte er damit keine Probleme gehabt, aber er wurde schließlich nicht jünger. Außerdem würde es dann eisiges Schweigen beim Frühstück geben.

Also zahlte er ergeben, verabschiedete sich von Liepe und machte sich auf den Heimweg.

Als Kappe die Tür aufschloss, hörte er leise Musik. Was war hier los? Überraschte er Klara womöglich mit ihrem Liebhaber?

Sei kein Narr, Hermann, schalt er sich, doch als er aus dem dunklen Flur in die Küche bog, hielt er seinen Verdacht für bestätigt: Es war für zwei gedeckt, Sektgläser standen auf dem Tisch, und zwei lange weiße Kerzen brannten in den Kerzenhaltern, die Klara einst von ihrer Mutter bekommen hatte.

Klara saß auf ihrem Platz und lächelte ihn an. Keine Spur eines schlechten Gewissens. Also war er doch auf dem Holzweg?

«Hallo, Hermann!» Klara stand auf und nahm ihm die Aktentasche ab. «Wie war dein Tag?»

Kein «Wieso habe ich keinen Mann mit geregelten Arbeitszeiten geheiratet?». Stattdessen ein Kuss.

Er roch meilenweit nach Bier, doch noch immer kam kein Wort der Kritik über Klaras Lippen. Er stand da wie angenagelt, doch Klara schien dies gar nicht zu bemerken.

Sie lief eilfertig zum Backrohr. «Ich habe das Essen für uns warm gestellt. Setz dich doch!»

Kappe verstand die Welt nicht mehr. Sonst musste er oft genug das Essen kalt hinunterschlingen, weil er keine Lust auf Klaras Nörgelei hatte, wenn er sie bat, es ihm noch einmal aufzuwärmen. Irgendetwas war hier im Busch!

Kurz durchfuhr ihn der Schreck. Hatte er einen Jahrestag verpasst? Doch der Hochzeitstag stand noch bevor, und einen echten Kennlerntag hatten sie auch nicht, denn Klara war ja irgendwie schon immer da gewesen. Verlobung? Kappe überlegte, rechnete und kam zu dem Schluss, dass es doch etwas vollkommen anderes sein müsse. Nur, was?

Klara kam mit Schweinebraten und Klößen an den Tisch.

Weiß der Kuckuck, wo sie dieses saftige Stück Fleisch organisiert hatte. Sonst aßen sie so etwas nicht einmal sonntags.

«Klara, was ist los?», fragte er sanft, um sie nicht zu verschrecken.

Klara sah ihn nicht an. «Gar nichts. Wir hatten nur lange keinen gemütlichen Abend zu zweit.»

«Aber du hast dir so viel Mühe gegeben. Dabei haben wir noch nicht einmal Wochenende. Alles ist so besonders, so schön. Und es muss ein Vermögen gekostet haben!»

«Ach, das war halb so wild.» Klara lächelte. «Ich hatte einfach das Bedürfnis, es uns beiden schön zu machen. Ich freue mich, dass es dir gefällt.»

Es würde mir noch viel mehr gefallen, wenn ich wüsste, was mit dir los ist, dachte Kappe, beschloss aber, nichts zu sagen.

Doch plötzlich schoss ihm ein Gedanke durch den Kopf. «Du bist doch nicht etwa wieder schwanger?» Natürlich, das musste es sein! Es würde alles erklären: ihre Abwesenheit, ihre seltsame Stimmung. Der Spaziergang mit dem Nachbarn war demnach einfach purer Zufall gewesen.

Panik machte sich in ihm breit, als ihm klar wurde, was ein weiteres Kind bedeuten würde, wo das dritte doch schon zu viel war, emotional wie finanziell.

Doch Klara beruhigte ihn. «Nein, Hermann, kein weiteres Kind. Und dass du hier sitzt und händeringend nach einem Grund für alles suchst, zeigt mir nur, wie nötig ein solcher Abend ist. Wir machen viel zu selten etwas gemeinsam. Seit der Kleine auf der Welt ist, leben wir doch nur noch nebeneinanderher. Deshalb habe ich die Kinder heute alle ausquartiert.»

«Wo sind sie?»

«Bei Margarete. Es ist alles in Ordnung. Entspann dich!» Sie rückte auf der Küchenbank näher und legte ihre Hand auf seine. Dann beugte sie sich vor und küsste ihn.

Sie mussten den Braten und die Klöße später noch einmal warm machen.

ACHT

ES ZOG IHN in die Stadt. Die Begegnung mit Eleonore hatte ihn in tiefe Verwirrung gestürzt, und er hatte seit Tagen das Gefühl, dass seine herumwirbelnden Gedanken in der kleinen Kammer nicht genügend Platz hatten.

Victor nutzte den Schutz der Dunkelheit, wo er den forschenden Blicken der Leute nicht ausgesetzt war. Immer häufiger starrten die Menschen ihn an. Er mochte seine dunklen Augen und die fast schwarzen welligen Haare sehr, doch immer öfter wünschte er sich, er hätte die blauen Augen und hellen Haare seiner Eltern geerbt. Dann müsste er sich nicht wie ein Außenseiter fühlen, gerade in diesen Zeiten. Denn genau so fühlte er sich, er, der Menschen ohnehin nicht gerne zu nahe kam.

Er schlich sich durch die Nacht und träumte vom großen Erfolg, von Toulouse-Lautrec, Picasso, Matisse, und davon, dass sein Name einst in einem Atemzug mit diesen Meistern genannt würde. «Ich habe einen echten Reimer in meinem Salon!» Das wäre Musik in seinen Ohren.

Seine Schritte hallten in der Dunkelheit von den Hauswänden wider. Ab und zu traf er auf Menschen, aber sie beachteten ihn gar nicht. Liebespärchen gingen turtelnd Hand in Hand an ihm vorbei. Sie schauten sich zu tief in die Augen, um ihn zu bemerken. Forschten in der Seele des anderen, suchten den siebenten Himmel, den sie am Ende doch niemals finden würden.

Alles ist nur eine einzige große Illusion, dachte Victor. Es endet immer schlimm. Der Tod war schlimm, das Ende von allem. Egal, wie glücklich man zuvor gewesen sein mochte. Die Menschen machten sich etwas vor, wenn sie glaubten, Glück währte ewig. Es zählte nur das ganz Große. Man musste so groß sein, dass man noch Generationen später Gesprächsthema war – auf Cocktailempfängen, bei Teestunden, im privaten Gespräch. Das war die einzige Möglichkeit, unsterblich zu sein und das Glück über den Tod hinaus festzuhalten.

Victor bemerkte Licht, das aus einem Schaufenster auf den gegenüberliegenden Gehsteig schien. Was konnte das sein, um diese Zeit, wo doch keine Geschäfte mehr offen hatten? Er setzte seinen Weg fort und schaute ins Fenster.

Der Laden war gerammelt voll mit Menschen, die Sektgläser in der Hand hielten. An den Wänden hingen Bilder. Offenbar hatte er eine Ausstellungseröffnung in einer Galerie entdeckt. Er stand auf der Bordsteinkante und rang mit sich. Es waren eindeutig zu viele Menschen dort, als dass er freiwillig hineingegangen wäre. Andererseits war er durchaus neugierig. Er wippte auf seinen Absätzen und überlegte. Letztlich entschied er, dass er an einem der anderen Tage noch einmal hier vorbeigehen würde, wenn die Galerie ganz normal geöffnet hatte. Er wollte sich eben abwenden, als ein großer, massiger Mann sich vom Fenster entfernte und den Blick auf ein Bild an der gegenüberliegenden Wand freigab.

Victor stockte der Atem. Das konnte nicht wahr sein! Dort drüben hing Sól!

Er ging über die Straße, den Blick auf das Bild geheftet, und wie aufs Stichwort trat Alfons in sein Blickfeld, im schicken Anzug – wo er den wohl organisiert hatte? – und mit stolzgeschwellter Brust. Er deutete erklärend auf das Bild, umringt von vielen Menschen, die alle sehr wichtig aussahen. Er erkannte jetzt sogar einen von ihnen, einen einflussreichen Mann in der Kunstszene, der junge Künstler förderte, die es seiner Meinung nach verdient hatten. Der Mann strich sich über seinen gewaltigen Schnauzbart und lächelte Alfons wohlwollend zu.

Victor wusste, dass die Menschen drinnen im Hellen ihn nicht sehen konnten, so dunkel, wie es draußen war. Fassungslos stand er vor dem Fenster, und eine Welle der Übelkeit stieg in ihm auf. War dies derselbe Alfons, der erst kürzlich wie ein Häufchen Elend bei ihm gesessen und erklärt hatte, er sei so gut wie mittellos? Er musste Victors Bild in Rekordzeit kopiert haben.

«Wenn ich einmal etwas gesehen habe, das mich berührt hat, dann kann ich es jederzeit aus dem Gedächtnis malen», echoten Alfons' Worte in Victors Kopf. Wieso nur hatte er ihm Zugang zu seiner Dachkammer gewährt, obwohl er wusste, dass Alfons ein photographisches Gedächtnis hatte? Hatte er denn immer noch Zweifel daran, dass er gut genug war, um kopiert zu werden?

Er starrte das Plagiat an: Die Farben leuchteten nicht annähernd so wie auf dem Original, was natürlich war, denn Alfons hatte keine Acrylfarbe verwendet. Victor hatte das Geheimnis nicht verraten, und die Farben konnte Alfons nicht gesehen haben, denn er verwahrte sie in einer Schachtel. Überdies waren die katzenhaften Züge auf dem Gesicht der kopierten Göttin nicht so ausgeprägt. Dem Bild fehlte die Raffinesse, die Victors Meisterwerk ausmachte.

Doch das Gemälde, das seinen Erfolg in Paris begründen sollte, war in diesem Moment wertlos geworden. Trotz aller Unterschiede – es würden alle glauben, er, Victor, hätte sich Alfons Lauterbachs Gemälde zum Vorbild genommen. Der Erste war immer der Sieger. Beteuerungen des Zweiten würden als Lüge abgetan werden.

Victor ballte die Hände. Er war ausnahmsweise dankbar für sein zurückhaltendes Wesen, denn wenn er beispielsweise wie Karl Kasulke wäre, hätte er jetzt die Galerie betreten und Alfons Lauterbach, den Mann, der sich seine Freundschaft erschlichen hatte, mit einem Schlag niedergestreckt.

So aber richtete er seine Aggression gegen sich selbst. Panisch lief er davon und biss sich auf die Faust, bis er den metallischen Geschmack seines eigenen Blutes schmeckte.

Er kam an einem Lokal vorbei, dunkel und voll. Trotz der vielen Menschen ging er hinein, stellte sich ans hinterste Ende des Tresens und bestellte mit zitternder Stimme einen Schnaps. Und noch einen. Und zwei weitere.

Er hielt sich lange dort auf, trank und trank. Als der Rausch ihn gänzlich im Griff hatte, wusste er nicht mehr, weshalb er sich vor der Galerie zurückgehalten hatte. Er warf Geld auf den Tresen und merkte nicht, dass der Wirt ihm etwas herausgeben wollte.

Er taumelte aus dem Lokal, orientierte sich schwerfällig und schlug den Weg ein, der ihn zurück zur Galerie brachte. Doch er sah kein Licht mehr – die Vernissage war vorüber und Alfons sicher zu Hause.

Die Wut, die er sich angetrunken hatte, brauchte dennoch ein Ventil. Er griff sich einen losen Pflasterstein und warf ihn mit aller Macht durch die Scheibe, direkt auf das Bild. Es fiel krachend von der Wand und blieb umgedreht auf dem Boden liegen.

Victor erschrak, weil das Ergebnis seines Wutanfalls mehr Lärm gemacht hatte als erwartet. Er lauschte. Hatte jemand etwas gehört? Doch nur das Rascheln des Windes in der Linde neben ihm war in der Stille der Nacht zu hören. Ihm war vorher aufgefallen, dass die Galerie in einem kleinen Gewerbegebiet lag. Sicher würde niemand in den angrenzenden Läden übernachten, und die Leute waren alle längst zu Hause.

Diese Erkenntnis machte ihn mutiger. Er stieg vorsichtig durch das riesige Loch in der Fensterscheibe. Ein weit hervorstehender Splitter schnitt ihm ein Loch in den Ärmel, doch er beachtete dies nicht weiter, denn in ihm war ein Plan gereift: Er würde das Bild stehlen. Wenn Alfons' Machwerk nicht mehr existierte, würde niemand mehr anzweifeln, dass er, Victor, das Original gemalt hatte. Damit Alfons den Braten nicht sofort roch, würde er noch ein weiteres Bild entwenden, mit dem er nicht in Verbindung gebracht würde. So klar konnte er trotz der Schnäpse noch denken. Erwischen lassen wollte er sich ganz bestimmt nicht!

Über knirschende Glassplitter ging er auf ein Gemälde zu, das ihn schon in Alfons' Keller besonders abgestoßen hatte: die schmerzverzerrte Fratze einer Frau, in grellen Farben buchstäblich auf die Leinwand geklatscht. *Verkauft* stand auf dem Schild daneben. Alfons' Monatsmiete wäre somit wohl gerettet. Hatte er gedacht. Grimmig lachend, riss Victor das Bild von der Wand und trampelte darauf herum, bis die Leinwand auf dem Keilrahmen dem Druck nachgab und zerfetzte.

Er wollte dasselbe mit der miserablen Kopie seiner Sól machen, doch er überlegte es sich anders und zerrte zuvor noch einige andere Bilder von der Wand, die er auf unterschiedliche Art zerstörte. Je mehr Bilder in Mitleidenschaft gezogen waren, umso geringer war die Chance, dass die Spur zu ihm führte.

Dann packte er neben der Kopie noch eines der anderen Bilder und sah sich nach einem Werkzeug um. In einer kleinen Abstellkammer wurde er fündig: Dort lag ein Hammer, der vermutlich zum Anhängen der Bilder benutzt und vergessen worden war, sowie ein altes Palettenmesser, das für seine Zwecke perfekt schien.

Er steckte es in die Lücke zwischen den Holzleisten, aus denen die Keilrahmen gezimmert waren. Er benötigte zehn Hammerschläge, bis die erste Eckverbindung gelöst war, doch dann hatte er den Dreh heraus. Er lauschte nochmals, ob ihn auch wirklich niemand hörte, und setzte seine Arbeit fort, als alles still blieb.

Das zweite Bild ließ sich schneller zerlegen. Er riss die seitlichen Leisten vom Bild herunter und legte sie parallel zu den oberen und unteren. Auf diese Weise konnte er die beiden Bilder einrollen und leichter tragen.

Ein bisschen ruhiger, doch noch immer tief enttäuscht verließ Victor mit seiner Last die Galerie und lief in langsamen Schlangenlinien durch die Stadt. Unterwegs konnte er sich des aufsteigenden Gefühls von Übelkeit nicht länger erwehren und übergab sich an eine Hauswand.

Als er meinte, weit genug von der Galerie entfernt zu sein, sah er sich um. Ein großes verlassenes Grundstück mit einer Bauruine erregte seine Aufmerksamkeit. Seit Jahren schien niemand mehr dieses Gelände betreten zu haben, denn das Unkraut stand so hoch, dass Victor Mühe hatte hindurchzustapfen.

Die Fenster des Hauses waren im unteren Bereich fast vollständig eingeschlagen. Er ging auf den Eingang zu und rüttelte am Türknauf. Das Holz der Tür war so morsch, dass einige Schrauben aus der Verankerung rissen. Der Knauf hing nun lose herab, doch Victor gelang es trotzdem, ihn zu drehen. Die Tür war nicht verriegelt und sprang auf.

Drinnen roch es modrig. Victor tastete sich den Flur entlang und gelangte an eine Zimmertür. Offenbar befand er sich in der Küche. Blasses Mondlicht schien durch das Fenster herein. Stühle lagen quer auf dem Boden, als hätte vor langer Zeit ein Kampf stattgefunden. Viel wahrscheinlicher war jedoch, dass später irgendwelche Eindringlinge das Haus geplündert hatten. Die Schranktüren standen offen, der Inhalt hatte sich teilweise auf den hölzernen Fußboden ergossen, dessen Dielen hier und da herausgebrochen worden waren, als hätte jemand Feuerholz gebraucht. Lebensmittel waren keine mehr zu sehen.

Victor ließ den Raum auf sich wirken und ging dann zu dem Regal, das sich über dem Herd befand. Er tastete darauf herum. Staub wirbelte auf, doch er fand tatsächlich, was er gesucht hatte. Er steckte eine Packung Zündhölzer in die Hosentasche und sah sich nach einem Schneidwerkzeug um. Das Messer hatte er in der Galerie zurückgelassen, in einer der Schubladen fand er jedoch ein Küchenmesser. Die Klinge war ein wenig verbogen, doch es würde seinen Zweck erfüllen.

Er suchte nach dem Hinterausgang und trat auf der Rückseite des Hauses in den verwilderten Garten. Hier war es noch dunkler als vorne, da das Grundstück an einen anderen Garten grenzte. Gaslaternen befanden sich nur auf den Trottoirs, und so tappte Victor praktisch vollkommen im Dunkeln. Als eine Wolke die Güte hatte, den Mond freizugeben, fand er in dessen fahlem Schein eine Stelle im Garten, an der nichts wuchs, nicht einmal das sonst überall wuchernde Unkraut.

Victor bückte sich und tastete den Boden ab, der an dieser Stelle aus purem märkischem Sand zu bestehen schien, der Gärtner zur Verzweiflung bringen konnte. Für Victors Vorhaben war diese Stelle jedoch wie geschaffen.

Er legte die Überreste der beiden Bilder dorthin und fühlte mit den Händen, ob der Abstand zum umgebenden Bewuchs groß genug war. Es hatte zwar in den letzten Tagen hin und wieder geregnet, dennoch wollte Victor nicht riskieren, dass das Feuer, das er zu entfachen gedachte, sich auf dem ganzen Grundstück und über das Haus ausbreitete. Schließlich war er kein Brandstifter, sondern Künstler! Ein Künstler, dem man sein Meisterwerk entwertet hatte. Doch wenn er dieses Machwerk, diese billige Kopie, verschwinden ließ, dann war sein Bild das einzige dieser Art, das existierte. Niemand würde sich daran erinnern können, was in der Galerie gehangen hatte. Er konnte erhobenen Hauptes allen mit dem Original gegenübertreten. Doch das wollte er jetzt erst recht nicht hier in Berlin tun. Er würde so bald wie möglich nach Paris aufbrechen. Nur noch ein wenig Geld würde er brauchen, dann wäre sein Traum zum Greifen nah ...

Es fiel ihm schwer, sich aus der gebückten Stellung wiederaufzurichten. Als er es endlich taumelnd aufrecht stand, fiel ihm ein, dass er noch trockenes Gras einsammeln musste, die er auf dem Bilderhaufen verteilen konnte. Alles dauerte in seinem Zustand länger als gewöhnlich, doch schließlich hatte er genug Zunder beisammen, damit die Streichholzflamme leichtes Spiel hatte. Zufrieden sah er zu, wie das Feuer die obere Leinwand ansengte. Wie ein schwarzgeränderter Mund fraßen sich bunte Flammen in das verhasste Gemälde hinein.

Er lief wie irr um das Feuer herum und kicherte hysterisch, weil der Alkohol sein Gehirn noch fest im Griff hatte. Dann besann er sich und legte trockenes Gras nach und verteilte das Feuer mit einem Stöckchen an andere Ecken der Hölzer, die die Leinwand hielten, um das Feuer so effektiv wie möglich auszunutzen.

Die Luft war geschwängert vom Geruch des brennenden Holzes und verbrannter Farbe. Er sah sich prüfend um, ob jemand möglicherweise doch aufmerksam geworden war, denn die Flammen loderten nun ziemlich hell. Genau deshalb hatte er keine Chance, in der umgebenden Dunkelheit etwas zu erkennen, sosehr er auch die Augen aufriss.

Schließlich gab er auf, hoffte das Beste und schürte das Feuer weiter, um möglichst rasch die Überreste der verhassten Bilder zu vernichten.

Langsam wurde es ihm direkt an der Feuerstelle zu warm, und er wich einige Meter zurück in die Nacht, um sich abzukühlen. Da hörte er hinter sich ein Geräusch und fuhr herum. Etwas kam vom Haus aus auf ihn zu. Seine Erleichterung war kaum zu beschreiben, als er sah, dass es nur eine Katze war, offenbar vom Feuer angelockt.

Victor war immer davon ausgegangen, dass Tiere Feuer mieden, doch diese Katze, so schwarz, dass sie praktisch nicht von der Umgebung zu unterscheiden war, schnurrte und strich ihm um die Beine. Victor beschloss, dies als Zustimmung für sein Tun zu werten.

Das Bild war nun fast vollständig vernichtet, doch der Frevel war damit nicht ausgemerzt. Alfons war schließlich nicht nur ein mieser kleiner Fälscher – er hatte auch Victors Freundschaft missbraucht!

Im Schein der Flammen schwor Victor Rache.

Eleonore von Stielicke kam gerade vom Friedhof zurück. Sie wies das Hausmädchen an, die kleine Hacke zu säubern und in den Geräteschuppen zurückzubringen. Erna, das Mädchen, beeilte sich, dem Wunsch ihrer Herrschaft nachzukommen, und verschwand nach hinten in den Garten.

Natürlich hätte Frau von Stielicke es auch ihrem Mädchen überlassen können, das Grab auf dem St. Elisabeth Friedhof an der Wollankstraße zu pflegen. Jedoch war es ihr ein Bedürfnis, ihrem verstorbenen Mann nahe zu sein – was nicht hieß, dass es in ihrem Leben keine lebendigen Männer mehr geben durfte. Denn sie hatten vor seinem Tod einen Pakt geschlossen, und Georg hatte ihr das Versprechen abgenommen, dass sie nicht für den Rest des Lebens die trauernde Witwe geben würde.

Sie war ihrem Georg dafür sehr dankbar, wenn sie auch in den ersten Monaten nicht im Entferntesten daran gedacht hatte, sich mit jemandem einzulassen. Doch ihre gesellschaftliche Stellung brachte es mit sich, dass sie verschiedene Veranstaltungen besuchen musste, und da blieb es nicht aus, dass sie Komplimente bekam, und langsam regte sich ihr körperliches Verlangen wieder. Schließlich war nicht *sie* gestorben, und mit Ende vierzig bestand auch kein Grund, sich ein lebenslanges Keuschheitsgelübde aufzuerlegen. Zumal sie viel jünger aussah, wie ihr immer wieder bestätigt wurde. Trotzdem war sie froh, dass ihr Georgs Segen sicher war. So hatte sie nicht das Gefühl, ihn zu hintergehen.

Georg war vor seinem Tod längere Zeit krank gewesen. Ein übler Husten hatte seinen Körper geschwächt, am Ende hatte er keine Luft mehr bekommen. Er war buchstäblich erstickt. Qualvoll und elend. Bis zum Schluss hatte sie ihn gepflegt und alles getan, was in ihrer Macht stand, um ihm den Tod so leicht wie möglich zu machen. Ins Krankenhaus hatte er nicht gewollt. Ihr Arzt, Dr. Mollenhauer, war zum Schluss täglich gekommen, doch auch er hatte gegen die tödlichen Geschwüre nichts ausrichten können. Sie hatten so viel gemeinsam durchgestanden. Egal, was noch kommen würde – Georg würde immer den wichtigsten Platz in ihrem Herzen einnehmen.

Eleonore seufzte und wusch sich die Hände mit einer Wurzelbürste, um den Friedhofsdreck unter den Fingernägeln zu entfernen. Anschließend cremte sie die Hände gründlich ein, denn sie wollte nicht, dass die Haut alt und rissig aussah. Schließlich wollte sie noch etwas vom Leben.

Ein Kater von der Größe eines Grizzlybären aus den Karl-May-Romanen, die er als Kind so geliebt hatte, hatte die Herrschaft über seinen Körper übernommen. Leider hatte er weder Winnetous Silberbüchse noch Old Shatterhands Bärentöter, um der Bestie damit zu Leibe zu rücken. So blieb ihm nichts weiter übrig, als die Kopfschmerzen in der abgedunkelten Dachkammer zu ertragen und literweise Wasser zu trinken.

Als der Schmerz sich endlich lichtete, standen ihm die Ereignisse des vergangenen Abends wieder klar vor Augen. Er sah Alfons inmitten der Menschen, die ihn augenscheinlich hofierten, hörte die Glassplitter unter seinen Schuhen knirschen, sah die bunten Flammen, die die Gemälde fraßen, fühlte die Genugtuung, als er das Werk seines Feindes vernichtet hatte.

Doch diese Befriedigung war einem schalen Gefühl gewichen. Er begann zu grübeln, ob es ausreichend gewesen war, was er getan hatte. Dann bekam er Angst. Wenn ihn jemand beobachtet hatte und der Polizei einen Hinweis geben würde? Dann wäre sein Ruf endgültig ruiniert. Aber sein Ruf, ach, was galt er überhaupt? Zu lange hatte er sich versteckt!

Paris – er würde sich die Reise dorthin und den Aufenthalt nie leisten können, wenn er nicht endlich mehr Bilder verkaufte! Seine Kosten konnte er nicht mehr reduzieren – er aß ja schon kaum noch etwas. Und die Dachkammer konnte er nicht aufgeben – wo hätte er schlafen, malen, wo seine Bilder aufbewahren sollen?

Es war ein Fehler gewesen, Sól für Paris aufzuheben. Dieses Bild hätte ihm anscheinend schon hier in Berlin die Tür zu namhaften Galerien und somit zu mehr Geld für Paris öffnen können. Dieser Weg stand dem Werk nun nicht mehr offen. Jetzt, wo er wieder nüchtern war, war ihm klargeworden, dass er, so lange Alfons lebte, das Bild nicht würde zeigen können. Alfons würde dafür sorgen, dass die Besucher der Ausstellungseröffnung sich daran erinnerten, dass sie das Bild zuerst bei ihm gesehen hatten. Jeder würde mit dem Finger auf sein eigenes Werk zeigen und über das vermeintliche Plagiat lachen.

Es änderte nichts – erst in Paris könnte er es präsentieren. Sollte sein Ruf über die französischen Grenzen hinausgetragen werden, könnte er immer noch überlegen, wie er Alfons' Attacken begegnen würde. Wenn er ihm zuvorkam, könnte er ihn möglicherweise mit Geld ruhigstellen. Schließlich wusste Alfons, wer von ihnen beiden das eigentliche Genie war.

Victor ballte die Fäuste. Dabei schmerzte die Wunde, die er sich gestern dort zugezogen hatte. Doch das war nichts gegen den Schmerz, den er Alfons zu verdanken hatte. Der hatte Victors Zukunft ruiniert und das Vertrauen, das er dieser zart aufkeimenden Freundschaft entgegenzubringen bereit gewesen war. Doch für ein freundschaftliches Gefühl war kein Platz mehr in seinem Herzen. Er hatte Alfons Lauterbachs Bilder zerstört, aber das genügte ihm nicht. Er wusste, dass Alfons nicht annähernd so sehr an seiner Kunst hing wie er, Victor, an seiner. Nein, Alfons sollte eine Abreibung bekommen – er sollte richtig leiden!

Er setzte sich langsam in seinem Bett auf und musste sich am Bettpfosten festklammern, als ihm schwindelig wurde. In seinem Herzen war nur noch für ein einziges Gefühl Platz: Rache.

Den Rest des Tages brachte er damit zu, sich einen Plan zurechtzulegen.

NEUN

«KLÄRCHEN lacht vom Himmel, mein lieber Kappe! Wat is, woll'n wa unsre Stullen nach draußen tragen?»

Kappe zog die Schultern bis zu den Ohren und deutete auf diverse Papierstapel, die seinen Schreibtisch bedeckten. «Die muss ich alle noch sortieren und abheften.»

«Papperlapapp, du brauchst 'ne anstännje Mittagspause und vor allem frische Luft! Du siehst ja schon janz käsich aus. Wie ein oller Grottenolm!»

«Schönen Dank, Kollege!» Aber Kappe musste zugeben, dass Galgenberg nicht ganz unrecht hatte. In letzter Zeit hockte er zu viel im Bureau. Ein wenig frische Luft würde ihm sicher guttun.

Er griff nach seiner Aktentasche, in die Klara jeden Morgen ein Stullenpaket und eine Thermosflasche mit Tee packte. Ursprünglich war der Tee für längere Außeneinsätze gedacht gewesen, doch für Kappe stellte er inzwischen eine Möglichkeit dar, dem Bureaukaffee etwas entgegenzusetzen. Sonst würde er früher oder später an einem Magengeschwür eingehen.

Er folgte Galgenberg den Gang entlang, wo ihre Schritte mal im Gleichklang, mal synkopisch auf dem Linoleum klackten. Als sie die Treppen hinunter in die Eingangshalle des Polizeipräsidiums gingen, bot sich ihnen ein seltsames Bild.

Ein alter Mann in karierten Pantoffeln, schmuddeligem Unterhemd und einer viel zu weiten grauen Hose, die nur durch Hosenträger vor dem Abrutschen bewahrt wurde, redete wild gestikulierend auf den Pförtner ein. «Es war eine Hexe, so glauben Sie mir doch!» Er raufte sich die wenigen langen, dünnen Haare, die ihm noch geblieben waren. Sie standen wirr nach allen Seiten vom Kopf ab.

Die ganze Erscheinung des Mannes erinnerte Kappe an eine klapperdürre Vogelscheuche.

Der Pförtner sah entnervt aus. Ganz offensichtlich stand der Alte schon länger dort und versuchte, sein Anliegen vorzubringen.

«Wenn ich es Ihnen doch sage, in unseren Breitengraden gibt es ganz sicher keine Hexen!»

«Wenn Sie das gesehen hätten, würden Sie anders darüber denken! Jemand muss der Sache nachgehen!»

«Was is denn los?», fragte Galgenberg die beiden Männer. Wenn er offiziell wurde, bemühte er sich stets, nicht allzu sehr zu berlinern.

Der Pförtner hob zu einer Erklärung an, doch der alte Mann hatte sich schon zu ihnen umgedreht und plapperte aufgeregt auf sie ein. «Der Mann will mir nicht glauben! Dabei habe ich gestern mit meinen eigenen Augen gesehen, wie die Hexe ein farbiges Feuer gemacht hat!»

«Nu ma langsam mit den jungen Pferden», versuchte Galgenberg den Mann zu beschwichtigen. «Fangen wir doch erst mal ganz von vorne an. Wie heißen Sie denn?»

«Albert Krey heiß ich. Ich wohne da hinten, hinter dem Ruinengrundstück.» Er deutete mit gichtverknoteten Fingern an eine Wand, und Kappe fragte sich, was der Mann meinen könnte.

«Aha.» Galgenberg schien damit auch nichts anfangen zu können.

«Das Haus steht schon lange leer. Und da ist sonst auch niemand. Aber gestern war ein Feuer hinter dem Haus.»

«Dafür gibt es ganz sicher eine logische Erklärung. Bestimmt hat jemand geraucht und die Zigarette achtlos weggeworfen. Das kann bei dem trockenen Wetter schnell einen Brand bewirken.»

«Ich habe doch gesehen, wie jemand um das Feuer herumgetanzt ist! Eine Katze war auch dabei.»

«Hatte dieser Jemand vielleicht einen Buckel und eine Warze

auf der Nase?» Galgenberg nahm die Sache schon nicht mehr ernst.

«Bin ich hier bei der Polizei oder im Kabarett?», fragte der alte Mann erbost. «Um hinten auf das Grundstück zu kommen, muss man durch das Haus hindurchgehen. Also muss jemand eingebrochen sein. Dann hat er etwas verbrannt. Und das Innere der Flammen leuchtete in vielen Farben. Und dann die Katze! Wieso ist sie nicht vor dem Feuer geflohen? Das kann nur Hexenwerk sein!»

Gleich kollabiert er, dachte Kappe.

«Handelte es sich um einen Mann oder eine Frau?» Der Blick, den Galgenberg seinem Kollegen zuwarf, schien zu fragen: «Du nimmst den Alten doch nicht etwa ernst?»

«Ich bin doch nicht näher hingegangen! Es sah schon … nach einem Mann aus, nach einem dünnen Mann. Aber das Lachen, es klang so hoch.»

Kappe überlegte. Natürlich konnte es sein, dass der Alte einfach senil war. Oder dass es zwar gebrannt hatte, die Erklärung dafür aber vollkommen harmlos war. Doch wenn er eines in all seinen Dienstjahren gelernt hatte, dann, dass man keinen Hinweis einfach als Unsinn abtun sollte. Man musste alles notieren, denn möglicherweise war es ein Teil von einem großen Ganzen, das man noch gar nicht überblicken konnte. «Waren Sie heute bei Tag dort? Konnten Sie vielleicht sehen, was gebrannt hat?»

«Ich gehe doch nicht einfach auf das Nachbargrundstück! Diese Begebenheit war auch viel zu unheimlich, das sage ich Ihnen! Was meinen Sie, weshalb ich hier bin? Das soll sich mal schön die Polizei ansehen.» Er nickte bekräftigend dazu. «Aber seien Sie vorsichtig! Mit Hexenwerk muss man immer vorsichtig sein. Die dunklen Mächte haben uns vollkommen im Griff, wenn wir ihnen zu nahe kommen.»

Kappe öffnete den Mund, um etwas zu sagen, doch der alte Mann war jetzt richtig in Fahrt. «Meine Mutti sagt immer, man soll zwischen Weihnachten und Neujahr keine Wäsche aufhängen.»

Kappe und Galgenberg tauschten irritierte Blicke aus. Der

Mann sah so alt aus – es würde an ein Wunder grenzen, wenn seine Mutter noch lebte.

Krey bemerkte die Blicke, interpretierte sie jedoch falsch. «Ja, wissen Sie das denn nicht? Um diese Zeit fliegt Wotan durch die Lüfte! Und wenn er sich in einem Wäschestück verfängt, stirbt jemand im Haus!» Er senkte den Kopf und sah Galgenberg drohend von unten herauf an, als sei er selbst dieser wilde nordische Göttervater. «Unsere Nachbarin, die Maria Paluschewski, die wollte das nie glauben. Gelacht hat sie, wann immer Mutti sie ermahnte, nach Weihnachten keine Wäsche aufzuhängen. Und was war?» Er blickte erwartungsvoll in die kleine Runde.

«Peng!» Er schrie es heraus, so dass Kappe unwillkürlich zusammenzuckte. Ein Tropfen Speichel aus Kreys Mund traf ihn an der Wange. Er wischte ihn angewidert weg, während Krey rief: «Ihr Mann ist gestorben!»

Kappe ersparte sich zu fragen, wie viele Jahre später das wohl geschehen sein mochte. Stattdessen wies er Krey auf das Anliegen hin, wegen dem er bei der Polizei erschienen war, ungeachtet dessen, dass Galgenberg von einem Fuß auf den anderen stieg und sehnsüchtig durch die Glaseinsätze des Haupteingangs auf den Sonnenschein blickte.

«Herr … äh … Krey, jetzt lassen wir Wotan mal beiseite und reden noch mal über das Feuer.»

«Welches Feuer?», fragte der alte Mann irritiert.

«Das Feuer, das Sie uns gemeldet haben. Auf ihrem Nachbargrundstück.»

Es war kein Anzeichen des Erkennens in Kreys Augen zu sehen.

«Ich meine das …», Kappe räusperte sich und warf einen Seitenblick auf Galgenberg, «… das Hexenfeuer.»

«Jaja, die Hexen sind unter uns», murmelte Krey selbstvergessen. Und dann, als habe jemand einen Schalter umgelegt: «Das Hexenfeuer, richtig, das müssen Sie näher untersuchen!»

«Dann muss ich aber genau wissen, wo die Stelle ist», sagte Kappe freundlich.

«Hier, ich hab es aufgeschrieben!» Der Alte wühlte in den Taschen seiner Hose und zog zuerst ein benutztes Stofftaschentuch hervor. «Halten Sie mal, junger Mann!» Er hielt Kappe das Taschentuch hin, der die Hände abwehrend hob und einen Schritt zurückwich.

«Nä!» Der Alte schüttelte den Kopf und stopfte das Taschentuch zurück in die Hosentasche. Er wühlte auf der anderen Seite weiter und förderte schließlich einen zusammengeknüllten Zettel zutage. «Bitte!», rief er triumphierend aus. «Bei Albert Krey herrscht Ordnung!»

Es machte allerdings den ganz und gar gegenteiligen Eindruck, doch Kappe sagte nichts dazu. Mit spitzen Fingern nahm er den Zettel entgegen und faltete ihn vorsichtig auseinander, als könnte er sich an dem Ding mit diversen tödlichen Krankheiten infizieren.

Galgenberg war inzwischen einige Schritte zurückgetreten und sah sich das Ganze höchst amüsiert aus der Ferne an. Er war schon ganz rot im Gesicht vor unterdrücktem Lachen.

Kappe warf ihm einen ärgerlichen Blick zu und fragte sich, ob Galgenberg über Albert Krey oder über ihn lachte.

Auf dem Zettel stand in zittrigen Buchstaben eine Anschrift, die schlecht mit der Angabe «da hinten» zu vereinbaren war. Die Straße lag einige Kilometer südöstlich von ihnen. Albert Krey hatte eine ziemliche Wegstrecke hinter sich gebracht, um das Feuer zu melden.

«Wir werden uns darum kümmern, Herr Krey, doch nun ruft der Dienst!» Kappe steckte den Zettel ein und nahm sich vor, die Anschrift nach der Mittagspause auf einen anständigen Aktenbogen zu schreiben und sich die Sache tatsächlich einmal anzusehen. Nach Feierabend, weil ein Hexenfeuer nicht in den Zuständigkeitsbereich der Mordkommission gehörte. Doch zunächst erlöste er Galgenberg und ging endlich mit ihm hinaus an die frische Luft.

Sie ließen einen redseligen Albert Krey bei dem bedauernswerten Pförtner zurück.

«Muss ich dich immer in der ganzen Stadt suchen, wenn ich dich sehen will?»

Ein Schatten fiel auf Victors Skizzenblock, der ihm nur allzu vertraut war, ebenso wie die sanfte Stimme.

Er hatte sich bei Eleonore nach dieser einen Nacht nicht wieder gemeldet. Dabei war ihm bewusst, dass er noch letzte Änderungen an ihrem Porträt vornehmen musste, doch er hatte eine gewisse Scheu davor.

Als das mit ihnen beiden passiert war – auf diese Situation war er ganz und gar nicht vorbereitet gewesen. Ihre Nacktheit hatte ihn vollkommen überrumpelt. Vermutlich hätte er den Auftrag ausgeschlagen, ihr Porträt zu malen, wenn er gewusst hätte, was sie vorhatte. Oder er hätte sehr lange über das Für und Wider nachdenken müssen. So, wie es letztlich geschehen war, passte es nicht in seine Lebensplanung. Frauen und Liebe – das war ein unkalkulierbares Risiko, wie alles Zwischenmenschliche. *Wie* unkalkulierbar das Leben war, das hatte er gerade an Alfons' Vertrauensbruch gesehen.

Die Sache mit Eleonore hatte alles verkompliziert. Zum ersten Mal seit langer Zeit wusste er nicht, was er tun sollte. Er traute seinem Instinkt nicht mehr. Das Körperliche hatte ihn buchstäblich übermannt – er war zu keinem klaren Gedanken mehr fähig gewesen, als sie sich ihm darbot. Danach gab es keinen wachen Moment, an dem er nicht an sie dachte. Mit Ausnahme der letzten Nacht.

Und genau deshalb musste er den Gedanken an sie verbannen, wenn er für seinen Racheplan einen kühlen Kopf bewahren wollte. Doch es sah ganz danach aus, als sollte vorerst nichts daraus werden. Andererseits – vielleicht war es umso besser, wenn er sich erst einmal ablenken ließ. Je mehr Zeit zwischen dem Anschlag auf die Galerie und weiteren Aktionen verging, umso weniger käme Alfons auf die Idee, dass Victor hinter alldem steckte.

Ihm wurde mit einem Mal bewusst, dass Eleonore auf eine Antwort wartete. «Bisher hast du mich doch immer gefunden.»

«Bedeute ich dir so wenig?»

«Du sprichst schon nach so kurzer Zeit von Bedeutung?»

«Manchmal weiß man einfach, wann es richtig ist.» Sie berührte seine Hand, und er zuckte zusammen, weil augenblicklich das Verlangen wieder in ihm erwachte.

Er wusste, er würde sich nicht länger dagegen wehren können.

Kappe hatte einige Akten abgelegt und fand, dass er sich eine Pause verdient hatte. Er griff nach der *B. Z.*, die er heute noch gar nicht gelesen hatte. In zentimeterhohen Buchstaben sprang ihm das *8:1* von der Titelseite entgegen. Hertha BSC hatte das Rückspiel gegen die Spielvereinigung Sülz 07 überragend gewonnen, und zur Halbzeit hatte es im Poststadion schon 4:0 für die Jungs von der Hertha gestanden.

Kappe staunte, dass Galgenberg ihm das nicht sofort auf die Nase gebunden hatte, als sie zusammen in die Mittagspause gegangen waren. Doch da war er anscheinend viel zu beschäftigt damit gewesen, sich über den wunderlichen Alten zu echauffieren und darüber, wie ernst Kappe diesen genommen hatte. Kappe hatte ihm erklärt, worüber er selbst schon nachgedacht hatte, nämlich dass der Hinweis vielleicht wirklich wichtig war und sie sich später unter Umständen ärgern würden, wenn sie ihn nicht wenigstens notiert hätten.

Was er Galgenberg gegenüber nicht erwähnte hatte und sich auch selbst kaum eingestehen wollte, war aber etwas ganz anderes: Der alte Mann hatte ihm leidgetan. Sein Vater war ganz genau so gewesen, als es mit seiner Senilität losging. Die körperliche Verwahrlosung hatte eingesetzt, und wenn man sich mit ihm unterhalten hatte, sprach er mit einem Mal von längst Verstorbenen, als würde er sich noch täglich mit ihnen treffen, oder erzählte andere Dinge, die völlig aus dem Zusammenhang gerissen waren. Später hatte er dann langjährige Bekannte nicht mehr erkannt und zum Schluss niemanden mehr.

Kappe schluckte. Er würde jetzt Feierabend machen und sich

das «Hexengrundstück» ansehen. Er hatte das unbestimmte Gefühl, das sei er seinem Vater, Herrn Krey und allen Menschen schuldig, deren Geist sich von der Realität abgewendet hatte.

So klappte er den letzten Ordner, der noch auf seinem Tisch lag, energisch zu, steckte vorsichtshalber die Adresse in seine Aktentasche und verließ das Bureau.

An der angegebenen Adresse machte er zunächst halt, um die Szenerie auf sich wirken zu lassen. Das Grundstück und das Haus boten einen wahrhaft jämmerlichen Anblick. Der Gartenzaun wäre nach innen auf das Grundstück gekippt, wenn nicht wuchernde Brombeerbüsche das morsche Holz vor dem Fallen bewahrt hätten. Die Gartenpforte hing schief in den Angeln. Kappe musste sie anheben, damit sie nicht über den Boden schleifte. Er schloss sie wieder hinter sich, so gut es ging, damit niemand die offene Pforte als Einladung auffasste hinterherzugehen.

Kappe musste achtgeben, damit er auf dem löcherigen Gartenweg nicht stolperte. Durch das kniehohe Gras mochte er jedoch auch nicht gehen.

Schließlich stand er vor der Eingangstür, die eines Tages grün gewesen sein mochte, doch war die Farbe größtenteils abgeblättert. Der Türknauf hing traurig herab, und die Tür war ein Stück geöffnet, so dass Kappe problemlos eintreten konnte. Er spähte vorsichtig um die Ecke, bevor er einen Fuß in den Flur setzte.

Plötzlich wich Kappe zurück, stieß einen Schrei aus und versuchte mit den Armen abzuwehren, was da auf ihn zukam.

Als er wieder aufzublicken wagte, sah er, dass es eine Taube war, die offenbar versehentlich in das Haus geraten war und nun panisch versuchte, in dem engen Flur vor dem Kommissar zu fliehen. Um nicht noch einmal erschreckt zu werden von diesem Geflatter, entschied er, den Vogel zu brefreien. Er öffnete er die Tür vollständig und trat draußen so zur Seite, dass die Taube ihn nicht mehr sehen konnte. Als er schon glaubte, das dumme Tier würde den Weg in die Freiheit niemals finden, kam es gurrend und kopfwackelnd aus der Tür getrippelt, erhob sich dann in die Lüfte und verschwand. Nicht zum ersten Mal fragte Kappe sich, ob eine Taube eigentlich auch mit den Füßen wackeln würde, wenn man sie in die Hand nähme, den Bauch nach oben hielt und den Kopf vor und zurück bewegte.

Dann rief er sich ins Gedächtnis, weshalb er eigentlich hergekommen war, und passierte mehrere Türen auf dem Weg zum Hinterausgang. Er inspizierte die Räume nicht näher, warf nur jeweils einen kurzen Blick hinein, der ihm sagte, dass hier tatsächlich schon vor langem alle Bewohner ausgezogen sein mussten.

Die Tür zum Garten war nur angelehnt. Er sah sofort, wo das Feuer gebrannt hatte. Also hatte zumindest diese Information des alten Mannes gestimmt.

Es war windstill, und er konnte Brandgeruch ausmachen. Folglich konnte das Feuer nicht schon mehrere Tage oder gar Wochen zurückliegen.

Er trat näher an die Feuerstelle heran. Der Mann – Kappe ging davon aus, dass es ein Mann war, keine Frau und schon gar keine Hexe – hatte einen sandigen Untergrund für seine Zündelei gewählt, in sicherer Entfernung von der Vegetation. Das ließ darauf schließen, dass dieser Jemand verantwortungsbewusst gehandelt hatte. Die Abdrücke im Sand deuteten darauf hin, dass er im Kreis um das Feuer herumgelaufen sein musste – oder getanzt haben, wie Krey behauptet hatte.

Kappe schloss aus, dass ein einzelner erwachsener Mensch um ein Feuer tanzte, es sei denn, es stimmte wirklich etwas nicht mit ihm.

In der Asche lagen noch Reste von dem, was verbrannt worden war. Kappe beugte sich vor und fischte etwas davon heraus. Der Fetzen wirkte wie ein Stück Papier, doch er hatte eine grobe Struktur und war stabiler. Kappe drehte ihn um: Es war Farbe daran. Er suchte nach weiteren Stücken, und irgendwann bestand für ihn kein Zweifel mehr, dass es sich um Überreste eines Ölgemäldes handeln musste. Die Farben waren zum Teil sehr grell.

Kappe dachte an das Gemälde mit Bergen und Hirsch, das bei

ihm zu Hause über dem Sofa hing und das er auch am liebsten schon weggeworfen hätte, weil es so hässlich war. Aber es war ein Erbstück von Klaras Eltern und somit tabu für jegliche Form der Entsorgung.

Kappe schmunzelte. Vermutlich hatte der arme Mann auch so ein Schwiegermuttergeschenk vernichtet und war vor Freude darüber, dass es endlich weg war, um das Feuer getanzt. Verstehen könnte er es.

ZEHN

SIE DACHTE in letzter Zeit oft über den Tod nach. Vielleicht lag es daran, dass sie sich gerade so lebendig fühlte. Leben und Tod gehörten doch untrennbar zusammen, das war ihr besonders klargeworden, als Georg im Sterben lag. Alexander, ihr Sohn, hatte sich während dieser Zeit von seinem Vater entfernt. Er konnte ganz offensichtlich mit dessen Zustand nichts anfangen. Der Tod schreckte ihn ab, als sei er ansteckend. Eleonore von Stielicke hatte dies mit Kummer erfüllt, wenn sie es auch verstehen konnte. Sie hatten Alexander von unangenehmen Ereignissen stets ferngehalten. Die harte Wahrheit musste ihn förmlich schockiert haben. Doch anschließend, nachdem das Unvermeidliche geschehen war, hatte er sich rührend um seine Mutter gekümmert. In den ersten Tagen hatte sie nichts und niemanden sehen wollen, doch er war für sie da, egal, ob sie sich die Decke über den Kopf zog oder reden wollte. Erna war derweil wie ein guter Geist durchs Haus geschlichen und hatte Beileidsbesucher abgewimmelt.

Der Tod war schlimm genug, doch die Beerdigung war eine noch furchtbarere Erfahrung für Eleonore gewesen, und erst recht für Alexander. Den anschließenden Leichenschmaus brachten beide nur mit Beruhigungsmitteln hinter sich und brachen vollkommen zusammen, als der letzte Gast gegangen war. Sie redeten später nie wieder über diesen Tag, doch er hatte sich beiden tief in Herz und Hirn gebrannt.

Als Eleonore an einem sonnigen Tag zwei Jahre nach Georgs Tod diesen jungen Künstler gesehen hatte, hatte sein Anblick ihr einen heftigen Stich in der Herzgegend versetzt, denn der Junge hatte große Ähnlichkeit mit dem jungen Georg. Den gleichen energischen Zug um den Mund, der zeigte, dass er genau wusste, was er wollte. Die dunklen welligen Haare und die braunen Knopfaugen. Natürlich gab es viele Männer, die ähnlich aussahen, doch etwas war in seinem Blick gewesen, das sie schon von weitem angelockt hatte. Sie hatte ihn angesprochen und seine Bilder betrachtet, jedoch versucht, nicht zu auffälliges Interesse zu zeigen.

Der Künstler, Victor, war sehr einsilbig gewesen. Eleonore sah wahrhaftig nicht gefährlich aus, aber sie hatte den Eindruck gehabt, als habe sie Angst in seinem Blick gesehen. Doch vermutlich hatte sie sich das nur eingebildet. Seit Georg nicht mehr war, hatte sie niemanden mehr, mit dem sie sich regelmäßig austauschen konnte. Da wurde man mit der Zeit eben wunderlich.

Sie schmunzelte. So alt war sie noch nicht – aber wer wusste schon, wie Einsamkeit das Wesen eines Menschen verändern konnte? So oft es ging, gab sie Gesellschaften oder nahm Einladungen an, aber es war nicht dasselbe, als wenn man Tisch und Bett miteinander teilte und sich über Alltägliches austauschen konnte. Natürlich konnte sie auch mit Erna reden, doch die strahlte eine derartige Unterwürfigkeit aus, dass Eleonore sich immer wie ein Unmensch fühlte. Eine normale Plauderei kam nie wirklich zustande.

Und Alexander? Seit er in Marburg Jura studierte, kam er verständlicherweise selten vorbei. Und die gelegentlichen Briefe waren kein Ersatz für ein intensives Gespräch.

Sie begriff bis heute nicht, weshalb er nicht in Berlin geblieben war, wo es an der Friedrich-Wilhelms-Universität eine hervorragende juristische Fakultät gab. Sie vermutete, dass dies seine Art der Flucht war. Eine Flucht vor ihr, um nicht ständig greifbar zu sein, wenn sie in ihrer Trauer zu versinken drohte. Doch es ging langsam besser. Der abgegriffene Satz, dass die Zeit alle Wunden heilte, schien auch auf sie zuzutreffen, auch wenn sie sich das gar nicht gerne eingestehen mochte. Ja, es ließ sich nicht leugnen: Eleonore von Stielicke fühlte sich schrecklich einsam und sehnte sich nach einem Ehemann.

Vermutlich war das der Grund gewesen, weshalb sie all ihre Hemmungen über Bord geworfen und Victor Reimer verführt hatte, den jungen Künstler, der sie vom ersten Augenblick an fasziniert hatte.

Der Auftrag für das Porträt war von Anfang an ein Vorwand gewesen. Sie hatte sich verwünscht, dass ihr die Idee nicht früher gekommen war. Mehrere Tage war sie durch die Stadt gestreift und hatte beinahe die Hoffnung aufgegeben, ihn jemals wiederzufinden, als sie ihn schließlich an anderer Stelle im Thiergarten sitzen sah. Ernst, jung, geheimnisvoll. Und trotz allem war sie sehr nervös gewesen, als er mit seinen Malutensilien vor der Tür stand. Erst, als er am Teetisch ihre Hand berührt hatte – einen Hauch länger, als es nötig und anständig gewesen wäre –, wusste sie, dass sie keine Angst haben musste, sich zu blamieren.

Als Victor dann so lange gebraucht hatte, um seine Staffelei und die Farben zu holen, hatte sie trotzdem kurz befürchtet, er wäre davongelaufen. Dann hatte sie Angst, ihn vielleicht zu schockieren, wenn er zurückkam. Sie hatte ihre ganze Verführungskunst anwenden müssen, um von ihm das zu bekommen, was sie sich erträumt hatte.

Wortlos hatte er sich schließlich auf der Bettkante niedergelassen und ihren Körper betrachtet, als würde er sich jede Rundung und jedes Fältchen einprägen. Bang hatte sie sich gefragt, ob er sie schön genug fand oder ob er wieder gehen würde. Sie hatte erst gewagt aufzuatmen, als er ihre Konturen mit den Fingerspitzen nachzeichnete.

Bei dem Gedanken daran lief eine Gänsehaut über ihren Rücken. Seine Küsse hatten weich geschmeckt, seine Hände schienen überall zu sein. Er war ungestüm gewesen, als hätte er diese Freuden noch nicht oft genossen, und sie hatte ihm geholfen, den Weg zu finden. Es erregte sie jedes Mal aufs Neue, wenn sie sich diesen Moment in Erinnerung rief.

Während der gesamten Zeit hatten sie kein Wort gesprochen. Sie hatte begriffen, dass er kein Mensch war, der viele Worte machte, und ließ ihm die Freiheit. Das machte die Begegnung ziemlich unwirklich, und sie fragte sich gelegentlich, ob sie dies alles am Ende nur geträumt hatte.

Doch das Porträt, das mittlerweile an der Wand im Salon hing, obwohl er davon gesprochen hatte, es noch verbessern zu wollen, war Beweis genug. Bis zum Brustansatz war auf ihrem Abbild kein Kleidungsstück zu sehen, ihre Lippen waren lustvoll geöffnet, und die Leidenschaft sprach aus ihren Augen. Er hatte sie direkt danach gemalt, als ihre Pupillen noch weit geöffnet waren, und sie liebte dieses Bild. Er sollte daran nichts mehr ändern.

Erna betrachtete das Gemälde mit Argwohn, aber das war Eleonore egal. Sie hatte wieder ein Leben, und sie gedachte, es dauerhaft mit Victor zu teilen.

Victor besaß nur einen einzigen Anzug. Den hatte der Vater ihm gekauft, als er sich bei Opel zum Vorstellungsgespräch einfinden sollte. Er hatte sich zwar nur als Lagerarbeiter beworben, doch sein Vater war der Meinung gewesen, der Sohn des Einkäufers müsse sich angemessen kleiden. Schon damals hatte der Vater also Zweifel gehabt, ob die familiären Beziehungen für eine Einstellung ausreichen würden, was einiges darüber aussagte, was der Vater von Victors Fähigkeiten hielt.

Der Anzug war Victor naturgemäß inzwischen ein wenig zu kurz. Doch er war damals schon recht groß gewesen und danach nur noch wenig gewachsen, also war das Problem nicht gar so auffällig.

Es war ihm wichtig, seriös auszusehen – und vor allem anders als üblich. Daher hatte er sich einen kleinen Tiegel Pomade geleistet und die widerspenstigen Haare direkt auf die Kopfhaut gekleistert, so dass man die Wellen nicht sah. Mit Mittelscheitel sah er aus wie ein Popanz, doch dann würde sich Karl Kasulke eben an einen gescheitelten Popanz erinnern, wenn man ihn befragte. Falls ihn jemals jemand fragte. Das i-Tüpfelchen war Vaters alte Brille, durch die dieser nichts mehr hatte sehen können. Victor hatte sie eines Tages in seine Zeichenkiste gelegt, um sie abzuzeichnen, und sie nicht zurückgegeben, obwohl sein Vater sie überall gesucht hatte. Wozu eine Brille tragen, durch die man nichts erkennt, hatte Victor anfangs gedacht. Später, als der Vater richtiggehend darüber verzweifelte, hatte er sich nicht mehr getraut zuzugeben, dass sie in seinem Besitz war.

Victor sah in das Spiegelglas, das hinter dem Waschbecken lehnte und an einigen Stellen bereits blind war. Ja, er war zufrieden. Ein bebrillter Popanz im Konfirmandenanzug starrte ihm entgegen. Victor widerstand dem Impuls, seinem Spiegelbild die Zunge herauszustrecken.

Nun musste er nur noch dafür sorgen, dass ihn keiner seiner Nachbarn sah, wenn er das Haus verließ. Es wäre ihm peinlich gewesen, wenn er ihnen in diesem albernen Aufzug begegnet wären. Außerdem: Je weniger Menschen ihn so sahen, desto besser.

Er lauschte ins Treppenhaus. Nichts regte sich. Leise zog er die Tür der Dachkammer zu und schlich die Stiegen hinunter. Er wusste, welche besonders laut knarrten, und ließ diese aus, damit nicht die neugierige Frau Schulz am Ende noch ihre Knollnase zur Tür hinausstreckte.

Er kam ungesehen aus dem Haus. Draußen auf der Straße hielt er eine Zeitung vor sein Gesicht, als würde er im Laufen lesen, obwohl er die ganze Zeit über nur auf das neueste Fußballergebnis starrte: Hertha hatte gegen den 1. FC Nürnberg 6:3 in Leipzig gewonnen. Die Buchstaben waren zu groß, um sie zu ignorieren, dabei interessierte er sich kein bisschen für Fußball.

Er kam auf diese Weise nicht allzu schnell voran. Als er ein gehöriges Stück Weg zwischen sich und sein Wohnhaus gebracht hatte, nahm er die Zeitung daher wieder normal in die Hand und legte die Strecke zur Dieffenbachstraße nun schneller zurück.

Dort angekommen, bezog er Position in einem gegenüberliegenden Hauseingang und wartete. Wann immer ein Passant vorbeikam, zog er sich ein wenig tiefer in den Schatten zurück und nahm wieder die Zeitung vor die Nase. Schließlich wollte er auf keinen Fall Aufsehen erregen.

Er überlegte schon, ob er für diesen Tag aufgeben sollte, als sich die Tür auf der anderen Straßenseite öffnete und Eva herauskam – allein. Also hatte er recht behalten, Alfons hatte seinen Zeitplan nicht geändert. Wenn nun auch noch Karl zu Hause war, stand seinem Vorhaben nichts mehr im Wege.

Victor wartete noch eine Viertelstunde. Doch dann musste er handeln, wollte er nicht Gefahr laufen, dass Karl irgendwann auch das Haus verließ, sofern er überhaupt da war.

Er bemühte sich, wie ein unauffälliger Spaziergänger auszusehen, als er über die Straße auf Kasulkes Hauseingang zuschlenderte.

Im Treppenhaus roch es nach alter Kohlsuppe, und die Stiegen knarrten beim Hochgehen, ganz wie in seinem eigenen Hausflur. Es war jedoch deutlich schmutziger hier, und von den Wänden war großflächig der Putz abgeblättert.

Victor musste in die dritte Etage gehen, bis er endlich den Namen *Kasulke* auf einem der Klingelschilder entdeckte. Tief Luft holen, dachte er, Alfons hat es nicht besser verdient!

Victor hatte kaum die Türklingel betätigt, da wurde die Tür auch schon aufgerissen. «Haste schon wieder deinen Schlüssel vergessen?», brüllte Karl Kasulke, einen halben Kopf größer als Victor.

Der hatte zwar aus der Ferne schon gesehen, dass Karl ziemlich groß war, aber so riesig und muskulös hatte er ihn sich nicht vorgestellt.

«Ach, ich dachte ...», sagte Kasulke und sprach nicht weiter.

Aber Victor wusste auch so, was er gedacht hatte: dass Eva noch mal zurückgekommen wäre.

Sie schien hier mit Kasulke in wilder Ehe zu wohnen. Er konnte das beim besten Willen nicht verstehen, denn Kasulke sah nicht nur aus wie ein Preisboxer nach der zehnten Runde, er roch auch so. Außerdem schien er die Herzlichkeit nicht erfunden zu haben. Er wollte überhaupt nicht zu dieser fröhlich schnatternden Eva passen, die in Victors Augen wirklich etwas Besseres verdient hatte.

«Woll'n Se zu mir?»

Victor überlegte blitzschnell. Er hatte versäumt, sich vorher zu überlegen, wie er Kasulke sein Anliegen genau vortragen sollte. Er wollte es davon abhängig machen, wie dieser auf Victors Besuch reagierte. Sich jetzt hinzustellen und zu petzen kam ihm angesichts seiner körperlichen Unterlegenheit absurd vor. Außerdem würde Kasulke ihm kein Wort glauben. Also musste er das Pferd von hinten aufzäumen.

«Ist das Fräulein Eva zu sprechen?», fragte er in geziertem Hochdeutsch, was ebenfalls zu seiner Scharade gehörte.

«Falls Sie meene Eva meinen, also son richtjet Frollein is die nich mehr, wenn Se verstehn, wat ick meine!» Er lachte los, so dass sein massiger Körper unter dem schmuddlig weißen Unterhemd bebte.

Victor wich unwillkürlich einen Schritt zurück und wünschte, er wäre nie hergekommen. Karl Kasulke widerte ihn an, und er musste sich noch einmal den Grund für sein Kommen vor Augen halten: Alfons' dreiste Kopie seines geheimen Meisterwerkes. Das machte ihn wieder wütend genug, um standzuhalten.

Victor tat, als müsse er überlegen, was nun zu tun sei. «Ach, das ist schlecht ... Ich sollte ihr nämlich etwas ausrichten.»

«Det könn Se ooch mir saren! Ick saget ihr, wenn se wieda da is.»

«Würden Sie das wirklich tun? Das ist aber nett. Ich hoffe nur, die Nachricht erreicht sie dann noch rechtzeitig. Ich bin nämlich selbst schon aufgehalten worden. Also, das Fräulein Eva möchte sich dann bitte heute schon eine Stunde eher bei Herrn Alfons Lauterbach einfinden.»

Der Riese zog seine Augenbrauen zusammen, was seinem breiten Gesicht einen noch dümmlicheren Ausdruck verlieh, als es die offenbar mehrfach gebrochene Nase bereits tat. «Wat soll se? Wo soll se sein?»

«Bei Herrn Alfons Lauterbach, in der Fürstenstraße 22, gleich hinter dem Wassertorplatz. Nicht zur selben Stunde wie immer, sondern eine Stunde früher. Mehr kann ich Ihnen auch nicht sagen. Aber das Fräulein Eva weiß sicher, worum es geht.»

Karl Kasulke hatte bereits nach seinem Schlüssel gegriffen. «Hörn Se mia mit det Fräulein-Jequatsche uff! Die weeß mit Sichaheit, worum et jeht, und ick weeßet ooch gleich!» Karl Kasulke stieß ihn unsanft zur Seite und rannte die Treppe hinunter.

Der Ausdruck in seinen Augen machte Victor Angst. Alfons sollte eine Abreibung bekommen, das ja. Schließlich war es unverzeihlich, was er getan hatte. Doch was er in Kasulkes Blick gesehen hatte, sah nach weit mehr aus. Das hatte er nicht eingeplant.

Er musste den wütenden Riesen einholen und ihm sagen, dass alles nur Spaß war, auch wenn ihm das vermutlich ein blaues Auge bescheren würde. Dann würde er Alfons zur Rede stellen und ihm sagen, was er von dieser miesen Fälschung hielt. Sie würden ganz sicher einen Weg finden, das aus der Welt zu schaffen.

Victor lief Kasulke hinterher.

Eduard Warzepuckel war nicht glücklich. Nicht über seinen Namen - auch wenn dieser ihm einen gewissen Bekanntheitsgrad verschafft hatte, der ihm als Schriftsteller sehr wohl zugutekam - und auch nicht darüber, dass ihm am heutigen Tage so gar nichts einfallen wollte. Missmutig kaute er an seinem Bleistift und starrte durch die trüben Fensterscheiben, die bestimmt seit einem Jahr nicht mehr geputzt worden waren.

Der Papierkorb neben ihm quoll über. Zerknüllte Blätter waren auch über den Fußboden verteilt, jedes nur mit wenigen Worten beschrieben. Er wusste, dass dies die pure Verschwendung war, doch alles, was er zu Papier gebracht hatte, war eines Schriftstellers nicht würdig, und dass er das noch einmal lesen sollte, war nicht zumutbar. Also weg damit!

Auch der Wechsel auf die Schreibmaschine hatte keine vorzeigbaren Ergebnisse gebracht. Alles nur stümperhafter Blödsinn! Dabei war in drei Wochen Abgabetermin, und im Verlag war man auf sein neues Werk höchst gespannt. Sein Erstling hatte eingeschlagen wie eine Granate! *Wolfsmord* war ein spannender Roman über einen Wettlauf um Leben und Tod. Und nun saß er hier, sollte etwas noch Besseres schreiben – selbstverständlich musste es besser sein, schließlich hatte er einen Ruf zu verlieren! –, und ihm fielen nur Schundromanfragmente ein. Entwürdigend!

Er müsste etwas essen, vielleicht half das beim Denken, doch seine Speisekammer enthielt seit Tagen nur noch einige Scheiben vertrocknetes Brot und einen Kanten Käse, dessen fedriger grüner Belag ihn an den Flaum exotischer Vögel erinnerte. Der war definitiv nicht mehr zum Verzehr geeignet.

Statt also etwas zu essen, hatte er Bier getrunken, das war auch nahrhaft. Doch es hielt nicht lange vor, und der Hunger nagte inzwischen erneut an ihm. Es half ja auch niemandem weiter, wenn er vor leeren Seiten verhungerte. Der Verlag brachte es fertig, ihn noch posthum zu verklagen.

Er überlegte, wie es wohl aussehen mochte, wenn der Verleger an seinen Sarg klopfen und ihn auffordern würde, endlich das ausstehende Manuskript abzuliefern oder aber die Konventionalstrafe zu zahlen.

«Eduard, es ist so weit! Du musst deinen Elfenbeinturm verlassen, sonst sperren sie dich noch in die Anstalt!», sprach er zu sich selbst. Er musste wirklich dringend etwas zwischen die Zähne bekommen. Außerdem konnte er ein wenig frische Luft gebrauchen, denn möglicherweise war es auch Sauerstoffmangel, der sein Hirn vernebelte. Das Fenster in seiner Stube war nämlich völlig verzogen und ließ sich nicht öffnen. Außerdem war er seit bestimmt anderthalb Wochen nicht mehr vor der Tür gewesen.

Schwerfällig erhob er sich von dem harten Stuhl. Die Glieder waren ganz steif vom langen Sitzen, und sein Rücken schmerzte.

Es war zwar schon dunkel, und die Läden hatten längst geschlossen, aber er würde seinen Freund Ferdinand fragen, ob der noch etwas für ihn in der Speisekammer hatte. Eventuell würde ihm eine Unterhaltung mit Ferdi sogar weiterhelfen, denn der Freund war schon immer eine Quelle der Inspiration für ihn gewesen.

Der Schriftsteller zog sich eine leichte Jacke über, denn abends war es doch mitunter kühl – jedenfalls als er das letzte Mal draußen gewesen war. Er trat ins Treppenhaus, schloss ab und versenkte den Schlüssel tief in der Tasche seiner ausgebeulten Hose.

Klimpernd ging er die zwei Stockwerke hinab und trat unten aufs Trottoir.

Begierig sog er die Abendluft in seine Lungen und hatte augenblicklich das Gefühl, seine müden Gedanken würden sich mit dem Sauerstoff aufpumpen wie ein Ballon, bereit, in Stellung zu gehen und wieder ihren Dienst zu tun. Doch essen musste er trotzdem etwas, also lief er die Naunynstraße entlang, in die Richtung, in der Ferdinand wohnte.

Rasch sah er an sich hinab, ob er einigermaßen anständig aussah, denn sein Freund wohnte möbliert bei einer Frau in den Sechzigern. Sie war klein, rund, redselig und bestand darauf, Oma Lotti genannt zu werden. Ihr entging nichts, wenn sie in ihrer Kittelschürze durch die Wohnung wuselte, und sie achtete stets darauf, dass Ferdinand keinen schlechten Umgang pflegte.

Eduard war ihr ob seines Berufes ohnehin suspekt. Einen Tagedieb hatte sie ihn genannt, der keiner anständigen Arbeit nachging, sondern sich auf Kosten anderer Leute ein gemütliches Leben verschaffte. Leute wie Oma Lotti hatten selbstredend keine Ahnung davon, wie hart sein Brot verdient war. Tage, an denen er um jedes einzelne Wort rang, wechselten mit jenen, an denen geniale Formulierungen nur so aus der Feder flossen. Bedauerlicherweise waren die harten Tage weitaus häufiger. Nie wusste man am Morgen, wie viel am Abend geschafft sein würde, und oft genug warf er die Ergebnisse einer ganzen Woche später in den Papierkorb.

Wie oft er schon davon geträumt hatte, stattdessen in einer Fabrik zu arbeiten, wo er am Ende des Tages sehen und anfassen konnte, was er geschaffen hatte – und wo er vor allem an jedem Freitag eine volle Lohntüte bekam! Aber das konnte Oma Lotti nicht ahnen. Und es war müßig, darüber nachzudenken. Er war kein Fabrikarbeiter. Das Schicksal hatte ihn dazu verdammt zu schreiben. Das tat er. Und wenn er dabei eines Tages draufgehen würde.

Eduard beschleunigte seinen Schritt, denn an der frischen Luft wurde der Hunger noch stärker, als er ohnehin schon gewesen war.

Er stutzte, als er ein junges Mädchen laut heulend quer über die Straße rennen sah, doch sie war so rasch hinter einer Hausecke verschwunden, wie sie aufgetaucht war, und so schwand sie auch wieder aus Eduards Gedächtnis. Er hatte andere Probleme. Ihm musste endlich etwas Handfestes einfallen, wenn er nicht Gefahr laufen wollte, dass der Verlag ihn fallenließ wie eine heiße Kartoffel. Oder ihn tatsächlich verklagte. Was hätte er dann noch? Seinen schrecklichen Namen, sonst nichts. Und wenn er keine neuen Bücher mehr veröffentlichte, wäre er bald ebenso vergessen wie viele seiner schreibenden Leidensgenossen, die nach dem ersten großen Erfolg nicht mehr imstande waren, ein zweites Werk vorzulegen.

Er war so in Gedanken versunken, dass er beinahe einen Herzanfall erlitt, als er sich Ferdinands Hauseingang näherte: Die Tür flog auf, und ein Hüne lief wie von tausend Teufeln gejagt aus dem Haus.

Eduard sprang geistesgegenwärtig beiseite, sonst wäre er vermutlich im Rinnstein gelandet. So prallte er nur mit der Schulter gegen eine Gaslaterne, die dadurch verlosch. «Was soll denn das?», schimpfte er dem riesenhaften Kerl hinterher.

Durch einen gezielten Tritt gegen den Laternenmast schaltete er das Licht wieder an – oft genug hatte er aus purem Vergnügen Gaslaternen an- und ausgetreten, wenn er die Muse hervorlocken wollte, also kannte er sich damit aus.

Als er in den Hauseingang trat, wunderte er sich, dass die Kellertür offen stand und Licht die Treppe heraufschien. Sonst ging um diese Zeit niemand in den Keller – zumindest hatte er das hier noch nie erlebt, und er war oft bei Ferdinand zu Gast. Vielleicht waren jemandem die Kohlen für den Herd ausgegangen. So, wie es im Keller rumpelte, wäre dies zumindest eine plausible Erklärung. Doch er schenkte dem weiter keine Beachtung und stieg die Treppen hinauf und klopfte bei *Krause/Plaske*.

Es dauerte einige Zeit, bis Ferdinand öffnete, so dass er ausgiebig in den zweifelhaften Genuss kam, im Hausflur das frische Bohnerwachs einzuatmen. Es hing zwar am untersten Treppenabsatz ein Blechschild mit der Aufschrift *Vorsicht frisch gebohnert,* doch es war dort dauerhaft verschraubt, wie in fast allen Treppenhäusern. Man konnte nur am Geruch erkennen, ob tatsächlich frisch gebohnert worden war.

Als Ferdinand öffnete, wehte Eduard als Erstes eine Fahne entgegen.

«Was ist denn mit dir passiert?» Ferdinand trank sonst so gut wie nie, schon weil Oma Lotti dies zutiefst missbilligte.

«Weiber!», sagte Ferdinand nur und drehte sich um. Für Eduard ein Zeichen, ihm zu folgen.

Die Wohnung lag still da.

«Oma Lotti gar nicht da?»

«Draußen.»

«Jetzt noch?»

«Die Töle hat 'ne schwache Blase. Wenn die nicht kurz vor Mitternacht noch mal pinkeln geht, macht sie früh um fünf auf den Teppich.»

Eduard verzog das Gesicht. «Hast du etwas übrig, um meinen hungrigen Magen zu beruhigen?» Er kam besser sofort zur Sache. Denn wenn Ferdinand erst einmal anfing, über seine neueste Frauengeschichte zu reden, würde er so bald nichts zwischen die Zähne bekommen. Außerdem war die Gelegenheit günstig, wo Oma Lotti doch gerade ihren kleinen, fetten Mops spazieren führte.

«Kannst du dich irjendwann mal selbst versorjen?» Ferdinand musste eine Laus größeren Ausmaßes über die Leber gelaufen sein, denn Eduard kannte den Freund sonst nicht so unwirsch.

Er bekam eine Käsestulle aus frischem Brot und Käse, der keine Schimmelstellen hatte, denn Oma Lotti sorgte gut für Ferdinand. Er wollte gerade hineinbeißen, da kratzte etwas an der Tür. Kurz darauf jaulte ein Hund.

«Was ist denn mit der Töle los?» Ferdinand ging zur Tür, und Eduard folgte ihm mit der Stulle in die Diele.

Draußen hockte Oma Lottis Mops und hechelte. Doch anstatt hineinzukommen, begann er ein Kläffkonzert und schickte sich an, die Treppe wieder hinunterzutapsen. Die Hundeleine, die noch am Halsband hing, schleifte er hinter sich her. Als das Tier merkte, dass Ferdinand nicht reagierte, wiederholte es die Zeremonie: zur Tür gehen, hecheln, kläffen, Treppe runter, umdrehen.

«Der will dir was sagen», bemerkte Eduard kauend. «Und überhaupt: Wo ist Oma Lotti eigentlich? Gassi geht sie offenbar nicht.»

«Gib mir mal die Schlüssel. Wir müssen wohl mal nachsehen, was die Töle will.»

Ferdinand nahm die Leine, und der Mops führte sie in den Keller. Die Kellertür war nur noch angelehnt, das Licht erloschen. Totenstille. Bis auf das Hecheln des Hundes war nichts zu hören. Es klang, als würde das Tier ebenfalls lauschen. Dann bellte es ein paarmal kurz und auffordernd.

«Mach mal Licht an», sagte Eduard.

«Ick seh ja nüscht. Also weiß ick ooch nich, wo der Lichtschalter is!»

«Mensch, Ferdi, den kannst du doch ertasten!»

«Nee, mein Lieber, das mach du mal! Ick fass diese dreckige Wand bestimmt nich an!»

Eduard seufzte. Seine Finger tasteten sich entlang der Fugen der Backsteine, aus denen der Keller einst errichtet worden war. Er fand den Schalter, doch während er ihn herumdrehte, huschte etwas über seine Hand, das garantiert mehr als vier Beine hatte. Ein Schreckenslaut entfuhr ihm.

Kurz darauf ging eine Funzel an und beleuchtete eine riesengroße Spinne, die in wilder Flucht um eine Mauerecke rannte.

«Europäische Tarantelart», klugscheißerte Ferdinand. «Ick hab ja jesagt, ick fasse diese Wände nicht an. Ick wusste schon, warum.»

«Idiot», murmelte Eduard.

Die beiden Männer setzten ihren Weg fort.

Vor einer buntbemalten Tür blieb der Mops sitzen und bellte.

«*A. Lauterbach, Künstler*», las Eduard vor und senkte dabei unwillkürlich die Stimme zu einem Flüstern.

«Stimmt ja, da wohnt einer. Ich vergess das immer. Man sieht den nie. Seltsamer Kerl. Wenn einer schon freiwillig im Keller wohnt!»

Ganz so freiwillig wird das wohl nicht sein, dachte Eduard, der wusste, dass freischaffende Künstler oft noch schlechter dran waren als Schriftsteller. Er selbst konnte ja auch nicht sagen, wie lange er seine kleine Wohnung noch würde halten können.

Sie öffneten die Tür, und Eduard hielt die Mopsleine vorsichtshalber kurz, weil der Hund sich jetzt wie verrückt gebärdete.

Ihnen bot sich ein Bild der Verwüstung. Umgekippte Leinwände. Verstreute Pinsel. In einer Ecke des Raumes lag eine Matratze, die wohl vom Rest des Zimmers durch einen Vorhang abgetrennt gewesen sein musste, doch die Vorhangstange war halb von der Decke heruntergebogen, der Vorhang fehlte. In der anderen Ecke lag ein schwerer Kerzenleuchter am Boden, daneben war eine riesige Blutlache.

Und in der Lache lag Oma Lotti.

ELF

HINTERHER konnte Victor nicht mehr sagen, wo alles Unglück seinen Anfang genommen hatte, wann die Weichen dafür gestellt worden waren, dass alles so gekommen war.

War es der Moment, als Alfons davon sprach, wie rasend eifersüchtig Karl Kasulke war, wenn es um Eva ging? Oder der Augenblick, in dem er sich entschied, Kasulke diese Lüge aufzutischen, um ihn in Alfons' Kellerloch zu lotsen? War es, als er das Haus verließ und sein Bild als miese Kopie aus der Hand des angeblichen Freundes entdeckte?

Hätte er an dem Abend, als er ins «Max und Moritz» ging und Alfons kennenlernte, lieber in seiner Dachkammer verweilen sollen? Oder lag der Scheidepunkt noch viel weiter zurück? War das Entscheidende die Parisreise, auf der sein Vater ungewollt die ihm verhasste Leidenschaft seines Sohnes erweckte: die Malerei?

Wer vermochte das heute noch zu sagen?

Victor schlug die Hände vors Gesicht und schüttelte den Kopf, als könne er damit die Ereignisse der letzten Stunden ungeschehen machen.

Wieso nur hatte er Evas Verlobten aufgesucht? Einen Denkzettel hatte er Alfons verpassen wollen. Nun gut, es war mehr: Er wollte Rache! Doch wäre es nicht wirklich besser gewesen, mit Alfons über seine freche Kopie zu sprechen? Möglichst bevor er die Galerie verwüstet hatte? Hätte er nicht irgendetwas anderes tun können, als ausgerechnet den jähzornigen Karl auf seinen einzigen Freund zu hetzen – auch wenn dieser Freund sich als Lump erwiesen hatte?

Plötzlich fiel ihm Eva ein. Was hatte er getan? Bestimmt würde Kasulke seine unbändige Wut auch an ihr auslassen. Er musste sie schützen! Falls es noch nicht zu spät war.

Doch er war unfähig, sich auch nur um einen Zentimeter zu rühren.

Wieder hatte er das Bild vor Augen: Alfons, das Blut, der Kerzenleuchter. Karl Kasulke, der auf ihn einschlug. Er selbst, der sich in den dunklen Kellergang zurückzog, als der Hüne mit Alfons fertig war und, ohne ihn zu bemerken, aus der buntbemalten Tür stürmte, die Treppe hoch, nach draußen, dorthin, wo die Menschen lebendig waren.

Weshalb nur war er nicht ebenfalls gegangen? Seine Schuld war auch so schon groß genug. Doch er wollte den toten Alfons nicht in der Kellerwohnung lassen. Zu schnell wäre eine Verbindung zu ihm selbst herzustellen. Sobald die Polizei wüsste, wer Alfons war, würden sie seine Freunde aufsuchen. Es war doch immer so, dass jeder jeden um ein paar Ecken herum kannte, und dann würden sie bald vor seiner Tür stehen.

Er musste sich Zeit zum Nachdenken verschaffen. Ohne zu begreifen, was er tat, hatte er Alfons' Taschen durchsucht und alles entfernt, was möglicherweise darauf schließen ließ, wer er war. Dann hatte er den Vorhang heruntergerissen und begonnen, den Leichnam darin einzuwickeln. Wie groß war sein Schock gewesen, als der vermeintlich Tote seine Augen öffnete und Victor direkt anstarrte! Diese Szene und alles, was danach geschah, lief noch einmal vor Victors Augen ab.

Danach erbrach er sich.

Er hätte Alfons helfen müssen. Ein blaues Auge war eine Sache. Da hätte Alfons sicher nichts gesagt – schließlich musste auch ihm klar gewesen sein, dass diese dreiste Fälschung nicht ohne Folgen bleiben würde. Doch nachdem alles aus dem Ruder gelaufen war, hätte Alfons reagieren müssen. Er hätte begriffen, wem er es zu verdanken hatte, dass Kasulke ihn beinahe totgeschlagen hatte. Und wenn er das der Polizei erzählt hätte, wäre Victors Leben, Victors Karriere, Victors Traum von Paris vorbei gewesen.

Schwerfällig erhob er sich, um ein Glas Wasser zu holen, damit er den Geschmack nach Galle wieder loswurde. Am liebsten hätte er mit dem Wasser auch die Erinnerungen weggespült.

Wenigstens hatte sein Hirn die Sekunden, in denen er mit dem schweren Kerzenleuchter vollendete, was Karl Kasulke begonnen hatte, gnädig ausgelöscht. Doch an die Anstrengung danach konnte er sich erinnern, als er das leblose Bündel auf seine Schultern hievte. Auch an den Moment, in dem die Tür aufging und die alte Schachtel mit ihrem Hund vor ihm stand. Daran, wie er die Alte reflexartig mit dem Kopf gegen die Wand von Alfons' Kellerloch schubste und sie lautlos zusammenbrach. Und daran, dass er einfach losgelaufen war, immer in Angst, man könnte ihn sehen mit seiner Last.

Der tote Alfons war zu schwer gewesen, um ihn in den Landwehrkanal zu werfen, was er eigentlich vorgehabt hatte. Der Weg war zu weit, und mit jedem Schritt wuchs die Gefahr, entdeckt zu werden. An der stillgelegten Städtischen Gasanstalt hatten ihn seine Kräfte endgültig verlassen.

Er schaffte es gerade noch, den Toten unter ein Gebüsch hinter einem Mäuerchen zu schieben. Der Busch war hoffentlich dicht genug, um die Leiche für einige Tage vor den Blicken neugieriger Passanten zu verstecken. Es war tiefe Nacht, und er selbst konnte beinahe gar nichts erkennen. Wie viel von Alfons Lauterbach noch zu sehen sein würde, würde erst der nächste Tag zeigen. Und bis dahin musste ihm dringend etwas eingefallen sein.

Doch ihm war gar nichts eingefallen. Er konnte sich kaum erinnern, wie er nach Hause gekommen war. Keinen klaren Gedanken hatte er fassen können – wie sollte er da seine unmittelbare Zukunft planen?

Er müsste malen, um den Kopf freizubekommen, doch er war von seinen Gedanken so aufgewühlt, dass er sich sogar dazu außer-

116

stande sah. Das war nicht gut. Wenn schon seine Leidenschaft nicht mehr half ... Außerdem musste er Aufträge fertigstellen und Neues schaffen.

Auch wenn er immer nur eine gewisse Anzahl von Bildern mit in den Park nehmen konnte, so war er doch darauf bedacht, stets etwas Neues dabeizuhaben. Es gab viele Menschen, die beinahe täglich auf ihrem Weg von der Arbeit vorbeikamen. Dabei kam es vor, dass sie stehenblieben und seine Bilder betrachteten. Wenn er jeden Tag dieselben Gemälde ausstellte, würde ihr Interesse rasch erlahmen. Und zumindest kleinere Bilder verkaufte er hin und wieder, denn die konnten sich die Leute eher leisten.

Doch nicht einmal für eine kleine Kohlezeichnung reichte seine Geduld heute. Schon die ersten Striche brachten Victor zur Verzweiflung, und er schleuderte den Block in die Ecke.

Schlecht, dies alles war zu schlecht!

Er riss einige der Leinwände hervor.

Schlecht! Miserabel!

Die Bilder folgten dem Block. Eines flog gegen den Tisch, dabei fiel ein Farbtiegel herunter und sprang auf. Die Farbe spritzte gegen die Wand.

Weshalb malte er so schlechte Bilder? Er wusste, dass er es besser konnte, viel besser sogar! Er musste nur an Sól denken. Solche Bilder würde er noch viel häufiger malen, Bilder, denen ein Zauber innewohnte, Bilder mit den leuchtenden Acrylfarben. Doch dazu mussten diese Gedanken aus seinem Kopf verbannt werden.

Er ließ sich auf das Bett fallen, trommelte mit den Fäusten gegen seinen Kopf und saß danach eine Weile reglos auf der Kante, die Ellenbogen auf den Knien, den Kopf in seine Hände gestützt.

Es verging einige Zeit, bis er den Blick hob und direkt auf das kleine schwarze Büchlein schaute, das er bei Eleonore mitgenommen hatte. Es konnte nicht schaden, wenn er einmal hineinsah. Vielleicht würde ihn das auf andere Gedanken bringen.

Er nahm das Buch und schlug es an zufälliger Stelle auf.

Georg geht es heute ein wenig besser. Er bekommt leichter Luft und klagt nicht so häufig über Schmerzen. Dr. Mollenhauer macht mir trotzdem keine Hoffnung. Heilen könne man diese Geschwüre nicht, sagt er. Mich macht das sehr traurig. Georg hat das nicht verdient!

Victor blätterte weiter.

Heute hat Georg hohes Fieber und starke Schmerzen. Doktor Mollenhauer musste ihm eine Morphiumspritze verabreichen, denn sein Schreien war nicht mehr zu ertragen. Es tut mir in der Seele weh.

Offenbar behandelte das Tagebuch die Zeit, in der Eleonores Mann im Sterben lag. Sein Gesundheitszustand war genau dokumentiert. Anscheinend hatte Eleonore ihn alleine zu Hause gepflegt, nur mit der Unterstützung gelegentlicher Besuche dieses Doktor Mollenhauer. Immerhin wusste Victor jetzt, dass das Morphium für Georgs Schmerzen bestimmt war und nicht Eleonores Erbauung diente.

Georg sagt, er müsse mir dringend etwas sagen. Das Sprechen fällt ihm heute sehr schwer, doch offenbar hat er Angst, er könne bald gar nicht mehr reden. Etwas scheint ihn sehr zu belasten, er sagt, er hätte einen Fehler gemacht, doch Doktor Mollenhauer kam just in dem Augenblick, als Georg anhub, mir eine Geschichte zu erzählen, die ungefähr 25 Jahre zurückliegen muss. Er war so aufgeregt, dass Mollenhauer ihm eine Beruhigungsspritze geben musste. Morgen wird Georg hoffentlich einen günstigeren Zeitpunkt wählen.

Victor war begierig zu erfahren, welches Geheimnis Georg lüften wollte. Anscheinend trug jeder Mensch ein Päckchen mit sich herum, das er im Angesicht des Todes unbedingt noch loswerden wollte. Die menschlichen Abgründe faszinierten Victor. Umso enttäuschter war er, als er der klaren Schrift Eleonores weiter folgte.

Georg versucht nun schon den ganzen Morgen über, mir sein Geheimnis anzuvertrauen, doch das Geschwür, das in seinem gesamten Körper wütet,

118

hat nun auch den Kehlkopf fest im Griff. Er ist so schwach, dass er keinen Stift halten kann. Wenn kein Wunder geschieht, dann wird er mit ins Grab nehmen, was er mir so dringend sagen wollte.

Eleonore, du bist eine starke Frau, dachte Victor. Er war nicht sicher, ob er es fertiggebracht hätte, seiner Mutter beim Sterben zuzusehen. Sowohl seine Mutter als auch Lenchen waren einfach aus seinem Leben verschwunden. Man hatte ihn nicht mehr zu seiner Verlobten gelassen, als sie krank wurde. Und dass seine Mutter tot war, hatte er von seinem Vater erfahren: «Deine Mutter ist gestorben, mein Junge. Wir beide müssen jetzt alleine zurechtkommen.» Kein Wort der Erklärung.

Heute Nachmittag hat Georg das Bewusstsein verloren. Doch die Schmerzen scheinen ihn auch im Unterbewusstsein zu quälen. Doktor Mollenhauer hat ihm noch einmal Morphium gespritzt. Es scheint nicht viel zu nützen. Georgs Wangen sind eingefallen und gelblich wächsern, als wäre er bereits tot. Er stöhnt noch immer vor Schmerzen, seine Hände zucken im Morphiumschlaf immer wieder hoch, als würde jemand sie an unsichtbaren Fäden ziehen. Mein einst so stattlicher Mann wirkt wie eine klapperdürre Marionette. Ich habe Doktor Mollenhauer um Hilfe angefleht. Daraufhin hat er mir Morphium dagelassen. Viel Morphium.

Die nächsten Zeilen waren verwischt. Ganz offensichtlich waren Eleonores Tränen auf die Tinte getropft.

Ich habe es getan. Wahrscheinlich werde ich dafür in der Hölle schmoren, doch ich konnte Georgs Qualen nicht mehr mit ansehen. Ich wollte ihm das allerletzte bisschen Würde bewahren, obwohl davon ohnehin kaum noch etwas übrig war. Kein Tier würde man so leiden lassen! Ich habe ihm das gesamte Morphium auf einmal gespritzt. Als das Leben entwich, entspannten sich seine schmerzverzerrten Züge ein wenig. Das war ein großer Trost für mich. Doktor Mollenhauer war heute noch nicht da. Er will mir wohl Zeit mit Georg lassen. Ich gehe nun ein letztes Mal zu ihm.

ZWÖLF

KAPPE mochte keine Krankenhäuser. Sie rochen nach Tod und Verderben. Er ging an Wagen voller Bettschüsseln, Putzmitteln und medizinischem Gerät vorbei. Brauner Linoleumboden bildete eine trübsinnige Einheit mit den schmuddelig gelben Wänden des Krankenhausflurs, auf dem geschäftige Haubenlerchen entlangliefen – Frauen in der typischen Schwesterntracht mit weißen Häubchen auf dem Kopf. Die meisten schenkten ihm keine Beachtung.

Doch plötzlich stand, wie aus dem Boden gewachsen, eine sehr große, sehr breite Krankenschwester vor ihm, die Kappes Meinung nach ebenso gut Leibwächter einer hochgestellten Persönlichkeit hätte sein können. Einen Oberlippenbart trug sie jedenfalls.

«Wir haben keine Besuchszeit!», bellte sie und hatte bereits eine wagenradgroße Hand auf Kappes Brust geparkt, wohl um ihn rückwärts wieder den Flur entlang aus der Tür zu schieben.

Kappe hatte Mühe, an die Innentasche seiner Jacke zu kommen, um ihr den Dienstausweis unter die Knollnase zu halten.

Sie zog die buschigen Augenbrauen zusammen. «Ein Kriminaler? Hat hier jemand was ausgefressen?»

Kappe nahm sich den Ausweis zurück. «Ich hoffe nicht. Ich bin schließlich von der Mordkommission.»

«Soweit ich weiß, liegt hier auch keine Leiche.»

«Was nicht ist, kann ja noch werden», murmelte Kappe und versuchte, sich an dem Zerberus vorbeizuschieben, um eine weniger angsteinflößende Krankenschwester nach dem Krankenzimmer von Charlotte Krause fragen zu können. Doch er hatte nicht den Hauch einer Chance, denn das Mannsweib machte sich noch breiter, als es ohnehin war.

«So so, witzig ist der Herr von der Mordkommission also auch noch!», dröhnte sie. «Darf ich fragen, zu wem Sie wollen?»

Kappe sagte es ihr. Was blieb ihm für eine Wahl?

«Oha. Frau Krause. Wir haben Ohropax im Schwesternzimmer. Davon sollten Sie vorsorglich etwas mitnehmen.» Sie lachte schallend, trat beiseite und schickte ein «Zimmer 38!» hinterher.

Kappe gelangte zum angegebenen Zimmer, ohne noch einmal aufgehalten zu werden. Innerlich stellte er sich darauf ein, nicht zu nah ans Krankenbett zu treten, wenn Frau Krause tatsächlich so laut redete, wie die Bemerkung der Krankenschwester vermuten ließ.

Doch Kappe hatte sich gründlich geirrt. Frau Krause sprach nicht laut – jedenfalls nicht besonders –, sie sprach *viel*. Und das, ohne Luft zu holen. Kappe hatte kaum erwähnt, wer er war und woher er kam, als sie auch schon einen Schwall Worte über ihm ausgoss wie einen Eimer Jauche.

«Ach, lässt sich die Polizei also auch mal hier blicken! Mordkommission? Stimmt, ich hätte tot sein können, aber ich bin es nicht, das habe ich meinem Purzelchen zu verdanken. Ich bin nur halbtot vor Schmerzen und vor Sehnsucht nach meinem armen Purzelchen. Wenn Purzelchen nicht gewesen wäre, würde ich mir nämlich wirklich die Radieschen von unten anschauen. Das brave Tier hat mich gerettet, wissen Sie?»

Kappe gestikulierte wild, um Frau Krause zu signalisieren, dass er eine Frage zu stellen wünschte.

Da das nichts brachte, redete er einfach lauter gegen sie an. «Können Sie mir den Vorfall genau schildern, Frau Krause? Haben Sie den Angreifer gesehen?»

«Ach nein, ich habe gar nichts gesehen, wissen Sie, rein gar nichts. Aber ich würde mich nicht wundern, wenn es mein Untermieter gewesen wäre oder sein seltsamer Freund, dieser Schreiberling. Der glaubt sicher, ich wüsste nicht, dass er sich dreimal die Woche durch meine Speisekammer frisst, weil er den lieben langen Tag nur im Bett liegt, anstatt arbeiten zu gehen wie anständige Leute. Er weigert sich auch, mich Oma Lotti zu nennen, dabei tun das alle, Sie müssen das auch tun, Herr Kommissar, Frau Krause, das klingt so ordinär, dabei war er gar nicht gewöhnlich, mein Heinrich, wissen Sie, er war ein ganz hohes Tier in der Fabrik, kannte jeden Mitarbeiter persönlich, wusste, wann wer kam und ging, dem entging nichts, meinem Heinrich.»

Er war wahrscheinlich Pförtner, dachte Kappe und hoffte, dass er bei Lotti Krauses Redeschwall nicht versehentlich eine wichtige Information verpasste.

«Leider ist er ja schon lange tot, Gott hab ihn selig ...»

Der wird froh sein, dachte Kappe.

«... aber wir waren sehr glücklich zusammen, obwohl unsere Ehe kinderlos geblieben ist.»

«Jaja, alles sehr interessant, Frau Krause ...»

«Oma Lotti!»

«... aber mir wäre es recht, wenn Sie sich nicht in Mutmaßungen ergingen. Versuchen Sie bitte, sich daran zu erinnern, was genau geschah, bevor Sie niedergeschlagen wurden.»

«Ja also, das weiß ich natürlich noch ganz genau. Ich wollte mit Purzelchen spazieren gehen, doch wir hörten einen Mann im Keller herumschreien, und das ist ja nicht in Ordnung, in einem ehrenwerten Haus schreit man nicht, das hat mein Heinrich auch nie getan, nur einmal, und dazu hatte er wirklich allen Grund, weil ...»

«Frau Krause!» Kappe war drauf und dran, das Ohropax-Angebot der resoluten Schwester doch noch anzunehmen.

Frau Krause schwieg daraufhin beleidigt für etwa zwei Sekunden. Just als Kappe aufatmen wollte, weil die Ruhe so wohltuend war, erinnerte sie ihn noch einmal daran, dass er sie Oma Lotti nennen sollte.

«Ich bin nicht als Privatmann hier, der einen Krankenbesuch

macht, sondern in meiner Eigenschaft als Kriminaloberkommissar. Und als solcher ist es mir streng untersagt, eine Zeugin vertraulich anzusprechen», log Kappe. «Ich muss daher darauf bestehen, Sie weiterhin ‹Frau Krause› zu nennen. Also, was haben Sie getan, nachdem Sie das Geschrei im Keller gehört hatten?»

Sie schien ein wenig kleinlaut geworden zu sein, als sie endlich auf Kappes Frage antwortete. «Purzelchen wollte natürlich kein Geschrei in seinem Haus, und so sind wir in den Keller hinuntergegangen, dahin, wo dieser Künstler wohnt. Mehr weiß ich aber nicht, ehrlich, Herr Kommissar. Ich war dann plötzlich hier in diesem schrecklichen Krankenhaus, wo mein Purzelchen nicht mal zu Besuch kommen darf!»

Sie bedachte die eintretende Krankenschwester – eine, die Kappe noch nicht gesehen hatte – mit einem wütenden Blick, als sei einzig und allein diese schuld daran, dass Tiere in einem Krankenhaus keinen Zutritt hatten.

«Die Dame kann doch nichts dafür, Frau Krause. Das sind nun einmal Krankenhausvorschriften», sagte Kappe müde. Er hatte nur deshalb eingewilligt, das Opfer dieses seltsamen Überfalls zu vernehmen, weil er von Grienerick einen Gefallen schuldete – denn der hatte den Besuch eigentlich übernehmen sollen. Grienerick war Kappe dankbar gewesen, da er noch etwas hatte erledigen müssen. Wie dankbar würde der Kollege ihm erst sein, wenn Kappe berichtete, was ihn hier erwartet hätte!

Charlotte Krause hatte zwar eine riesige Beule am Kopf, aber das Blut in ihrem Gesicht und ihren Haaren war eindeutig nicht von ihr gewesen, denn sie hatte keine offene Wunde. Sie musste bei ihrem Sturz mit der Schläfe auf einen bereits am Boden liegenden Kerzenleuchter aufgeschlagen sein. Eine andere Erklärung hatte der Arzt laut Akte dafür nicht gefunden, und auch Kappe leuchtete diese ein.

Die Kopfverletzung hatte leider das Sprachzentrum nicht lahmgelegt, denn Frau Krause redete schon wieder. «Sehen sie das Mädelchen da?», flüsterte sie so laut, dass ihre Stimme Tote hätte wecken können, und deutete auf das Bett neben sich. «Die Ärzte haben gesagt, sie sieht aus, als hätte jemand sie nach Strich und Faden verprügelt und anschließend eine Treppe hinuntergeworfen. Zustände sind das!»

Kappe wandte seinen Blick zum Nachbarbett. Die Frau darin war nicht zu erkennen, weil sie wie eine Mumie von Kopf bis Fuß in Verbände gewickelt war. «Armes Ding.»

«Dass die mich mit so einer aufs Zimmer legen!», meckerte Frau Krause. Dabei hatte Kappe für einen Moment gedacht, sie hätte Mitgefühl.

«Fremdeinwirkung?», fragte Kappe die Krankenschwester, die der bandagierten Frau den Puls fühlte und daher nicht gleich antwortete.

«Wir konnten sie nicht befragen. Sie hat das Bewusstsein noch nicht wiedererlangt.»

Damit gab sie Frau Krause genau das richtige Stichwort.

«Eben. Nicht mal unterhalten kann man sich! Und dauernd kommt jemand und sieht nach ihr. Nur um mich kümmert sich keiner!»

«Frau Krause, ich bin sicher, dass hier jeder Patient die Aufmerksamkeit bekommt, die ihm zusteht», brummte Kappe und wandte sich wieder an die Krankenschwester. «Wer hat sie hergebracht?»

«Das war das Seltsame: Jemand muss sie hier vor die Stufen des Krankenhauses gelegt haben.»

«Und es kann nicht sein, dass sie ebendiese Stufen hinuntergefallen ist?»

«Sie haben nicht gesehen, wie sie zugerichtet war. Fünf Stufen alleine können solche Verletzungen nicht erklären.»

«Hat niemand gesehen, wer sie dorthin gelegt hat?»

«Nein. Der Pförtner war genau zu dieser Zeit auf der Toilette. Wer kann denn so etwas auch ahnen!»

«Ich mache niemandem einen Vorwurf. Das zu wissen würde nur die Ermittlungen erleichtern, deshalb frage ich.» Dann fiel ihm noch etwas ein. «Hat denn überhaupt jemand den Vorfall der Polizei gemeldet?»

Die Krankenschwester sah wieder schuldbewusst drein. «Oh, das tut mir leid, da müsste ich die Oberschwester fragen.» Sie wandte sich eilfertig zur Tür.

«Die Dame mit der stattlichen Figur?», fragte Kappe alarmiert.

«Sie meinen sicher Schwester Reinhild. Ja, das ist sie. Rau, aber herzlich.»

Von herzlich hatte Kappe nicht das Geringste bemerkt, und er war wirklich nicht scharf darauf, der Dame noch einmal zu begegnen. «Lassen Sie es gut sein. Wenn der Vorfall gemeldet wurde, muss die Akte im Präsidium liegen. Falls nicht, lege ich selbst eine an.» Er reichte der Schwester einen vorbereiteten Zettel mit seiner Dienstnummer. «Kann ich mich darauf verlassen, dass Sie sich bei mir melden, wenn die Frau wieder zu Bewusstsein kommt?»

«Aber selbstverständlich.» Sie steckte den Zettel in die Tasche ihrer Schwesterntracht.

Dann wandte sich Kappe an die beleidigt vor sich hin brummelnde Frau Krause. «Wenn Ihnen zu dem Vorfall im Keller noch etwas einfallen sollte, sagen Sie bitte der Schwester Bescheid. Sie wird uns dann informieren.» Damit empfahl er sich.

Am nächsten Tag fragte Kappe als Erstes nach der Akte der Unbekannten und fand nach längeren Nachforschungen heraus, dass der Anruf in der Telefonzentrale zwar notiert, aber nicht weitergeleitet worden war. Das Telefonfräulein war ziemlich verstört, doch Kappe winkte ab. Dann würde er eben selbst eine Akte dazu anlegen. Die Krankenschwester hatte ihm noch gesagt, dass das Mädchen in der gleichen Nacht vor dem Krankenhaus gelegen hatte, in der auch Frau Krause eingeliefert worden war. Es war zwischen zwanzig und fünfundzwanzig Jahre alt und hatte schwere Prellungen, Knochenbrüche und Kopfverletzungen erlitten.

Mehr konnte Kappe noch nicht eintragen. Er hoffte sehr, dass die junge Frau überhaupt wieder zu sich kommen würde.

«Du bist ein Feigling, Victor!» Eleonore blies scharf den Zigarettenrauch aus, während sie das seidig glatte Betttuch enger um sich schlang. Ihr trotz des fortgeschrittenen Alters begehrenswerter Körper zeichnete sich darunter ab, doch sie dachte diesmal offensichtlich gar nicht daran, ihn zu sich einzuladen.

Victor missfiel es sehr, dass sie rauchte. Es passte einfach nicht zu ihr. Sie war ihm so sanft und rein erschienen, fast wie ein junges Mädchen, wenn er an ihre Unsicherheit dachte an jenem ersten Tag, als er sie porträtieren sollte. Doch dieser Zauber war mehr und mehr von ihr gewichen, je länger sie sich kannten.

Er sah sie fragend an, denn ihm war nicht klar, worauf sie hinauswollte. So manches Mal hatte sie ihn mit ihren Äußerungen schon heftig verwirrt, seit er die meiste Zeit bei ihr verbrachte, doch diesmal schien sie erklären zu wollen, was die Worte bedeuteten.

«Du könntest längst in deinem geliebten Paris sein, wenn du es wirklich wolltest!»

Victor hub an, ihr heftig zu widersprechen, doch sie schnitt ihm mit einer Handbewegung das Wort ab.

«Du bist in deinen Traum verliebt, aber du wagst nicht, ihn in die Tat umzusetzen. Du hast seit Jahren Geld beiseitegelegt, sagst du. Willst du mir weismachen, es reicht noch nicht für eine einfache Fahrkarte?»

«Natürlich, aber ich muss doch dort auch von etwas leben können!», begehrte er auf.

«Papperlapapp! Das findet sich! Ich habe dir außerdem mehrfach angeboten, dir Geld für einen Anfang zu geben.»

Victor zog mürrisch seine Augenbrauen zusammen, denn das war das Letzte, was er wollte, und das hatte er ihr auch schon mehrfach zu verstehen gegeben.

Sie fing seinen Blick auf. «Ich verstehe durchaus, dass du zu stolz bist, um es anzunehmen. Doch ich bin sicher, du würdest mit deinen bescheidenen Ersparnissen dort ebenso gut wie hier ein einfaches Zimmer finden. Und auch dort wirst du Bilder verkaufen, denn das ist es doch, wovon du träumst: im Schatten der großen Maler leben und eines Tages aus deren Schatten heraustreten.» Sie streifte die Asche über einem Porzellan-Aschenbecher ab, der neben ihr auf dem Nachttisch stand. «Aber du willst es nicht genug! Du hast dich nämlich ziemlich schnell an das bequeme Leben hier gewöhnt.» Sie zog noch einmal an der Zigarette, dann lächelte sie mit einer gewissen Genugtuung.

Doch schon bildete sich erneut ein ärgerlicher Zug um ihren Mund. «Aber was rede ich! Du hast dich ja nicht einmal getraut, ganz hier einzuziehen! Du weißt, du könntest im Wintergarten malen, Licht hättest du dort mehr als in der Dachkammer. Aber nein, du lässt dir eine Hintertür offen, weil du dich auch bei mir nicht traust, eine verbindliche Entscheidung zu treffen.»

Victor wusste, dass sie recht hatte. Entscheidungen waren nicht seine Stärke, sonst hätte er auch neulich Nacht anders gehandelt. Sein erster Impuls war gewesen, nach dieser schrecklichen Tat sofort zu fliehen. Stattdessen war er bei Eleonore untergekrochen.

«Versteh mich nicht falsch», sagte sie nun, «es tut gut, dass du bei mir bist. Ich will ja auch gar nicht, dass du gehst. Zieh ganz hier ein, lass es dir gutgehen. Aber hör auf, ständig von Paris zu fabulieren!»

Eleonore griff nach dem Buch, das neben ihr auf dem Nachttisch lag, und klappte es auf. Es war Jane Austens *Stolz und Vorurteil*. Es hätte ebenso gut eine technische Abhandlung über Flugzeugmotoren sein können, denn sie hatte nicht vor, wirklich etwas zu lesen. Sie war wütend und wollte Victor in diesem Zustand nicht in die Augen sehen.

Victor biss sich auf die Lippen, bis er Blut schmecken konnte. Eleonore hatte einen wunden Punkt getroffen, und das wusste sie genau. In den wenigen schwachen Momenten hatte er sich die Frage auch schon gestellt: ob er sich nicht traute, den großen Schritt zu wagen. Ob ein jämmerlicher Feigling in ihm steckte. Doch er hatte diesen Gedanken immer wieder beiseitegeschoben.

Seit beinahe zwanzig Jahren träumte er von dieser Stadt, nein, er verzehrte sich danach. Da würde er doch nicht aus Bequemlichkeit aufgeben! Und aus dem Munde anderer hörte sich das gleich noch um einiges erniedrigender an.

Er würde eines Tages nach Paris gehen – und wenn es das Letzte wäre, was er täte!

In Berlin wurde sein Talent nicht gewürdigt, aber das war ja schon vielen Großen so ergangen: dass der Prophet nichts galt im eigenen Land. Wenn er erst seine Sachen gepackt und Berlin den Rücken gekehrt hätte, dann würden sie merken, was für einen Künstler sie verloren hatten! Sofern er nicht inzwischen für einen Mörder gehalten würde ...

Aber nein: Anbetteln würden sie ihn, dass er zurückkommen möge, und sei es für eine einzige Ausstellung. Er lächelte bei der Vorstellung.

«Was amüsiert dich so, mein Lieber?» Eleonore sah von ihrem Buch auf und runzelte die Stirn. Sie war es nicht gewohnt, dass Victor guter Dinge war, schon gar nicht nach solch einer Auseinandersetzung.

Sie dachte oft, dass er viel zu ernst war für einen Mann seines Alters. In letzter Zeit wirkte er außerdem nervös und gehetzt, doch niemals so, als würde er Freude an etwas empfinden. Sogar beim Malen sah er sorgenvoll aus.

Er könnte ihr Sohn sein, und sie wusste recht gut, was dieser derzeit in Marburg tat: Er jagte jedem Rock hinterher und ließ keinerlei Vergnügung aus. Und auf keinen Fall grübelte er den lieben langen Tag über das Leben nach. Er lebte es lieber.

Sie fragte sich immer öfter, was sie an Victor faszinierte. Vielleicht war es gerade der Umstand, dass er so anders war als andere Männer seines Alters. Dass er das Leben mit einer Ernsthaftigkeit betrieb, als gälte es, einen Pokal zu gewinnen oder etwas noch viel Wertvolleres.

Wenn sie miteinander schliefen, ging er mit einer Ernsthaftigkeit an ihrem Körper auf Entdeckungsreise, als gälte es wahrhaftig, neue Länder zu erforschen. Beinahe so, als hätte er noch nie eine Frau vor ihr gehabt, und doch wirkte er gleichzeitig sehr erfahren. Victor war ihr ein Rätsel – und genau das machte ihn so anziehend für sie.

Victor blieb ihr eine Antwort schuldig – wie so oft.

Sie drückte ihre Zigarette aus und schwor sich zum hundertsten Male, dieses Laster endlich aufzugeben. Victor hatte auch schon einige Male durchblicken lassen, wie sehr es ihn anwiderte, sie zu küssen, wenn sie kurz davor geraucht hatte. Sie wollte ihn nicht verlieren, denn sie brauchte ihn. An seiner Seite fühlte sie sich so viel jünger. Mit Ende vierzig wurde ihr langsam bewusst, dass ihr nicht mehr viel Zeit blieb, um die schönen Dinge des Lebens zu genießen. Und für eine Frau war es besonders schlimm, denn der körperliche Verfall war auch nach außen hin deutlich zu sehen. Zwar hatte sie schon immer sehr auf sich geachtet, jedoch würde sich das Altern irgendwann nicht mehr verstecken lassen. Victor hielt sie jung – durch seine körperliche Leidenschaft und weil er sie schmückte. Sie provozierte ihn gerne damit, dass er ja doch nie nach Paris gehen würde, aber es war genau das, was sie hoffte: dass er hier an ihrer Seite blieb.

Deshalb wollte sie alles tun, um sich unentbehrlich für ihn zu machen. Sie hätte ihm sogar Geld gegeben, gerade so viel, dass er nach Paris reisen, seine Sehnsucht stillen und wieder zu ihr zurückkehren würde. Er sollte erkennen, dass er einem Hirngespinst nachjagte. Sie hatte ihm das Angebot ganz am Anfang gemacht, als sie ihn noch nicht so gebraucht hatte wie jetzt. Doch er hatte abgelehnt, zu stolz, um sich etwas schenken zu lassen.

«Ich muss das alleine schaffen!», hatte er sie angefahren, und seine dunklen Augen hatten verraten, dass er meinte, was er sagte. Doch das Feuer, das damals darin gelodert hatte, war kühler geworden. Ihr war, als würde er nur noch *behaupten*, er müsse unbedingt nach Paris, weil jeder von ihm erwartete, dass er seinen Traum weiterträumte und verwirklichte, obwohl er inzwischen längst erkannt hatte, dass sein Glück ganz woanders lag.

Doch auch dessen war sie sich nicht sicher. Zu oft verschanzte er sich in letzter Zeit wieder in seiner alten Wohnung. Angeblich, um zu malen, doch sie bekam immer weniger Bilder von ihm zu sehen, und häufig blieb er nun auch über Nacht weg. Victor war und blieb ihr rätselhaft.

Nachdenklich legte sie das Buch zurück auf den Nachttisch, warf Victor einen letzten Blick zu und verließ das Zimmer.

DREIZEHN

DIE KATZE hatte ihn wieder einmal besucht und lag auf ihrem Lieblingsplatz am Fußende seines Bettes, als er im Morgengrauen erwachte. Ganz offensichtlich hatten nächtliche Jagdabenteuer sie schläfrig gemacht – ein blutiger Kratzer zog sich quer über das rosafarbene Näschen.

Seine Hoffnung, er würde rasch wieder einschlafen, zerschlug sich. Er musste an den vorhergehenden Tag denken, als Eleonore ihm im Grunde so etwas wie ein Ultimatum gestellt hatte. Entweder er ginge so rasch wie möglich nach Paris, oder er zöge ganz zu ihr. Mit all seinen Bildern.

Natürlich sehnte er sich nach Paris. Doch jetzt gab es einen weiteren, weit dringenderen Grund, um Berlin endlich zu verlassen: Noch immer hing das Damoklesschwert der Entdeckung über ihm.

Doch er musste sich eingestehen, dass Eleonore, bei allen Fehlern, die sie hatte, doch eine stärkere Anziehungskraft auf ihn ausübte, als er dies je für möglich gehalten hatte.

Liebe? Er glaubte nicht mehr an die Liebe. Alles, was er je geliebt hatte, war vergangen. Nein, es war eine krankhafte Abhängigkeit von ihrer Nähe entstanden. Vielleicht wollte er auch einfach nur von ihr beschützt werden. Jedenfalls war es ihm selten so schwergefallen, über Nacht in seine eigene Wohnung in der Steinmetzstraße zu gehen, wie gestern. Obwohl er doch so wütend auf sie war.

Victor setzte sich im Bett auf. Was bildete sie sich überhaupt ein? Sie wagte es, ihn zu bevormunden. Niemand hatte ihm zu sagen, was er zu tun und zu lassen hatte! Er war ein freier Mensch, hatte keine Mutter mehr und den Vater hinter sich gelassen, und das ganz sicher nicht, um sich einer Ersatzmutter unterzuordnen!

Er stand auf und holte sich ein Glas Wasser, das er, ohne abzusetzen, austrank. Er hatte nicht an seine Eltern denken wollen, doch nun war es zu spät. Der Gedanke ließ sich nicht mehr abschütteln. Aber all das war immer noch besser, als an das zu denken, was er verbrochen hatte.

Die Erinnerung an seine Mutter war sehr schemenhaft. Er war sieben, als Agnes Reimer starb, doch die intensivste Erinnerung stammte aus der Zeit, als Victor etwa vier Jahre alt war.

Er war an ihrer Hand eine Straße hinuntergegangen. Er konnte sich nicht mehr daran erinnern, wo es war und wohin der Weg sie führte, nur daran, dass er seine Hand in ihrer gespürt hatte. Die Hände seiner Mutter waren von der Arbeit in der Waschküche immer ganz rau gewesen und trotzdem wunderbar weich. Wenn er zu ihr hinaufblickte, konnte er in ihre Nasenlöcher schauen, die sich aufblähten, wenn sie sich über etwas ärgerte. Ihre rötlich blonden Haare fielen ihr in weichen Wellen über die Schultern. Und wenn sie lächelte, hatte er keine Angst mehr.

Angst hatte er als Kind oft gehabt. Vor den Schatten am Fenster und unter dem Bett, ganz besonders aber vor den Stimmen, die nachts aus der Küche zu ihm gedrungen waren. Dann hatte sich die Stimme seiner Mutter kalt und abweisend angehört. Er konnte nie verstehen, was seine Eltern sagten, doch es klang, als wären sie nicht sehr nett zueinander.

Trotzdem trauerte sein Vater sehr, nachdem Victors Mutter gestorben war. Dies alles passte überhaupt nicht zusammen, und das hatte den kleinen Victor verwundert. So vieles hatte es damals gegeben, was er nicht verstand.

Und so vieles gab es, was er bis heute nicht begriffen hatte. Er war in der Schule gewesen, als sie starb. Das Bestattungsunternehmen hatte sie bereits abgeholt, und er hatte sie nicht mehr sehen dürfen. Aber weshalb konnte er sich auch nicht an die Beerdigung erinnern? Warum hatte ihn sein Vater später nie mit zum Friedhof genommen? Hatte er geglaubt, so wäre der Verlust für den Jungen leichter zu ertragen?

Er hatte den Vater auch später nie gefragt, wo ihr Grab war, ganz so, als läge ein Bann über dem Thema und es wäre verboten, darüber zu reden. Überhaupt hatte der Vater nie mehr über die Mutter gesprochen, und Victor selbst hatte immer den Eindruck, dies würde auch von ihm erwartet. In den Nächten, in denen er still in sich hinein weinte, hätte er sich Trost von seinem Vater gewünscht, doch er hatte Angst davor, ihn mit diesem Anliegen zu behelligen und womöglich einen Wutausbruch zu provozieren – oder Schlimmeres.

Und dann war da dieses Familienphoto, das ihm noch immer Rätsel aufgab. Es war etwa ein halbes Jahr vor dem Tod der Mutter entstanden, er musste also sechs Jahre alt gewesen sein. Lange hatte er sich gefragt, was an dem Bild so seltsam war. Bis ihm eines Tages das Offensichtliche auffiel: Rechts stand seine Mutter, deutlich jünger als sein Vater. Sanfte Züge, fliehendes Kinn. Das Bild war schwarzweiß, man konnte ihre Augenfarbe nicht erkennen, doch er wusste, sie waren blassblau gewesen. Ihr Haar leuchtete hell, ebenso wie der kurze Schopf seines Vaters, der sein langes, schmales Gesicht noch länger wirken ließ. Dazwischen Victor. Ein rundes Kindergesicht mit energisch vorgeschobenem Kinn und missmutiger Miene. Denn die gestrickten Wollstrümpfe, die er wegen der draußen herrschenden Kälte hatte unterziehen müssen, waren kratzig gewesen, und davon hatte er schlechte Laune bekommen. Zumindest hatte sein Vater ihm diese Geschichte immer und immer wieder erzählt.

Aber das verknitterte Gesicht war nicht das, was Victors Aufmerksamkeit erregte. Es waren sein dunkler Haarschopf und die beinahe schwarzen Knopfaugen, die niemand in der ganzen Familie hatte, auch seine Großeltern und Urgroßeltern nicht.

Seitdem war er in seinem tiefsten Innern davon überzeugt, dass er ein Findelkind war. Auch wenn sein Vater das wieder und wieder bestritt. Er habe mit eigenen Augen gesehen, wie Agnes den kleinen

Victor auf einer *B. Z. am Mittag* zur Welt brachte. Seine Mutter habe noch vor dem Herd gestanden und Kartoffelsuppe gekocht, als sie unvermittelt mit einem langgezogenen Stöhnen zusammengebrochen sei. Sie sei nur noch auf allen Vieren gekrochen, und es habe eine Sturzgeburt gegeben. Die von der Nachbarin herbeigerufene Hebamme sei erst gekommen, als der kleine Victor schon eine halbe Stunde lang seinen Unmut in die Welt gebrüllt hatte.

Mit jedem Mal, das der Vater die Geschichte schilderte, wurde sie blutiger und facettenreicher. Aber eines war immer gleich: dass er ohnmächtig geworden sei, nachdem Victors Köpfchen zum Vorschein gekommen war. Die Nachbarin habe mit ihm geschimpft, dass er ihr nicht früher Bescheid gesagt habe. Schließlich sei es für einen Mann nicht gesund, der Frau bei der Entbindung zuzusehen. Sie habe von Männern gehört, die danach massive Probleme untenherum gehabt hätten, wie sie es ausdrückte. Vermutlich hatten sie die grässlichen Bilder von Blut, Schleim und gerissenen Genitalien nicht mehr aus dem Kopf bekommen können.

Die Nachbarin war lange verstorben. Victor konnte sie nicht mehr nach dem Wahrheitsgehalt dieser Geschichte befragen. Das bekräftigte ihn in seinem Glauben, dass seine vermeintlichen Eltern ihn aus dem Waisenhaus geholt hatten. Doch er brachte weder den Mut noch die Energie auf, Nachforschungen anzustellen. In schwachen Stunden musste er sich eingestehen, dass er in Wahrheit Angst davor hatte, seine Befürchtungen schwarz auf weiß bestätigt zu sehen.

Doch wovor fürchtete er sich? Seine Eltern hatten ihm ein liebevolles Zuhause geboten, und auch nach dem Tod der Mutter hatte der Vater sein Möglichstes getan, um Victor den Verlust nicht allzu sehr spüren zu lassen. Ein Hausmädchen hatte er sich nicht leisten können, doch er hatte mit großem Organisationstalent dafür gesorgt, dass Victor immer eine warme Mahlzeit auf dem Tisch hatte. Ab und zu hatte auch Tante Gerda einspringen müssen.

Ein Leben in einem der Waisenhäuser wäre weitaus beschwerlicher gewesen, dessen war Victor sich sicher, auch wenn er wusste, dass *Oliver Twist* eine erfundene Geschichte war. Trotz allem nagte die Ungewissheit wie ein hungriger Biber an ihm.

Er musste seinen Vater endlich zur Rede stellen, doch er scheute diesen Schritt. Seit Victor sich endgültig entschlossen hatte, sein Glück in der Malerei zu suchen, war das Verhältnis zwischen ihnen nicht mehr liebevoll gewesen. Er war gegangen, und sein Vater hatte keinen Versuch gemacht, ihn zurückzuholen. Er hatte Victor fallenlassen, in der Hoffnung darauf, dass der Sohn eines Tages angekrochen kam, um sich für die Entscheidung seiner Berufswahl zu entschuldigen und um Geld und eine «anständige» Arbeit zu betteln. Das würde dem Vater die Genugtuung verschaffen, die er ganz offensichtlich benötigte, um seinem einzigen Sohn den Fehltritt in die Welt der Kunst zu verzeihen.

Diesen Wunsch aber würde er dem Alten nie erfüllen, lieber wäre Victor gestorben!

Doch was fing er nun mit Eleonore an?

Noch hatte niemand seine schreckliche Tat entdeckt. Die Polizei stand noch nicht an die Tür, niemand zeigte mit dem Finger auf ihn. Offenbar war Alfons gut genug versteckt, und niemand hatte Victor beobachtet. Wie also sollte eine Spur zu ihm führen?

Wenn er jetzt bei Nacht und Nebel Berlin verließ, würde ihn das nur verdächtig machen.

Da hatte er einen Einfall: Er würde Eleonore nachgeben. Nach und nach würde er seine Bilder zu ihr schaffen. Seinen Nachbarn im Haus würde er «ganz zufällig» begegnen und ihnen erzählen, er zöge zu einer Cousine nach Köpenick oder Spandau. Je weiter weg von der Wahrheit, desto besser. Ganz seriös und entspannt würde er hier ausziehen – nicht wie ein Mörder auf der Flucht.

Sollte die Polizei ihn trotzdem irgendwie ausfindig machen, würde er bereits bei Eleonore wohnen. Dann konnte er auch ihrem Drängen nachgeben und sich einen anständigen Anzug zu kaufen. Schließlich hatte er den zu kurzen Anzug, den er in der Mordnacht getragen hatte, am anderen Ende der Stadt tief in eine Mülltonne gestopft.

Und die Nachbarn, die mussten sich verhört haben. Spandau? Das konnte man mit Pankow schon verwechseln, vielleicht hatte er genuschelt. Er würde der Polizei schon eine plausible Geschichte auftischen. Und Eleonore? Die würde schon noch lernen, dass sie ihn nicht bevormunden durfte.

Und eines Nachts, wenn niemand mehr an Alfons Lauterbach dachte, würde Victor im Zug nach Frankreich sitzen.

Ohne Abschied.

Eduard Warzepuckel hatte wirklich geglaubt, es hätte Ferdinands Zimmerwirtin erwischt. Aber die alte Dame hatte ganz offensichtlich einen Dickschädel, denn sie war einen Tag später im Krankenhaus wiederaufgewacht.

Ferdinand hatte jedoch keine rechte Lust, Oma Lotti dort zu besuchen, und Eduard schon gar nicht.

«Ich bin froh, wenn ich das Gequassel von der alten Schachtel mal nicht ertragen muss. Es reicht völlig, dass mir der Mops aufs Kopfkissen gepinkelt hat.»

«Wenn du mit dem Vieh auch nie rausgehst!» Eduard war wieder einmal seinem Manuskript entflohen und hatte von seinem Freund bereits die zweite Flasche Bier geschnorrt.

«Wann denn? Glaubst du, die Häuser bauen sich von alleine? Und wenn ich von der Arbeit komme, brauche ich meine Ruhe. Ich kann dir das Mopsgesicht ja überlassen, vielleicht schreibt der Köter dein Buch zu Ende!»

Eduard verzog angewidert das Gesicht. «Das vielleicht nicht, aber immerhin hat mich der Vorfall neulich inspiriert.»

«Wieso? Heißt dein neues Buch jetzt *Mopsmord*?» Ferdinand kicherte.

Eduard überging dies geflissentlich. «Es wäre nett, wenn du mich nicht dauernd an mein Manuskript erinnern würdest. Ich komme jetzt zwar besser voran, aber das ändert nichts an der Tatsache, dass der Abgabetermin bereits seit drei Wochen verstrichen ist. Ich sollte mir beizeiten ein Versteck suchen, in dem mein Verleger mich nicht aufspüren kann, bis ich mit dem Buch endlich fertig bin.»

«Fang doch einfach mal früher an!»

«Ferdi, wenn ich das könnte, würde ich es tun. Aber mein Geist verlangt nach Freiheit, sobald ich ein Buch abgeschlossen habe. Nach *Wolfsmord* habe ich drei Monate lang das Leben studiert, bis ich mich an das jetzige Werk setzen konnte.»

«Das Leben studiert? Soweit ich weiß, hast du die Tage verschlafen und die Nächte versoffen, mein Freund.» Ferdinand schob den Mops, der versuchte, sich unsittlich an seinem Bein zu reiben, mit dem Fuß beiseite. Der Mops war ein Männchen, und Ferdinand kannte diese Anwandlungen schon, schätzte sie aber nicht.

«Und? Ist das Leben nicht so? Ein ewiges Warten auf Erfüllung? Wieso hat Gott uns den Alkohol gegeben, wenn er nicht gewollt hätte, dass wir der Wirklichkeit entfliehen?»

«Gegenfrage: Weshalb hat er uns den darauffolgenden Kater geschenkt? So ernst kann er das mit der Flucht in schönere Welten nicht gemeint haben. Schließlich hat er diese hier angeblich erschaffen. Wieso sollte er da wollen, dass wir uns eine andere ausdenken?»

«Weil – wenn wir weiter davon ausgehen, dass Gott der Schöpfer allen Seins ist – er auch Überfälle geschaffen hat, bei denen nervige, aber harmlose Zimmerwirtinnen hinterher im Krankenhaus landen.» Eduard zappelte mit seinem Bein, weil der Mops sein Glück nun bei ihm versuchte. «Kannst du dem das nicht mal abgewöhnen?»

Ferdinand grinste. «Das ist Gottes Wille.»

«Mein Wille ist es, dass das aufhört!» Eduard packte den Mops am Halsband, zog ihn über den Fußboden in Oma Lottis Schlafzimmer und schloss die Tür. Ein leises Winseln und Türenkratzen war die Folge, aber nach kurzer Zeit war Ruhe.

Eduard kehrte in die Küche zurück und holte, ohne zu fragen, zwei Bierflaschen aus dem Eisschrank. «Mal ehrlich, Ferdinand, interessiert dich gar nicht, wer das war? Es hätte ja auch dich treffen können, beim Kohlenholen.»

«Wer soll das schon gewesen sein? Der Maler, der da unten gewohnt hat, natürlich. Oder hast du den seit dem Tag gesehen?»

«Nein. Aber ich denke, der ist dir sowieso nie aufgefallen. Wie willst du denn da einen Unterschied bemerken?» Eduard öffnete die Bierflaschen und reichte Ferdinand eine davon.

«Weil ich immer mal wieder da runtergehe. Die Tür ist nur angelehnt. Und es sieht alles noch genauso aus wie neulich, als wir Oma Lotti gefunden haben und die Feuerwehr sie abgeholt hat.»

«Hat die Polizei da nichts abgesperrt?»

«Es ist doch niemand gestorben.»

«Machen die das denn sonst nicht?» Eduard war erstaunt. Verbrechen war schließlich Verbrechen.

«Woher soll ich das wissen?»

«Schon gut, hätte ja sein können. War die Polizei denn überhaupt da?»

Ferdinand zog die Augenbrauen zusammen. «Wenn ich ehrlich sein soll – ich habe keinen Schimmer. Ich habe sie jedenfalls nicht angerufen. Nur die Feuerwehr.»

«Die werden doch wohl die Polizei informiert haben. An deiner Stelle hätte ich keine ruhige Minute, bis das geklärt ist. Wir wissen doch noch nicht mal, weshalb Oma Lotti eins auf die Rübe gekriegt hat.»

Ferdinand lachte: «Ganz klarer Fall – sie wird zu viel gequasselt haben!»

Kappe war durstig. Er beschloss, auf dem Heimweg noch in Aschingers Bierquelle zu gehen. Er ging nicht oft dorthin, weil er stets viele Kollegen antraf und er die Arbeit eigentlich nicht mit in den Feierabend nehmen wollte. Aber heute war ihm nach ein wenig Gesellschaft.

Er ging die paar Schritte von der «Roten Burg», wie das Polizeipräsidium im Volksmund genannt wurde, bis zu Aschinger und trat ein.

Er entdeckte Fritz Becker, mit dem er schon häufiger zu tun hatte, wenn Sachbeschädigungen in Kappes Mordermittlungen eine Rolle spielten.

«Na, Becker, genießt du den Feierabend?», fragte Kappe aufgeräumt und merkte zu spät, dass der Kollege nicht nach Genuss aussah. Eher nach Vergessen-Wollen. Zwei Mollen mit Korn standen vor ihm.

«Stör ich?» Kappe deutete auf die Getränke. «Du erwartest jemanden?»

«Den Rausch, Kappe, ich erwarte den Rausch! Setz dich ruhig.»

«Nanu, ist was passiert?» Kappe ließ sich Becker gegenüber nieder. Der Holzstuhl schabte laut über den Fußboden.

«Ach ...» Becker winkte ab, griff nach dem ersten Korn und kippte ihn hinunter. Nachdem er sich mit dem Handrücken über den Mund gewischt hatte, ergänzte er: «Weiber!»

«Ach ...», echote Kappe und bestellte bei der vorbeihastenden Kellnerin ebenfalls Molle mit Korn, aber in der einfachen Ausführung.

«Mimi ist gestern mit den Kindern zu ihrer Mutter zurück.» Es folgte Korn Nummer zwei.

«Ach ...» Hätte Kappe geahnt, dass er bei Aschinger Becker mit Weltschmerz vorfinden würde, hätte er diesmal darauf verzichtet, ausgerechnet hier einzukehren. Mit Lebensbeichten hatte er es nicht so.

«Kannste auch was anderes sagen?»

«Tut mir leid.»

«Muss dir nicht leid tun. War sowieso besser. Traurig wegen der Kinder, aber Mimi ... die war sowieso nich mehr der Feger.»

«Das sind se alle nur 'ne Zeitlang und dann ... zack!» Kappe schnipste mit den Fingern, um anzudeuten, wie plötzlich im Bett nichts mehr lief, sobald man einige Zeit zusammenlebte. Dabei schlug er beinahe der Kellnerin die Gläser vom Tablett.

«Nich so stürmisch, Herr Kommissar!» Henny, die Kellnerin, wich geschickt aus. Sie war das offenbar gewohnt und stellte flink das Bier und den Korn auf den Tisch.

Kappe prostete Becker zu. «Auf die wiedergewonnene Freiheit!»

«Auf ... auf was soll ich denn bei dir anstoßen?»

«Darauf, dass ich herausfinde, wer ein junges Mädchen so grauenvoll verprügelt hat, dass sie das Bewusstsein verloren hat.»

«Autsch. Kommste nich weiter?»

«Nicht so, wie ich es gerne hätte.» Kappe ließ das Bier die Kehle hinabrinnen und spürte sofort, wie sich Entspannung einstellte. «Mir müsste das Kunststück gelingen, ohne einen einzigen Anhaltspunkt den Richtigen aus der Verbrecherkartei zu fischen, der schon mal wegen schwerer Körperverletzung festgenommen wurde.»

«Kunst kommt von Können», stellte Becker fest, der offenbar gar nicht richtig zugehört hatte. «Da fällt mir ein, ich hatte da gerade 'ne Anzeige von 'ner Galerie wegen Sachbeschädigung auf'm Tisch. Bloß, weil du Kunst sagst.»

Kappe lag erneut ein «Ach ...» auf der Zunge, aber er wandelte es flugs in ein «Was du nicht sagst!» ab.

«Da hat jemand nach einer Ausstellungseröffnung einen Stein durch die Schaufensterscheibe jepfeffert.»

«Fingerabdrücke?»

«Negativ. Der Stein gab nüscht her. Zu rau.»

«Sonst was Interessantes?»

«Hab das nicht so verfolgt, weil was Wichtigeres kam.»

«Da habt ihr es ja gut. Ich kann keinen Mordfall einfach liegenlassen, weil 'ne wichtigere Leiche kommt.»

«Komm, erzähl mir nüscht. Wenn jetzt, sagen wir mal, der Brüning gemeuchelt würde, würdet ihr auch alles stehen- und liegenlassen, um den Fall zu klären. Oder damals bei Kaiser Willem. Da wäre alles andere egal gewesen.»

«Hör mir auf.» Kappe winkte ab. Es war sein Alptraum, dass es einen Anschlag geben könnte, vielleicht von den Rechten, die immer mehr von sich reden machten. Nicht auszudenken, was dann im Morddezernat los wäre! «Darüber denke ich nach, wenn es so weit ist.»

«Denk an meine Worte. Genau so wird es laufen. Bei uns war eben der neue Einbruch durch die Gebrüder Sass wichtiger als 'ne eingeschlagene Scheibe und 'n paar kaputte Ölbilder.»

Kappe lachte leise. «Die Sass-Sache lag erst auf meinem Schreibtisch. Da hat Bockwurst-Trudchen im Eifer des Gefechts was vertauscht. Aber als ich es dir bringen wollte, warst du nicht da. Ich habe es dann bei Neumann abgelegt.»

«Und Neumann hat die Akte schön beiseitegelegt. Das kam alles erst einen Tag später bei mir an.»

«Das sind Zustände bei euch!» Kappe kippte seinen Korn und schüttelte sich. Er würde sich an das Zeug nie gewöhnen.

Derweil bestellte Kollege Becker die nächste Runde für sich. «Was sagste denn zu Hertha? Unglaublich, das 8:1 im Poststadion, was? Erst spieln die bloß unentschieden gegen die Sülze, dann deklassiern se se. Versteh das, wer will! Aber Hauptsache, sie sind weiter.»

Kappe stöhnte. «Jetzt fang du nicht auch noch an! Galgenberg war im Stadion und hat mir alles haarklein berichtet. Vom 4:0 zur Pause bis hin zum kleinsten Spielzug. Wenn man Telefone in der Jackentasche mitnehmen könnte, hätte er mich wahrscheinlich direkt vom Stadion aus angerufen.»

Becker, der inzwischen schon einiges intus hatte, kicherte. «Ein Telefon in der Jackentasche zum Rumtragen? Kappe, dir bekommt wohl die Bureauluft nich! Was du für Einfälle hast! So große Jackentaschen gibt's doch gar nich! Und haste dir mal überlegt, wie lang die Strippe dann sein müsste? Wenn das alle machen, gibt's irgendwann 'n janz großen Knoten!»

Becker kicherte weiter, und Kappe empfahl sich. Er würde zu Hause noch ein oder zwei Bötzow trinken – ungestört.

Es war bestimmt schon der zwölfte Müllkasten, den Atze im Schutz der Dunkelheit durchwühlt hatte, um unter all dem Abfall etwas Ess- oder wenigstens Brauchbares zu finden. Atze hieß eigentlich Arthur Cybulski, doch diesen Namen hatte er abgelegt, seit er unverschuldet als obdachloser Stadtstreicher auf Berlins Straßen unterwegs war.

«Die sollten lieber ihren deutschen Arbeitern anstännje Löhne bieten, anstatt den Tommys und Franzmännern Reparadingsda zu zahlen, diese Wiedajutmachung!», sagte er zu niemand Bestimmtem, denn außer ihm war keiner auf der Straße.

Er wollte seinen Weg eben fortsetzen, als der Mond hinter einer Wolke hervorschaute und Atze entdeckte, dass auf dem Grund der Tonne noch etwas Dunkles lag. Ohne das Mondlicht war es nicht zu erkennen gewesen. Er tauchte noch einmal ab. Es fühlte sich an wie Stoff. Bei näherem Betrachten entpuppte dieser sich als Anzug. Fleckig zwar, was Atze nicht weiter verwunderte, schließlich hatte er zuunterst in einer Mülltonne gelegen, doch ganz offensichtlich noch nicht oft getragen.

«Na na, is hia der Wohlstand ausjebrochen, det eena 'n janzen Anzuch wegschmeißen tut?» So was war Atze in seinem ganzen Tippelbruderleben noch nicht begegnet, und er hatte weiß Gott schon so einiges mitgemacht.

Er zog seine eigene Hose aus und die Anzughose an. «Passt wie anjejossen!» Hätte jemand zugeschaut, hätte er Atze selig strahlen sehen können. Er hätte auch gesehen, dass die Hose einige Zentimeter Hochwasser hatte, so wie die Ärmel des Jacketts viel zu kurz waren, das Atze auch noch überstreifte. Doch der freute sich wie ein Schneekönig und drehte sich nach allen Seiten.

«Jetz seh ick aus wie 'n feiner Pinkel!», strahlte er. «Da jeh ick gleich morjen früh kieken, ob eena Arbeet für mir hat. Denn jetz kann ick mir ja sehn lassen!»

Seine alten Sachen legte er sorgfältig zusammen und steckte sie in den zerschlissenen Seesack, den er stets bei sich trug und in dem er seine wenigen Habseligkeiten aufbewahrte.

Bevor ihn doch noch jemand entdeckte und vielleicht zwang, all den Abfall wieder in die Tonnen zu befördern, machte er sich leise pfeifend aus dem Staub.

Victor war spät dran. Er hatte Eleonore versprochen, ihr bei der Planung ihrer Geburtstagsfeier zu helfen, obwohl er keine Ahnung hatte, was er dabei tun könnte. Eleonore war eine Frau, die wusste, was sie wollte. Sicher stand alles längst fest. Er war nicht glücklich gewesen, dass sie eine Feier mit großem Pomp veranstalten wollte, schließlich wollte er gerade jetzt unter gar keinen Umständen auffallen, doch sie hatte versucht, ihn von der Wichtigkeit dieses Vorhabens zu überzeugen.

«Mein Geburtstag wird gleichzeitig deine Ausstellung sein. Ich werde dich allen vorstellen! Ich möchte, dass du deine besten Werke hier ins Haus schaffst, sofern du mit deinem Umzug bis dahin nicht sowieso fertig bist.»

Er hatte anscheinend nicht sehr begeistert ausgesehen.

Sie hatte sich an ihn geschmiegt. «Glaub mir, die Leute werden deine Bilder lieben! Ich werde sie dazu bringen, dass jedes einzelne deiner Gemälde am Ende des Abends für eine ansehnliche Summe den Besitzer gewechselt haben wird. Es sind viele Leute mit Kunstverstand unter Georgs Freunden gewesen. Mit Kunstverstand und Einfluss.»

Georgs Freunde. Vor ihren eigenen hatte sie nicht gesprochen. Victor hegte schon länger den Verdacht, dass Eleonores Leben, bevor sie Georg von Stielicke getroffen hatte, nicht auf der Sonnenseite des Lebens stattgefunden hatte. Sie hatte ihm erzählt, dass sie aus ärmlichen Verhältnissen stammte. Luxus war ein Fremdwort für sie gewesen, bis sie Georg kennengelernt hatte. Vielleicht kam sie ihm deswegen manchmal wie ein Fremdköper in ihrer eigenen Villa vor – so als hätte sie sich ein Kleid angezogen, das drei Nummern zu groß für sie war. So wie er sich seit dem Mord an Alfons und der alten Dame fühlte.

Überhaupt komisch, dass sie die Alte noch nicht gefunden

hatten. Darüber wäre doch sicher schon berichtet worden. Und wenn er ein Polizist wäre, würde er glauben, dass die Frau vom Mieter der Wohnung erschlagen worden war. Jedenfalls solange der tote Alfons nicht entdeckt und identifiziert war.

In Gedanken versunken hastete er über die Straße.

Die Stimme eines Zeitungsjungen riss ihn aus der Grübelei. «Hey, Sie! Kaufen Se mia ne *Berliner* ab? Meene Jeschwista ham sonst nüscht zu futtern!»

Victor wollte gerade weitereilen, ohne sich von dem sommersprossigen Frechdachs aufhalten zu lassen, als sein Blick auf die Titelseite der angepriesenen *B. Z. am Mittag* fiel: *Polizei sucht Zeugen für Anschlag auf Galerie!*

«Gib das her!», herrschte er den Jungen an und riss ihm die Zeitung aus der Hand. Auf der Titelseite prangte ein Photo, auf dem Alfons Lauterbach strahlend neben der schändlichen Kopie seines Gemäldes stand. Wie betäubt ließ er die Zeitung fallen und ignorierte die wütenden Proteste des Zeitungsjungen.

«Hey, Sie! Erst lesen, und denn keene Penunze, wo komm wa denn dahin!»

Doch die Rufe drangen gar nicht in Victors Bewusstsein vor. Er wurde nur von einem Gedanken beherrscht: Alfons' Bild war dokumentiert worden! Er hatte es vernichtet, doch Alfons hatte noch im Tod dafür gesorgt, dass alle Welt die Wahrheit erfuhr.

Offenbar war die Presse zur Ausstellungseröffnung geladen gewesen, und er hatte das Bild vollkommen umsonst verbrannt! Jeder würde anhand des Photos behaupten können, dass Alfons das Original gemalt hätte. Zwar war das Photo schwarzweiß, doch die Formen waren gut zu erkennen.

Victor trat gegen ein Dreirad, das verlassen auf dem Trottoir stand, und fluchte. Er hatte Alfons' Tod im Nachhinein eine Legitimation geben wollen. Er hatte Fälscher und Fälschung ausradiert, und bald hätte sich niemand mehr daran erinnert, dass auf einer Ausstellungseröffnung ein Bild gehangen hatte, das Victors Gemälde ähnlich sah. So hatte er jedenfalls geglaubt. Doch es war alles vergebens gewesen! Er war nichts weiter als ein mieser, kleiner Mörder, nicht wert, dass man seinem Namen mit Großem in Verbindung brachte.

Und nun, da das Photo in der Zeitung war, durfte er Sól niemals mehr öffentlich machen. Sonst wüsste jeder sofort, wer Alfons' Mörder war. Sein Meisterwerk – das Opfer einer Verkettung von unglücklichen Umständen!

Er zweifelte inzwischen daran, dass er in Eleonores Obhut wirklich sicher war. Als er sich hatte überreden lassen, nach und nach seine Bilder zu ihr zu bringen, war er noch davon ausgegangen, dass ihm niemand auf die Schliche kommen würde. Doch das Photo in der Zeitung änderte alles. Es war nur eine Frage der Zeit, wann irgendjemand auf die Idee kam, dass er, Victor, hinter dem Anschlag in der Galerie stecken könnte.

Was war, wenn Alfons Eva erzählt hatte, woher er die Eingebung zu seiner Sól-Version hatte? Man musste doch nur eins und eins zusammenzählen, um auf die Idee zu kommen, dass Victor möglicherweise auch für den Mord verantwortlich war.

Eva ... Was mochte aus ihr geworden sein? Victor versuchte, langsamer zu atmen, um wieder einen klaren Gedanken fassen zu können. Eva war jetzt nicht wichtig. Er musste sich um sich selbst kümmern.

Bei Eleonore hatte er sich sicher gefühlt, doch er war die ganze Zeit über von falschen Voraussetzungen ausgegangen. Je länger er hierblieb, umso größer wurde die Gefahr, dass jemand ihn mit Alfons' Tod und dem Tod der alten Dame in Verbindung bringen würde. Bei dem Tumult, der im Keller losgebrochen war, hatte er sich ohnehin schon gewundert, dass dies nicht die halbe Straße auf den Plan gerufen hatte.

Doch wenn er schon von dem Photo nichts gewusst hatte – vielleicht war ihm noch mehr entgangen. Irgendjemand *musste* etwas beobachtet haben! Jemand konnte den flüchtenden Kasulke gesehen haben. Am Ende hatte vielleicht sogar noch jemand bemerkt, wie er Alfons aus dem Haus in den Park geschafft hat. Obwohl er sich das hätte sparen können, nachdem die Oma mit diesem Hund aufgetaucht war. Er hätte den Köter nicht entwischen lassen dürfen! Der Hund hatte zwar eine unglaublich eingedrückte Schnauze, aber diese Mopsnase würde sicher ebenso gut funktionieren wie die Nasen anderer Hunderassen.

Sicher war die Polizei schon auf die Idee gekommen, den Hund eine Spur verfolgen zu lassen, und so würde es wohl auch nicht lange dauern, bis eine männliche Leiche im Park mit dem Mieter der Kellerwohnung in Verbindung gebracht würde. Das war auch eine Sache, die er nicht bedacht hatte. Er hatte überhaupt an dem Abend viel zu wenig nachgedacht. Dafür war keine Zeit geblieben. Wie hätte er sich auf all dies einstellen können? Nie hatte er geglaubt, dass er jemals zu einem Mörder werden könnte. Und doch war es geschehen.

Hektisch fuhr er sich mit den Händen durch das ungewaschene Haar. Aber wäre die Polizei dann nicht längst bei ihm gewesen? Diese Ungewissheit machte ihn noch fertig. Zunächst hatte er gar nicht so viel Angst gehabt. Vielleicht, weil ihm die Tragweite dessen, was er getan hatte, erst nach und nach bewusst geworden war. Und nun hatte ihn regelrechte Panik ergriffen.

VIERZEHN

BERTRAM ZIPPEL war so früh am Morgen normalerweise nicht unterwegs. Die Sonne war soeben aufgegangen und beleuchtete das bleiche Gesicht des Sechzigjährigen, dessen Tränensäcke sich heute besonders tief auf die Wangen senkten. In sanften Schlangenlinien schwankte er vor sich hin und grölte, frei nach dem Motto «Nicht schön, aber laut»: «Is denn kein Stuhl da, Stuhl da, Stuhl da,/für meine Hulda, Hulda, Hulda?»

Bertram sah sich um. Kein Stuhl weit und breit, also stimmte er ein anderes Lied an: «Ha – ho – he, Hertha BSC!/Blau-weiße Hertha, du bis' unser Sportverein!/Blau-weiße Hertha, du wirs' es für immer sein./Wo du spiels', da rollt das Leder unjestüm ins Tor,/wo du spiels', da ruft ein jeder: Hertha vor, noch ein Tor!»

Er hätte bestimmt die halbe Stadt geweckt, wäre er nicht gerade an der stillgelegten Gasanstalt entlanggewankt. So aber bekam niemand mit, dass er sich singend hinter einen Busch stellte, um seine Blase zu leeren, die von zuvor reichlich genossenem Bier überzulaufen drohte.

«Nanu? Meene Hose hab ick doch an. Wieso liecht'n da noch eene?» Mit scharfem Strahl pinkelte er auf das hellbraune Beinkleid, das unter dem Busch hervorlugte. «Is ja unglaublich, wat die Leute allet wegwerfen, denen jehts wohl noch zu jut! Hosen, Schuhe, 'n Hemde, 'n Mantel. Hätt ick man nich ruffjepinkelt, det hätt ick allet jut gebrauchen könn. Aba so?» Er schüttelte den Kopf, vergaß, seine Hose zuzumachen, und setzte seinen Zickzackweg durch den Park fort.

Und so kam es, dass erst am späten Vormittag der Hund von

Agathe Krostitz in denselben Busch pinkeln wollte, stattdessen jedoch den Schneeball, unter Botanikern auch *Viburnum opulus* genannt, verbellte.

Als Agathe Krostitz hinzukam, mit Fiffi schimpfte und ihn nötigen wollte, mit dem Bellen aufzuhören, blieb ihr die Schimpftirade im Halse stecken. Sie zog Fiffi an der Leine hinter sich her, so schnell sie konnte.

Kappe brummte der Schädel. Aus den zwei Bötzow, die er am Abend hatte trinken wollen, waren vier geworden. Er hatte nämlich gehofft, dass er dann endlich einmal wieder durchschlafen könnte. Das hatte zwar funktioniert, doch jetzt bereute er die Biere zutiefst. Es gelang ihm kaum, sich auf die Kartei mit den Delinquenten zu konzentrieren, die in den letzten Jahren wegen schwerer Körperverletzung aufgefallen waren. So war er beinahe dankbar, als es an der Bureautür klopfte.

Die Dankbarkeit verflog sofort, als ein kleiner Hund ins Bureau kam und kläffte. Kappe dachte, sein Kopf würde explodieren. Eine kleine, ältere Dame folgte dem Kläffer.

«Hunde sind hier nicht erlaubt», sagte Kappe matt.

«Aber Fiffi ist doch ein wichtiger Zeuge!», protestierte die Dame.

Kappe seufzte. «Wie kann ein Hund ein Zeuge sein? Und Zeuge wovon überhaupt?»

«Er hat doch diesen Mann gefunden, an der alten Gasanstalt.»

Das Blut pochte in Kappes Kopf, er verstand nur Bahnhof. «Setzen Sie sich doch bitte, und bringen Sie den Hund zum Schweigen!», sagte er lauter, als er selbst vertrug, denn das kleine Tier stand vor seinem Papierkorb und bellte die zerrissenen Akten an.

«Sie sind aber nicht sehr nett! Ich dachte, Polizisten sind daran interessiert, dass brave Bürger ihre Pflicht tun. Und Sie hören mir nicht einmal richtig zu!» Die Dame klemmte ihre Tasche fester in den Arm, blieb stehen, wo sie war, und kniff beleidigt die Lippen zusammen.

«Entschuldigen Sie, gute Frau, aber ich bin krank», log Kappe und dachte gleichzeitig, dass dies ja eigentlich sogar der Wahrheit entsprach, auch wenn er seine höllischen Kopfschmerzen selbst verschuldet hatte.

Als die Frau immer noch wie angenagelt dastand, bat er sie noch einmal, sich zu setzen. Diesmal war er freundlicher, damit sie aufhörte, so verkniffen zu schauen, und endlich zur Sache kam. «Das ist aber ein niedliches Kerlchen. Ich vertrage nur die lauten Geräusche heute nicht so gut. So setzen Sie sich doch!»

Langsam ließ sie sich nieder. «Nicht, dass sie die Grippe haben und mich anstecken!»

Kappe beschloss, dies zu ignorieren, und kramte umständlich nach einem Formular. «Verraten Sie mir doch bitte, wie Sie heißen.»

«Agathe Krostitz. Ich wohne in der Moritzstraße und gehe jeden Tag mit Fiffi an der stillgelegten Gasanstalt entlang. Und heute, als er an seinem Lieblingsbusch ankam, da konnte er sein Geschäft nicht machen.»

Kappe hoffte, Galgenberg würde unvermittelt ins Bureau zurückkommen und ihn erlösen, wie er es schon so oft getan hatte, ohne zu wissen, dass er ihn damit aus einer Zwangslage befreite.

Aber die Tür blieb geschlossen, und Agathe Krostitz erzählte ihm langweilige Geschichten über ihren Hund und dessen Verdauung. Er hörte nur noch halb zu.

«... und dann war da dieser Mann im Gebüsch.»

«Hat er Sie belästigt? Dann müssten Sie bitte zu meinem Kollegen im zweiten Stock gehen.»

«Glauben Sie mir, der Mann konnte mich nicht mehr belästigen. Der war doch mausetot!»

Mit einem Schlag war Kappe wieder voll da. «Warum haben Sie das denn nicht sofort gesagt? Wo war das genau? Sie müssen uns sofort die Stelle zeigen!» Er griff zum Telefonhörer und rief Galgenberg an, der in von Grienericks Bureau war. «Mir wird hier gerade ein Toter auf dem Gelände der stillgelegten Gasanstalt gemeldet. Kannst du den andern Bescheid sagen und dich schon mal um das Mordauto kümmern? Ich komme mit der Zeugin gleich nach unten.»

Sie stiegen in einen mit Kriminaltechnik ausgestatteten Personenkraftwagen, das sogenannte Mordauto, und fuhren in den bewussten Park. Agathe Krostiz redete ununterbrochen mit und über Fiffi. Kappes Kopfschmerzen waren mit aller Macht wiedergekehrt, und auch Galgenberg sah nicht gerade frisch aus. Als Agathe Krostiz zum vierten Mal erklärte, wie Fiffi vor dem Busch gebellt hatte, verdrehte Kappes Kollege die Augen, bis nur noch das Weiße zu sehen war. Zum Glück waren sie endlich angekommen.

«Hier, hier ist es! Das ist Fiffis Lieblingsbusch.»

Fiffi zog an der Leine und kläffte wie von Sinnen.

Kappe musste wirklich zweimal hinsehen, bis er das braune Hosenbein unter dem Busch entdeckte.

«Da, Schleifspuren!» Galgenberg deutete auf den Sandweg vor dem Gebüsch.

«Das kann alles Mögliche sein», sagte Dr. Kniehase, der Spezialist für kriminaltechnische Untersuchungen. «Keine voreiligen Schlüsse ziehen!»

Kappe bog die Zweige zur Seite, damit Dr. Kniehase die mutmaßliche Leiche besser in Augenschein nehmen konnte, während Galgenberg mit einem Band den Weg absperrte.

Kniehase machte ein paar Photos, war jedoch nicht zufrieden. «Kappe, so kann ich nichts sehen. Helfen Sie mir mal, den Mann da hervorzuziehen! So kann ich ja nicht mal herausfinden, ob der nicht nur sturzbetrunken ist.»

«Dann kann man aber die Spuren nicht mehr erkennen», wandte Kappe ein.

«Jetzt ham wa se ja jesehn! Und Kniehase hat sicher jenuch jeknipst.» Galgenberg packte ein Bein am Knöchel und zog die Hand wieder zurück. «Det is janz nass!» Er roch am Hosenbein und rümpfte die Nase. «Eindeutig Urin, würde ick sagen.» Trotzdem zog er wieder an dem Bein, denn der Mann musste ja irgendwie raus aus dem Busch.

Kappe kam ihm rasch zu Hilfe. Der Mann war so steif, dass beide nicht an einen alkoholisierten Penner glauben konnten.

Kniehase hatte sich inzwischen über ihn gebeugt und tastete nach dem Puls. «Nicht betrunken. Tot. Und zwar schon länger.»

«Man kann dem ooch nur wünschen, dass er tot is», sagte Galgenberg, der am anderen Ende der Leiche herumkrabbelte, die noch halb im Busch lag. «Man hat ihm nämlich den Schädel einjeschlagen. Und det Gesichte. Und janz offensichtlich isser nich am Fundort getötet worn.»

«Woher willst du denn das wissen? Machst du unserem guten Doktor Kniehase Konkurrenz?», fragte Kappe nach, mit Seitenblick auf Kniehase, der in seiner Tasche kramte.

«Nee, aba kiek ma: Wir ham den wohl aus 'ner Decke jezogen. Die liecht da noch janz zerknautscht.»

Galgenberg warf einen Blick in das Gestrüpp. Da lag eine blaue Decke gerade so, als wäre sie um etwas herumgewickelt gewesen.

«Moment bitte.» Kniehase nahm den Fund ebenfalls in Augenschein. «Gut, ich gebe Ihnen recht, meine Herren. Es sieht aus, als hätte der Stoff etwas mit der Leiche zu tun. Wenn Sie so nett sein wollen ...» Er deutete in den Busch.

Da Galgenberg keine Anstalten machte, sich zu rühren, ging Kappe in die Knie und kämpfte sich durch Zweige und Blätter. Beim Bücken pochte sein Kopf, als wollte er zerspringen. «Das ist keine Decke», stellte er fest.

«Nee, det is 'ne Jadiene! So eene ham wa ooch. Stoff aus'm Schlussvakauf, paa Vorhangrollen dranjenäht, ran ant Fensta.»

«Falls wir sonst keine Hinweise finden, wer der Tote ist, könnten wir vielleicht über die Vorhangrollen oder den Gardinenstoff etwas herausfinden», überlegte Kappe.

«Nee, kiek mal, die Dinger sehn janz schön alt aus. Vielleicht, det wa wat in den Taschen finden?»

Aber Kappe schüttelte den Kopf. Außer einigen Münzen und

einem Stofftaschentuch – leider ohne Monogramm – waren die Taschen leer gewesen. «Da müssen wir wohl warten, bis wir mehr Erkenntnisse haben.»

«Und bis der Tote zurechtjemacht is. Vielleicht könn wa denn besser erkenn', wer dit is.»

Hoffentlich kein Bekannter, dachte Kappe, der immer von der Angst geplagt war, es könnte eines Tages ein guter Freund unter den Opfern sein oder – Gott bewahre! – ein Familienmitglied.

Doch in diesem Zustand kannte niemand den Toten. Kappe nicht, seine Kollegen nicht, und auch Agathe Krostiz gab an, den Mann noch nie gesehen zu haben.

Eigentlich hatte sie die Leiche gar nicht offiziell sehen sollen, doch man hatte die Dame schlicht vergessen, nachdem sie sich kurz entfernt hatte, um ihren Fiffi sein Geschäft in einem leichenfreien Busch verrichten zu lassen. Als sie zurückkam, riss sich Fiffi los, flitzte blitzartig an den verdutzten Beamten vorbei und verbiss sich im Hosenbein des Leichnams. Frauchen und Hund wurden daraufhin resolut vom Fundort entfernt.

«Das ist nun der Dank dafür, dass ich meine Bürgerpflicht getan habe!», hörte Kappe sie noch von weitem zetern. «Aber dass man uns so behandelt hat, wird noch ein Nachspiel haben, Fiffi, das schwöre ich dir! Den Herren wird das Lachen noch vergehen!»

Sie hatten den unbekannten Leichnam der Gerichtsmedizin überlassen. Kaum war Kappe zurück im Bureau, klingelte das Telefon.

Kappe seufzte, weil er die Fallakte anlegen wollte, solange er seine Notizen noch entziffern konnte. Dennoch hob er den Hörer ab.

Es war Schwester Elfriede aus dem Krankenhaus am Urban, die ihm mitteilte, dass das namenlose Mädchen das Bewusstsein wiedererlangt habe – jedoch noch immer namenlos sei.

«Aber vernehmungsfähig wäre sie jetzt?», hakte Kappe nach und bekam zur Antwort, dass er es gerne versuchen dürfe, seine Erwartungen jedoch nicht allzu hoch ansetzen solle. Er beschloss, es auf jeden Fall zu versuchen.

Sie wussten nichts über das junge Mädchen, doch da die Verletzungen laut Krankenakte eindeutig auf Fremdeinwirkung hindeuteten, mussten Sie herausfinden, wer dafür verantwortlich war. Dass eine Frau für die Tat verantwortlich sei, schloss Kappe für sich direkt aus. Keine Frau tat einer anderen so etwas an. Selbst wenn sie rasend eifersüchtig wäre, würde sie ihrer Kontrahentin eher ein Messer in den Rücken rammen, als ihr die Nase zu brechen. Das waren Erfahrungswerte, die er in knapp zwanzig Dienstjahren gesammelt hatte.

Er atmete tief durch, trank ein Glas Wasser, merkte, dass die Kopfschmerzen langsam nachließen, und übertrug die Notizen.

Als er in seinem Block zurückblätterte, den er unterwegs immer zu nutzen pflegte, bemerkte er, dass er versäumt hatte, die Angaben von Charlotte Krause zu den Akten zu nehmen. Er war von ihrem Gequatsche offenbar so benebelt gewesen, dass er alles ganz schnell verdrängt hatte. Dabei wollte er die weiteren Krause-Ermittlungen eigentlich von Grienerick aufs Auge drücken, für den er letzten Endes nur eingesprungen war.

Er schrieb trotzdem rasch auf, was er aus Frau Krauses Wortsalat als wichtig extrahieren konnte:

Charlotte Krause, wohnhaft Fürstenstraße, derzeit im Krankenhaus am Urban. Frau Krause wollte abends ihren Hund ausführen. Sie hörte Geschrei im Keller, das offenbar aus der Wohnung eines Künstlers drang, der dort unten lebt. Sie begab sich zu ebendieser Kellerwohnung. Danach setzt ihre Erinnerung aus.
Frau Krause verdächtigt ihren Untermieter und dessen Schriftstellerfreund – allerdings ohne ersichtlichen Grund.

Und für das bisschen habe ich mir zwanzig Minuten lang dieses Gesabbel angehört, dachte Kappe verärgert, weil er in seinen Notizen nicht einmal den Namen ihres Untermieters oder des Künstlers finden konnte. Er hätte natürlich darauf bestehen müssen, dass die Zeugin ihm diese Namen nannte, doch sie hatte ihn dermaßen aus dem Konzept gebracht, dass er das vollkommen versäumt hatte.

Das galt es also zuerst herauszufinden. Am besten, er sagte von Grienerick Bescheid, dass der dem Untermieter einen Besuch abstatten sollte. Frau Krauses Anschrift hatten sie ja, und der Untermieter konnte ihnen sicher die fehlenden Namen liefern.

Kappe ging über den Flur in von Grienericks Bureau.

«Sag mal, Kollege, du hattest mich doch neulich zu dieser Frau Krause ins Krankenhaus am Urban geschickt.» Er legte ihm die wenig aufschlussreiche Akte mit dem Hinweis auf den Untermieter auf den Schreibtisch.

Von Grienerick machte ein dümmliches Gesicht.

«Na, die hier, die überfallen wurde.» Kappe nahm die Akte wieder hoch und schlug leicht mit dem Handrücken darauf, bis von Grienerick wieder wusste, wen Kappe meinte.

«Ich frage mich nämlich ... Warst du am Ort des Überfalls? Oder ein Kollege?»

«Ich nicht. Ich dachte, du ...»

«Ich bin für dich nur bei der Krause eingesprungen, weil du nicht konntest. Und glaub mir, das war ein echtes Opfer. Aber ich dachte, alles andere sei längst erledigt.»

Von Grienerick kratzte sich hinter dem Ohr, schlug die Akte auf und las Kappes spärliche Notizen. «Dann ist das wohl ein klassischer Fall von Missverständnis, tut mir leid. Bockwurst-Trudchen hat mir nur die Nachricht überbracht, dass die Kollegen von der Feuerwehr diese Frau Krause nach dem Überfall ins Krankenhaus gebracht haben und ich sie befragen soll.» Er schnaufte. «Das heißt dann wohl, dass auch keine Spuren gesichert wurden?»

«Sieht ganz so aus.»

«Herrje, es wird wirklich Zeit, dass wir uns wieder ausschließlich um die Toten kümmern können! Wir brauchen dringend mehr Personal.»

154

«Ja, aber Leute mit Erfahrung. Nicht solche wie die Telefonfräuleins, die wichtige Informationen nicht weitergeben.» Kappe seufzte. «Dann kümmer dich bitte um beides – den Untermieter und die Kellerwohnung. Vielleicht triffst du den Künstler dort an, der inzwischen vermutlich alle Spuren beseitigt haben wird. Irgendwas sagt mir, dass er der Täter ist. Schließlich wurde Frau Krause aus seiner Wohnung abtransportiert, woher auch das Geschrei kam.»

«Ähm, Hermann ...» Von Grienerick deutete mit ausladender Geste auf seinen Schreibtisch. «Ich denke, das sollte bald geschehen, und ich habe noch diverse Fälle aufzuarbeiten. Galgenberg schimpft auch schon. Der Brettschieß hat uns wieder lauter sinnlose Formulare angeschleppt. Hat er dich damit etwa verschont?»

«Ach, der Brettschieß!» Kappe winkte ab. «Irgendwas hat er gesagt, aber ich höre diesem Geschwätz doch ohnehin nicht mehr zu.»

Grienerick rollte bedeutungsschwer mit den Augen und nickte leicht zur Tür hin, doch es war ohnehin zu spät.

«So so, Oberkommissar Kappe widersetzt sich disziplinarischen Anordnungen! Und mir liegen noch weitere Beschwerden über Sie vor!»

Der Brettschieß, natürlich! Tauchte immer auf, wenn man ihn am wenigsten gebrauchen konnte. In Zeitlupe drehte Kappe sich um, reckte trotzig das Kinn vor und erwartete die Gardinenpredigt.

«Ist Ihnen der Name Agathe Krostitz ein Begriff?» Brettschieß' stahlblaue Augen schienen sich durch Kappe hindurchbohren zu wollen.

«Selbstverständlich. Das ist die Dame, die heute die Leiche an der Gasanstalt gefunden hat.»

«So so. Können Sie mir dann auch verraten, weshalb Sie die Dame im Park beschimpft und weggejagt haben, anstatt sie nach Hause zu geleiten? Schließlich stand die gute Frau nach dem Leichenfund schwer unter Schock.»

«Wie bitte?» Kappe traute seinen Ohren nicht. «Hat sie Ihnen das erzählt?»

«Allerdings!» Brettschieß wippte auf seinen Fußspitzen, die Hände hinter dem Rücken verschränkt, wie ein gestrenger Lehrer, der vor seinen Schülern stand.

Doch Kappe beeindruckte das nicht mehr. «Frau Krostitz hat Spuren am Leichenfundort zerstört und ihren Hund am Hosenbein der Leiche knabbern lassen. Da haben wir sie gebeten, sich von dort zu entfernen, wie es üblich ist.»

«Frau Krostitz hat sich bitterlich über den Ton beschwert, den Sie ihr gegenüber angeschlagen haben.»

«So so.» Kappe benutzte Brettschieß' Worte, was dieser jedoch nicht zu bemerken schien. «Habe ich das? Ja, das mag vorkommen, wenn man vor einer Leiche steht und versucht, Schaulustige und Hunde fernzuhalten. Nebenbei bemerkt: Frau Krostitz stand keineswegs unter Schock. Denn die Leiche hatte sie schon viel früher entdeckt, war dann zu Fuß den ganzen Weg ins Präsidium spaziert, anstatt einen öffentlichen Fernsprecher zu benutzen, und hat hier einen vollkommen normalen Eindruck gemacht, als sie den Leichenfund meldete. Bis auf die Tatsache, dass sie um den heißen Brei herumredete, bis sie endlich den Vorfall schilderte.»

Brettschieß wollte etwas erwidern, doch Kappe ließ ihn nicht zu Wort kommen. «Durch dieses Vorgehen hätte die Leiche in der Zwischenzeit von spielenden Kindern entdeckt oder verschleppt werden können.»

«Ich kann nur wiedergeben, was Frau Krostitz mir gesagt hat», sagte Brettschieß pikiert.

Aber Kappe hatte genug davon, dass Brettschieß ständig über Dinge sprach, von denen er nur die Hälfte begriffen hatte – wenn überhaupt. «Es wäre zumindest höflich gewesen, wenn Sie sich zuvor meine Version angehört hätten!»

Brettschieß fixierte Kappe erneut und kam bis auf wenige Zentimeter an sein Gesicht heran. «Mein lieber Kappe, Sie lehnen sich mächtig weit aus dem Fenster. Mächtig weit! Ich habe selbstredend gehört, was Sie zu Ihrem Kollegen sagten, bevor ich zur Tür hereinkam. Und das war auch alles andere als höflich!» Er legte eine

Kunstpause ein, wohl in der Hoffnung, dass Kappe zerknirscht einsehen würde, dass er sich falsch verhalten hatte. Doch der dachte nicht daran.

«Ihr Verhalten ist unentschuldbar!»

Brettschieß hatte eine feuchte Aussprache, aber Kappe zuckte nicht einmal mit der Wimper. Diesmal würde er nicht den Unterlegenen spielen.

«Beim Militär würde man sagen, Sie untergraben die Moral der Truppe. Es ist eine Sache, wenn Sie sich mir widersetzen, doch was ich eben vom Flur aus vernommen habe, grenzt an Meuterei!» Brettschieß senkte die Stimme, so dass kaum mehr als ein drohendes Flüstern zu hören war. «Meine Partei wird sehr bald dafür sorgen, dass Leute wie Sie aussortiert werden, glauben Sie mir. Loyalität im Amt ist eine der höchsten Tugenden!» Dabei hob er drohend den Zeigefinger.

Kappe hatte den Eindruck, Mephisto gegenüberzustehen, so sehr gruselte ihn dieser herrschsüchtige Mann. Sie hatten sich beide noch nie gemocht, doch so offene Feindschaft war Kappe noch nie entgegengeschlagen.

Noch ehe Brettschieß mit wehenden Rockschößen von Grienericks Bureau verließ, bereute Kappe es, nicht den Mund gehalten zu haben. Nicht um seiner selbst willen, sondern Klara und der Kinder wegen. Vor Brettschieß hatte er keine Angst mehr – der war eine Witzfigur, wenn auch eine gruselige. Aber was er da über die NSDAP gesagt hatte ... Vermutlich war das nicht übertrieben.

Da war er also, der «andere Wind». Und ausgerechnet als dieser ihm entgegenblies, wurde der sonst so zurückhaltende Hermann Kappe plötzlich übermütig.

Es dauerte einige Zeit, bis von Grienerick die Sprache wiederfand. «Was für ein Auftritt! Kappe, bist du übergeschnappt?»

«Das bin ich ganz offensichtlich. Aber vielleicht war es an der Zeit.»

FÜNFZEHN

KAPPE war nicht gläubig, aber er betete inständig dafür, dass Frau Krause mittlerweile entlassen worden war.

Leider war heute ganz offensichtlich nicht sein Glückstag, wie die Begegnung mit Brettschieß schon hatte vermuten lassen. Frau Krause krähte ihm schon entgegen, als er die Tür erst einen kleinen Spalt geöffnet hatte.

«Ach, der Herr Polizist! Das ist aber nett, dass Sie mich wieder besuchen kommen! Dabei hatte ich Sie doch gar nicht anrufen lassen. Mir ist nämlich nichts weiter eingefallen, was Ihnen helfen könnte.»

«Wie wäre es mit ein paar Namen?», knurrte Kappe und zählte die gewünschten Informationen an den Fingern der linken Hand ab. «Ihr Untermieter, der Schriftsteller und der Künstler, aus dessen Wohnung Sie offenbar geholt wurden. Das kriegen Sie doch hoffentlich in einem Satz hin, oder?»

«Oh, da hat aber jemand schlechte Laune heute», flötete Frau Krause. «Haben Sie das gehört, Mädelchen? Die Polizei ist mürrisch.» Sie kicherte.

Die Unbekannte sandte einen flehenden Blick zu Kappe.

«Ich komme gleich zu Ihnen», sagte er, zog seinen Notizblock hervor und wandte sich wieder der alten Dame zu. «Die Namen, Frau Krause! Beginnen wir mit dem Untermieter.»

«Ferdinand Plaske. Stellen Sie sich vor, der war noch nicht ein einziges Mal zu Besuch, und ich weiß überhaupt nicht, wie es meinem Purzelchen ...»

«Der Künstler im Keller – Name!», bellte Kappe. Sollte das

alte Schrapnell sich doch bei Brettschieß beschweren! Da war sie in bester Gesellschaft, und es kam ohnehin nicht mehr darauf an.

«Hach, ist ja gut! Was ist Ihnen nur für eine Laus über die Leber gelaufen?» Für einige Sekunden schwieg sie beleidigt. «An seiner Tür stand *A. Lauterbach*. Das A. müssen Sie schon selbst herausfinden!»

«Wissen Sie auch, wie der Schriftsteller heißt?» fragte Kappe, nun etwas besänftigt.

«Der hat einen sehr lustigen Namen. Eduard Warzepuckel heißt er. Also wenn ich so einen Namen tragen müsste ...»

«Danke», sagte Kappe knapp und wandte sich der Unbekannten zu, ohne Frau Krause weiter zu beachten. «Guten Tag, ich bin Oberkommissar Hermann Kappe. Hat man Ihnen gesagt, dass ich kommen würde?»

Viel war von der jungen Frau unter den Verbänden noch immer nicht zu sehen, abgesehen von den blutunterlaufenen Augen und einigen Hämatomen. Ein gepresstes «Ja» verließ ihre geschwollenen Lippen. Es musste schwierig sein, so zu sprechen.

«Sie sagen bitte, wenn es zu anstrengend wird.»

Die Unbekannte schloss einmal die Augen. Zustimmung.

«Können Sie sich an Ihren Namen erinnern?»

«Nein.» Mehr gehaucht als gesprochen.

«Wo wohnen Sie?»

«Karl.» In ihren Augen standen Tränen.

«Ist das Ihr Mann?»

«Nein.» Sie schloss die Augen.

«Ihr Verlobter?»

«Ja.»

Kappe notierte sich das. «Wie heißt Karl weiter?»

«Ka ...»

«Ja, Karl, ich weiß.»

«Kaaa ... Ick weeß nich weiter.»

«Der Nachname fängt auch mit einem K an?»

«Kann sein. Weeß nich.»

«Können Sie sich erinnern, wo Karl wohnt?»

«Na, mit mir haben Se sich nich so 'ne Mühe gegeben!», klang es beleidigt hinter Kappe aus Frau Krauses Bett. Kappe zählte innerlich bis zehn und versuchte, der jungen Frau noch mehr Informationen zu entlocken.

«Karl ... Al ... Alfons jeschlagen ... Kopf ... Ick gloob ... der is tot.» Die Tränen kullerten jetzt in die Mullbinden hinein.

«Haben Sie das mit eigenen Augen gesehen?»

«Ja.»

«Wer ist Alfons?»

«Der malt mir.»

Kappe dachte kurz nach. «Stehen Sie Alfons Modell?»

«Ja.»

«Ist er ein Künstler? Maler?»

«Ja. Sag ick doch. Der malt mir.»

Die Tür öffnete sich, und Oberschwester Zerberus betrat das Zimmer. «Wen haben wir denn da? Sehen Sie nicht, dass die Kleine vollkommen überanstrengt ist? Für heute reicht's!»

Kappe reichte es für diesen Tag schon lange. «Eine einzige Frage noch, dann bin ich weg: Alfons heißt nicht zufällig Lauterbach mit Nachnamen?»

«Doch ... so heeßt er.»

«Wat, der Kerl aus unserem Keller?», rief Frau Krause aus. «Dann sind sie wohl die kleine Eva, die er immer nackig gemalt hat? Pfui Teufel!»

«Frau Krause, mäßigen Sie sich!», schnauzte die Oberschwester sie an.

Aber Kappe war ausnahmsweise dankbar dafür, dass Frau Krause ihren Mund nicht halten konnte.

«Hat Frau Krause recht? Heißen Sie Eva? Kommt Ihnen das bekannt vor?»

Das Mädchen antwortete eine ganze Weile nicht. Dann nickte sie beinahe unmerklich. «Eva ... Karl hat mir dit anjetan.»

160

Eleonore war guter Laune gewesen, als sie sich auf den Weg gemacht hatte, um Victor in seinem Atelier zu besuchen. Dabei benötigte er diese Wohnung auch dafür nicht mehr. Er könnte seine Staffelei in ihrem Wintergarten aufstellen. Dort wäre das Licht viel besser als in seiner Dachkammer. Doch solange er dies nicht tat, beschloss sie zu ignorieren, dass ihn ganz offensichtlich etwas davon abhielt, sein Leben ganz mit ihr zu teilen. Sie redete sich die Situation schön, indem sie sich vorstellte, dass er arbeitete, wann immer er nicht bei ihr war. So war die Dachkammer in ihrer Vorstellung einfach zu seinem Atelier geworden. Dass es faktisch seine Wohnung war, spielte für sie dann keine Rolle mehr.

Sie wollte gerne die Bilder mit aussuchen, die an ihrem Geburtstag in der Villa aufgehängt werden sollten. Eigentlich hatte Victor das tun sollen, doch für ihren Geschmack ließ er sich schon zu lange Zeit damit. Wie mit allem eigentlich. Wenn sie ihn um etwas bat, konnte es ewig dauern, bis er sich endlich an die Umsetzung machte, und oft tat er es nur widerwillig. Auch darin war er Georg nicht unähnlich. Dabei hatte sie nie den Eindruck, dass es böse Absicht war. Eine gewisse Trägheit schien ihm innezuwohnen, die nur wich, wenn er etwas von ganzem Herzen wollte. So wie er sie gewollt hatte in jener Nacht.

Sie lächelte, als sie an seine Ungestümheit dachte und daran, wie es ihm zunächst nicht gelungen war, in ihr Allerheiligstes vorzudringen, ganz so, als wäre sie die erste Frau, die er jemals gehabt hatte. Inzwischen wusste er gut damit umzugehen, doch die Leidenschaft der ersten Nacht war gewichen. Gelegentlich kam es ihr vor, als sei er mit seinen Gedanken woanders und würde eher eine lästige Pflicht erfüllen, wenn er sich in ihrem Himmelbett über sie hermachte.

Dabei genoss sie es so sehr, genoss *ihn* so sehr. Seine Jugend, seine starken Arme, die zärtlichen Hände. Er war gewiss kein Muskelprotz – das ließ sich nicht mit der Kunst vereinbaren, denn es waren Pinsel, keine Gewichte, die er täglich anhob. Doch vielleicht hatte er die Konstitution seines Vaters geerbt.

Gelegentlich musste sie ihn bitten, dass er ihr seinen Vater einmal vorstellte. Offenbar sprach er nicht gerne über seine Eltern. Seine Mutter war gestorben, aber der Vater lebte anscheinend noch.

Doch sie traute sich nicht recht, Victor darum zu bitten. Bei aller Trägheit machte er in letzter Zeit einen gehetzten Eindruck. Manchmal flackerte Panik in seinem Blick auf, und Eleonore fragte sich, ob nicht irgendetwas seinen Geist verwirrt hatte und er eigentlich in nervenärztliche Obhut gehörte. Wer weiß, vielleicht hatten seine Eltern ihm eine Erbkrankheit beschert? Das kam gar nicht einmal so selten vor, hatte sie gehört. Und waren nicht Künstler von Hause aus anfälliger für gewisse Nervenleiden? Sagte man nicht, Genie und Wahnsinn lägen sehr eng beieinander?

Unterdessen war sie an Victors Haus angelangt. Zumindest war dies die Adresse, die er ihr anfangs einmal genannt hatte. Sie war noch nie dort gewesen – er hatte sie nicht eingeladen. Vermutlich war ihm der Zustand seiner Wohnung unangenehm. Eleonore lächelte. Sie hatte auch bei ihrem Sohn Alexander ihre liebe Not gehabt, ihn zur Ordnung zu erziehen. Sie wagte nicht, sich vorzustellen, wie sein Studentenzimmer in Marburg wohl aussehen mochte. Es gab Menschen, die lernten es nie.

Die Eingangstür des Hauses war mit hölzernen Einlegearbeiten verziert. Im oberen Bereich des Türblatts waren keine einfachen Scheiben eingesetzt, stattdessen schmückte ein buntes Glasmosaik die Zwischenräume: zwei Löwen, einander zugewandt, auf den Hinterbeinen stehend, die Krallen ausgestreckt, jeder auf seiner Seite der Tür. Was immer dies bedeuten mochte – zumindest schien der Erbauer nicht ganz unvermögend gewesen zu sein. Darauf deutete auch das Steinmosaik auf dem Boden hin, über das sie lief, nachdem sie die schwere Tür aufgedrückt hatte.

Sie vergewisserte sich mit einem Blick auf den Stummen Portier im Hausflur, dass sie richtig war. *Reimer* stand ganz oben auf der Tafel, die den Seitenflügel kennzeichnete.

Mit klackenden Schritten durchmaß sie den langen dunklen Flur bis zur hinteren Tür, durch die sie auf einen Hinterhof gelangte. Der Hof war von einer Seite zur anderen mit Kopfsteinpflaster bedeckt, das erfolgreich jegliches Grün unterdrückte. Einige Abfalleimer standen herum, und eine Teppichklopfstange befand sich auf der linken Seite.

Eine Frau mit kurzen Haaren und Kittelschürze war eben dabei, einen rotgemusterten Teppich mit dem Teppichklopfer zu bearbeiten.

Eleonore sah sich nach der Tür um, die sie in den Seitenflügel bringen würde.

Dieses Treppenhaus war weniger prächtig als das im Vorderhaus. Nirgendwo war Mosaik zu sehen, die Wände waren wohl einst weiß gestrichen gewesen, doch inzwischen waren sie grau und mit zahlreichen Scharten überzogen, die davon zeugten, dass Möbel transportiert worden waren, die nur ganz knapp die Treppe hinaufgepasst hatten.

Als sie endlich unter dem Dach ankam, war ihr ein wenig flau, denn der Aufstieg war anstrengend gewesen. Sie blieb eine Weile stehen, damit ihr Herzschlag sich beruhigen konnte, bevor sie an der Tür klopfte.

Schnelle Schritte hinter der Tür ließen erahnen, dass Victor gleich öffnen würde. Doch die Tür blieb zunächst geschlossen.

«Wer ist da?», rief er, und seine Stimme klang gedämpft hinter dem Holz.

«Ich bin es, Liebster! Eleonore!»

Die Tür ging einen Spaltbreit auf, und Victor kam zum Vorschein, mit stark gerunzelter Stirn.

«Freust du dich denn nicht, mich zu sehen?», fragte Eleonore enttäuscht.

«Was tust du hier?» Victor machte keinerlei Anstalten, die Tür weiter zu öffnen.

«Darf ich nicht hereinkommen?»

«Es passt gerade nicht so gut.» Zögernd zog er die Tür ein Stück weiter auf.

«Bitte, Victor. Ich muss ja glauben, du verbirgst etwas vor mir.

Oder jemanden.» Sie lächelte, bis ihr einfiel, dass das, was sie als Scherz gemeint hatte, vielleicht die bittere Wahrheit war. Eine andere Frau war bei ihm in der Dachkammer! Deshalb wollte er nicht zu ihr ziehen!

Sie musste ein entsetztes Gesicht gemacht haben, denn er lachte mit einem Mal sein übliches, verhaltenes Lachen.

«Sag nicht, ich hätte dich nicht gewarnt.» Er öffnete die Tür ganz und ließ sie ein.

Vor ihr befand sich ein Chaos aus Leinwand und Farbe. Alles stand kreuz und quer, Farbe war bis an die Wände gespritzt, Pinsel lagen herum. Zeichnungen bedeckten den Tisch, dazwischen standen Teller mit eingetrockneten Essensresten und leere Flaschen. Auf dem Bett in der Ecke lagen Kleidungstücke verstreut.

«Du wolltest deine Junggesellenbude vor mir verstecken, ich verstehe», sagte sie. Im Grunde ihres Herzens war sie erleichtert, doch der Anblick schockierte sie trotzdem. Was war nur los mit ihm? Er, der immer so korrekt wirkte, lebte offenbar ein Leben im Müll.

Das wollte einfach nicht zueinander passen. Doch vielleicht hatte sie sich auch nur ein völlig falsches Bild von Victor gemacht. Blind vor Liebe? Sie zwang sich, nicht weiter zu grübeln, sondern begann, die Teller zusammenzustellen, und sah sich nach einer Möglichkeit um, wo sie sie abwaschen könnte, als Victor sie mit einer Härte am Arm packte, die sie erschreckte.

«Stell das wieder hin!» Mehr sagte er nicht, funkelte sie nur aus seinen düsteren Augen an.

Erschrocken stellte sie die Teller zurück; sie schepperten lauter, als sie beabsichtigt hatte. «Tut mir leid.» Sie hätte nicht hierherkommen dürfen. Das hier war seine Welt, zu der sie keinen Zutritt hatte und auch nie einen Zugang finden würde. Hier war er der Victor, den sie nicht kannte. Es wurde wirklich Zeit, dass er zu ihr zog und seine dunkle Seite hier zurückließ.

«Welche Bilder wolltest du an meinem Geburtstag zeigen?» Sie hoffte, dass der Themenwechsel ihn besänftigen würde.

«Weiß ich nicht.»

«Victor, ich hatte dich schon vor Tagen gebeten, passende Bilder herauszusuchen. Hättest du mich den Wagen schicken lassen, wären längst alle deine Werke in meinem Haus, und wir hätten in Ruhe überlegen können, welche am besten für die Ausstellung geeignet sind.»

«Ich hatte anderes zu tun.»

«Das sehe ich», entfuhr es ihr, doch er ging glücklicherweise nicht darauf ein, sondern verließ die Wohnung, ohne die Tür einzuklinken.

Erst war sie irritiert, doch dann hörte sie eine Treppe tiefer eine Tür quietschen und zuschlagen. Offenbar die Etagentoilette.

Bevor Victor wieder etwas auszusetzen hätte, ging Eleonore zu den Leinwänden, die ringsherum an die Wände gelehnt waren, und sah sie durch. Einige der Bilder stellte sie beiseite, um eine Vorauswahl zu treffen. Auch einige Katzeninterpretationen waren dabei.

Hinter einem Stapel großformatiger Bilder fand sie eine Leinwand, die umgedreht war, so dass man sie von vorne nicht betrachten konnte. Sie zog das Bild seitlich hervor und lehnte es vorne gegen den Stapel.

Das Bild nahm sie gefangen. Sie hatte in ihrem Leben schon viele Kunstwerke gesehen, und sie merkte, wenn sie etwas ganz Besonderes vor sich hatte. Dieses Bild war definitiv ein Meisterwerk. Die Leuchtkraft der Farben war unbeschreiblich, und die Bildkomposition ...

Moment! Sie hielt inne. Dachte zurück an das Frühstück vor zwei Tagen, als sie das Photo in der Morgenzeitung gesehen hatte. Ein Künstler, offenbar ein aufgehender Stern, abgelichtet vor dem Werk, das am meisten Aufsehen erregt hatte. Die Meldung besagte, dass die Galerie, in der die Ausstellung stattfand, nach der Vernissage verwüstet worden war. Und das Gemälde war verschwunden. Das Gemälde auf dem Photo – in ihrer Erinnerung hatte es ausgesehen wie dieses, das vor ihr stand. Das Zeitungsphoto war selbstverständlich nur schwarzweiß gewesen, und doch ... die Ähnlichkeit war eindeutig. Vielleicht hatte sie die Ausgabe noch irgendwo, falls Erna damit noch nicht den Ofen befeuert hatte.

Sie starrte auf das Gemälde. Magie schien von ihm auszugehen. Die Katzenaugen der Kreatur, die den größten Teil der Leinwand einnahm, schienen sie anzustarren. Das flirrende Nordlicht im Hintergrund bewegte sich auf sie zu. Sie erschrak bis ins Mark, als sie eine Hand auf ihrer Schulter spürte.

Victor stand schräg hinter ihr und starrte ebenfalls auf das Gemälde. «Mein Meisterwerk.»

«Ein Meisterwerk, das ist es.»

«Du hast die Zeitung gelesen.» Keine Frage. Eine Feststellung.

«Ja.»

«Dann sollst du wissen, dass *ich* dieses Bild gemalt habe. Die nordische Sonnengöttin Sól selbst hat meinen Pinsel geführt, auf dass ich ein ebenbürtiges Abbild schaffe.»

Eleonore wagte nicht, den Kopf zu drehen. Sie versuchte, Victor aus den Augenwinkeln zu betrachten. Sein Blick loderte, er wirkte ... besessen. Das war das Wort, das mehr als alles andere ausdrückte, was sie sah. Seit sie diesen Raum betreten hatte, hatte sie einen Victor kennengelernt, der ihr Angst einflößte.

«Alfons Lauterbach hat dieses Bild hier gesehen und versucht, es mit seinen stümperhaften Mitteln zu kopieren. Ich musste die Kopie einfach vernichten. Jeder hätte mein Werk für das Plagiat gehalten.»

Nun drehte sich Eleonore doch zu ihm um. «Du meinst, dieses Bild hier ist tatsächlich von dir? Es ist nicht das, was in der Galerie hing? Und du hast es *vor* dem anderen gemalt?»

«Natürlich. Das sagte ich doch.»

Eleonore suchte die Signatur auf dem Gemälde. In der rechten unteren Ecke prangte mit schwungvollen Lettern *VIC,* das Kürzel, mit dem er all seine Bilder signierte. Es hätte natürlich trotz allem eine Kopie des anderen Werkes sein können, doch sie hielt das nicht für möglich. Victor würde so etwas nicht tun. Auch wenn

166

sie ihn heute von einer anderen Seite kennengelernt hatte – zu so etwas war er nicht fähig. Kunst war für ihn eine zu ernste Angelegenheit, als dass er seine Zeit mit albernen Plagiaten verschwendet hätte. Er wollte hoch hinaus und das aus eigener Kraft. So viel hatte sie verstanden.

«Ich glaube dir.» Sie sah ihm tief in die Augen, bevor sie weitersprach. «Es fragt sich nur, wer dir sonst noch glauben wird.»

SECHZEHN

KAPPE kam völlig erledigt zu Hause an. Er wusste gar nicht, wie er Klara klarmachen sollte, was heute im Bureau geschehen war.

Wenn ihm wenigstens Fußball wichtig wäre, dann könnte er sich damit trösten, dass Hertha dem Meistertitel schon wieder einen Schritt nähergekommen war. 6:3 hatte der Berliner Traditionsverein gegen den 1. FC Nürnberg in Leipzig gewonnen. Aber Fußball interessierte ihn nun einmal nicht sonderlich, und er glaubte noch immer, dass Hertha den Meistertitel wieder nicht ergattern würde.

Außerdem ging ihm Eva und der ganze Fall nicht mehr aus dem Kopf. Sie hatte darauf bestanden, auch gegen den Willen der Oberschwester weiter auszusagen. Das Reden klappte im Laufe der Zeit immer besser, und auch die Erinnerungen kamen deutlicher zurück, je länger sie sprach.

Am fraglichen Tag war sie bei Alfons Lauterbach gewesen, wie beinahe jede Woche um dieselbe Zeit, weil sie sich mit dem Modellsitzen ein Taschengeld verdiente. Viel war es nicht, da der Künstler selbst kaum Geld hatte, doch er hatte ihr versprochen, sie zusätzlich am Verkaufserlös der Bilder zu beteiligen, auf denen sie zu sehen war. Außerdem hatte ihr das Modellsitzen Spaß gemacht, und Alfons war immer guter Laune gewesen – im Gegensatz zu ihrem Karl. Sie hatte Karl die ganze Zeit verheimlicht, was sie tat, um das Geld nicht abgeben zu müssen. Außerdem hatte sie Angst vor seiner Reaktion gehabt, weil er so eifersüchtig und jähzornig war.

Wie berechtigt diese Befürchtung war, das sah man ja jetzt, dachte Kappe mitleidig.

Als Karl an jenem Tag zur Tür hineinstürzt kam, war Eva zu

Tode erschrocken gewesen. Sie hatte nackt in aufreizender Haltung auf einem Schemel gesessen. Karl hatte angefangen zu brüllen, doch seinen Zorn zunächst gegen Alfons gerichtet. Dann hatte er den erstbesten Gegenstand genommen, den er greifen konnte – einen schweren Kerzenleuchter – und damit mehrfach auf Alfons eingeschlagen, bis der tot zu Boden gestürzt war. Eva hatte zwar fliehen können, aber noch das Geld aus der gemeinsamen Wohnung holen wollen, das sie sich mit dem Modellsitzen verdient hatte, um anschließend für eine Weile bei einer Freundin unterzutauchen.

Doch Karl hatte sich nicht lange genug in Alfons' Keller aufgehalten. Als Eva die Wohnung verlassen wollte, hatte er sie erwischt und auf sie eingeprügelt, bis sie nicht einmal mehr schreien konnte. Schließlich hatte er sie in einer Ecke liegenlassen und sich betrunken. Sie hatte es irgendwie geschafft, sich die Straße hinunter bis zum Krankenhaus zu schleppen, das zum Glück nur wenige hundert Meter von der Wohnung entfernt lag. Vor dem Eingang hatte sie dann das Bewusstsein verloren.

Als Frau Krause daraufhin mutmaßte, Karl Kasulke sei auch derjenige, der sie selbst niedergeschlagen habe, hatte Kappe die Flucht ergriffen, nicht ohne Eva noch ein paar tröstende Worte zu sagen: «Das Schwein kriegen wir!»

In der Kellerwohnung hatte Kappe dann auch das mutmaßliche Mordwerkzeug gefunden: den schweren Kerzenständer, an dem noch Blut klebte. Es war schier unglaublich, dass anscheinend niemand etwas in dem Raum verändert hatte, obwohl die Polizei nichts abgesperrt hatte. Kappe war nur froh, dass keine Putzfrau hier gewesen war.

Er hatte sich in dem Kellerloch umgesehen: eine riesige Blutlache, Farben, umgestürzte Leinwände. Eines der Bilder lag neben einer ebenfalls umgestürzten Staffelei: Es war der offenherzigste Akt, den Kappe je gesehen hatte, wobei das Wort offen*herzig* ziemlich davon ablenkte, was da so offensichtlich zu sehen war. Kappe hatte sich beeilt, woanders hinzuschauen.

Eine Matratze lag in einer Ecke des Raumes, und angesichts jenes Gemäldes hatte Kappe sich gefragt, ob der Künstler dort nur geschlafen oder auch seine Modelle beglückt hatte.

Über der Matratze hing eine halb abgerissene Gardinenstange. Vorsichtig war Kappe näher herangetreten. Zwei Gardinenrollen hingen noch an der Stange, und an ihnen befestigt ein kleines Stückchen blauer Stoff. Vermutlich das Gegenstück zur Gardine, in der die Leiche eingewickelt gewesen war.

Er hatte das Teil mitgenommen und ins Präsidium gebracht, um es vergleichen zu lassen. Dann würden sie bald Gewissheit haben, ob es sich bei der Leiche um Alfons Lauterbach handelte. Eva würde ihn identifizieren müssen, wenn sich auf die Schnelle keine Angehörigen auftreiben ließen.

Dies alles ging ihm im Kopf herum, als er den Lowise-Reuter-Ring entlanglief. Er hatte beinahe seinen Hauseingang erreicht und kramte in der Jackentasche nach dem Schlüssel, als er Schreie hörte.

«Ernst, lass mich sofort los!»

Die Stimme kannte er – das war seine Klara!

Er legte einen Spurt ein und sah Klara und den Nachbarn aus dem Nebenhaus, der ganz offensichtlich versuchte, Klara zu küssen. Klara zappelte und versuchte, ihn wegzustoßen. Neben ihr lag der Mülleimer, der immer bei ihnen unter der Küchenspüle stand. Er war umgekippt und der Müll auf dem Weg verteilt.

Kappe sprang auf den Kerl los. Das Überraschungsmoment war auf seiner Seite. Er schaffte es mit einiger Rangelei, den anderen zu überwältigen.

«Dieses kleine Luder!», zischte Herr Müller, der auf dem Bauch lag, während Kappe auf ihm kniete. Den Müller'schen Arm hielt er im Polizeigriff. Die Äußerung führte dazu, dass Kappe den Arm noch ein wenig höher riss.

«Aaaah! Hören Sie auf, Sie tun mir weh!»

«Erst entschuldigen Sie sich bei meiner Frau! Und wenn ich Sie noch einmal in ihrer Nähe sehe, dann vergesse ich mich! Gleich morgen werde ich bei meinen Kollegen Meldung machen, dass die ein Auge auf Sie haben sollen, Sie Sittenstrolch!»

Müller brachte trotz seiner misslichen Lage eine Art ironisches Kichern zustande. «Sittenstrolch? Ach, dann fragen Sie doch mal Ihre treue Ehefrau, wie es um ihr sittsames Verhalten steht. *Sie* hat sich doch an mich herangemacht! Und als sie dann kalte Füße bekommen hat, wollte sie mich wieder abblitzen lassen, die feine Dame!»

Kappes Hand zuckte höher, Müller schrie.

«Verschwinden Sie, bevor ich es mir anders überlege und Sie doch sofort verhaften lasse!» Kappe kletterte von Müllers Rücken herunter, damit dieser sich aufrappeln konnte.

Giftig blickte Müller Kappe an und warf Klara einen vernichtenden Blick zu. «Wir sprechen uns noch!»

Dann verschwand er in der Dunkelheit.

Eleonore blickte zufrieden auf den Stapel Briefe, der vor ihr lag. Ihr tat die rechte Hand weh, denn sie hatte alle Geburtstagseinladungen hintereinanderweg mit ihrem Lieblingsfüller geschrieben. Er hatte Georg gehört, genau wie beinahe alle Personen auf der Gästeliste zu Georgs Bekanntenkreis gehört hatten, denn einen eigenen hatte sie nicht, bis auf eine alte Freundin aus Kindertagen, die es der Liebe wegen jedoch an den Rhein verschlagen hatte.

Georgs Bekannte – Freunde wäre zu viel gesagt – gehörten den unterschiedlichsten Berufszweigen an, wirkten jedoch ausnahmslos in höheren Positionen. Es gab einige unter ihnen, die Eleonore nicht sonderlich mochte, teils ihrer Art, teils ihrer politischen Ansichten wegen. Georg war es ebenso gegangen, doch er hatte alle Bekanntschaften intensiv gepflegt, da er sich einen Vorteil davon versprach, «sollte es einmal hart auf hart kommen», wie er immer gesagt hatte. Was er damit meinte, war Eleonore bis heute unklar.

Trotzdem hatte sie ihre Einladungen wieder anhand der alten Gästeliste verfasst, die Georg ihr hinterlassen hatte. Sie hatte in allen Briefen – der Wortlaut war identisch – angekündigt, dass *der talen-*

tierte junge Künstler Victor Reimer an dem Abend anwesend sein und seine Werke präsentieren würde. Sie war davon überzeugt, dass den Gästen seine Bilder ebenso gefallen würden wie ihr. Victors Art zu malen war erfrischend anders. Es war an der Zeit, ihm ein finanzkräftiges Publikum zu verschaffen.

Sie raffte die Briefe zusammen und legte sie für Erna bereit, damit diese den Stapel morgen früh als Erstes zum Postamt bringen konnte.

«Klara, du hättest mir sagen müssen, dass mit dem Kerl was nicht stimmt! Ich sollte die Kollegen am besten noch heute anrufen.» Kappe rannte in der Küche hin und her, nicht ohne Klara zwischendurch immer mal wieder zu drücken. «Nicht auszudenken, wenn dir etwas passiert wäre!»

Klara schluchzte noch immer. «Das ist alles meine Schuld!»

«Aber was redest du denn da!»

«Wenn ich an dem Tag, von dem Gretchen sprach, nicht mit ihm zum Schlüsseldienst gegangen wäre, dann hätten wir uns nicht unterhalten. Dann hätte er mich auch nicht öfter abgefangen, wenn ich in die Stadt wollte. Er hätte mir nicht das Du angeboten und sich nicht eingebildet, dass ich etwas von ihm will.» Klara schlug die Hände vors Gesicht. «Hast du dich denn nicht gewundert, dass ich hier wieder wegziehen will?»

«Doch, natürlich. Sogar sehr.»

«Na eben, das war wegen ihm. Und ich will noch immer hier weg. Nicht auszudenken, wenn er aus Rache unseren Kindern auflauern würde!»

Kappe ballte die Fäuste. An diesem Tag kam alles zusammen. Langsam wurde es zu viel für ihn, schließlich war er mit seinen 42 Jahren auch nicht mehr der Jüngste.

«Ich habe mir schon Wohnungen angesehen», gestand Klara ihm. «Da ist eine in der Großen Frankfurter Straße, direkt an der U-Bahn Strausberger Platz. Da wärst du ganz schnell im Präsidium. Und einen Südbalkon hat sie auch! Die solltest du auch mal anschauen. Je schneller wir von diesem Irren wegkommen, desto besser!»

«Der gehört hinter Schloss und Riegel, wenn du mich fragst.»

«Du weißt doch selbst, wie schwer man so was erreichen kann. Lass es gut sein, Hermann. Ich weiß, wie sehr du unter dem Fahrweg jeden Tag leidest. Lass uns von hier weggehen.»

Kappe nahm Klara ganz fest in den Arm. Von dem Disput mit Brettschieß würde er ihr heute nichts erzählen.

Manchmal, wenn es ganz dicke kam, so wie heute, schlich Kappe sich vor dem Schlafengehen ins Kinderzimmer, machte die kleine Lampe auf Gretchens Nachttisch an und betrachtete die schlafenden Kinder. Wie kleine Engelchen sahen sie dann aus, egal, wie teuflisch sie sich tagsüber auch benommen haben mochten. Das friedliche Gefühl, das von ihnen ausging, übertrug sich auf Kappe, und er wusste dann immer, weshalb er sich das alles antat. Es gab ihm Kraft, den Alltag besser ertragen zu können. Zum Teufel mit all den Brettschießens, Wichtigtuern, nervtötenden Zeugen und Mördern! Und mit dem Sittenstrolch würde er auch fertig werden!

Kappe beugte sich nach vorne, um die Lampe wieder auszuschalten, als sein Blick auf das Bild fiel, das Gretchen an der Wand über ihrem Bett aufgehängt hatte. Die Katzenbabys, die um das Wollknäuel stritten. Es war die Zeichnung, die ihr dieser Maler im Park geschenkt hatte. *VIC.* Schon wieder ein Künstler. Wie bei der Sache mit der verwüsteten Galerie.

Plötzlich fiel Kappe ein, dass er vollkommen versäumt hatte, die Fetzen, die er aus der Asche gefischt hatte, von den Kollegen untersuchen zu lassen. Seiner Meinung nach waren es Teile von Ölgemälden, aber das konnte man sicher noch genauer bestimmen. Gleich morgen würde er das erledigen, denn in diesem Fall waren schon zu viele Ermittlungsfehler geschehen.

Er sah noch einmal das Bild an.

Katzen. Albert Krey hatte von einer Katze gesprochen, die er beim Feuer gesehen hatte.

Zufall, dachte Kappe. Er phantasierte wohl schon. Der Tag war einfach zu anstrengend gewesen.

Er löschte das Licht und ging zurück in die Küche, wo Klara noch herumwuselte.

«Klara, komm, ruh dich aus, das hat alles Zeit bis morgen.»

«Ich kann sowieso nicht gleich schlafen, nach alldem. Lass mich noch rasch die Zeitungen sortieren, dann bin ich abgelenkt und weiß, was ich morgen früh verfeuern kann.» Sie setzte sich mit dem Zeitungsstapel der letzten Woche neben ihn und blätterte jede Ausgabe rasch durch.

«Halt, was war das eben?», rief Kappe, dem plötzlich ein Photo aufgefallen war.

«Nanu, ich denke, wenn du die Zeitung einmal gelesen hast, interessiert dich das alles nicht mehr», sagte Klara, schob ihm das Blatt jedoch rüber.

«So ist es auch. Aber in dieser Woche bin ich nicht mal dazu gekommen, die Titelseiten zu lesen.»

Kappe blätterte zurück zu dem Photo mit der Schlagzeile *Polizei sucht Zeugen für Anschlag auf Galerie!* und betrachtete es eingehend.

Das musste er sein, dachte Kappe, die Ähnlichkeit war überdeutlich. Er versuchte, die Bildunterschrift zu entziffern: *Der Künstler Alfons Lauterbach neben einem seiner Gemälde.*

Klara bemerkte sein Interesse mit Skepsis. «Seit wann interessierst du dich eigentlich für Kunst?»

«Da muss ich dich enttäuschen, das tue ich gar nicht. Hat mit einem Fall zu tun.»

«Na, vielleicht bekommst du da nebenbei noch ein wenig Kultur mit, wenn ich mich schon all die Jahre vergeblich bemüht habe, dir das nahezubringen.»

Kappe verdrehte die Augen. Klara ging ihm mit ihrem kulturellen Interesse mitunter wirklich auf die Nerven. Aber vielleicht könnte es ausnahmsweise einmal nützlich sein. «Sag mir doch mal, wie du das findest.» Er schob die Zeitung wieder zu ihr.

Klara schaute sich das Bild kurz an. «Ohne Farbe schwer zu sagen. Mein Geschmack ist es nicht.»

Kappe wusste nicht, was er sich von Klaras Antwort versprochen hatte. Das Gemälde zeigte eine Frau, deren Gesicht eindeutig die Züge einer Katze aufwies.

Katze.

Und daneben stand der Künstler aus dem Keller, der nun im Leichenschauhaus lag.

Möglicherweise hatte dies alles nichts zu bedeuten, doch Kappe hatte längst gelernt, auf seinen Instinkt zu hören. Und der sagte ihm, dass dies alles doch einen Zusammenhang haben könnte. Auch wenn er beim besten Willen nicht wusste, wo der liegen sollte.

«Hey, Atze, haste 'ne alte Erbtante um die Ecke jebracht? Siehst ja so schnieke aus!»

Otto Wumpe, der Besitzer eines kleinen Zeitungsladens an der Müllerstraße, war ganz offensichtlich von Atzes neuer Bekleidung beeindruckt.

«Ja, Otto, wer hat, der hat, sarick imma! Du hast Arbeet, ick brauch welche – stellste mir jetzt ein? In mei'm neuen Anzuch brauchste dir mit mir nich mehr schäm'!»

«Wie stellste dir dit denn vor? Ick hab doch kaum selba jenuch. Det reicht jrad ma für de Else und mir, wenn wa uns nach de Decke strecken. Wenn wa nich uffpassen, landen wa sonst da, wo du bist: uff de Straße.»

Otto Wumpe verschränkte gerade die Arme vor der Brust, als wollte er abwehren, was in dem Falle auf ihn zukommen würde, als Wachtmeister Nallenthin auf seiner täglichen Tour um die Ecke bog und die beiden freundlich anlächelte. «Guten Morjen, die Herren!»

«Juten Morjen, Herr Wachtmeesta!», grüßen Atze und Otto im Chor.

«Hamse jesehen – unser Atze is die Treppe ruffjefalln. Nen janz feinen Zwirn trägt der Herr. Vornehm jeht die Welt zujrunde!

In dem Fall bei hohem Wasserstand», setzte Otto mit Blick auf die zu kurzen Hosenbeine noch hinzu.

Alle drei lachten, doch Wachtmeister Nallenthin runzelte mit einem Mal die Stirn. «Atze, geh mal ein bisschen ins Licht!» Er inspizierte den Anzug. «Wo haste den denn her?»

«Den hat mir jemand jejehm», log Atze, weil er nicht zugeben wollte, dass er in Mülltonnen wühlte.

«War der Anzug da noch sauber?»

«Frisch aus der Reinjung! Ick nehm schließlich nicht irjendwat!» Atze hatte sich schnell an das Spielchen gewöhnt.

Nallenthin sah Atze jetzt sehr ernst an. «Dann muss ich dich wohl mitnehmen, um mir das mal genauer anzusehen. Sind zwar dunkle Flecke auf dunklem Grund ... Aber, Atze, das sieht mir nach Blutflecken aus. Nach viel Blut. So leid es mir tut: Du bist verhaftet.»

Kappe hatte Atze recht schnell von dessen Geschichte mit dem frisch gereinigten Geschenk abgebracht, nachdem klar war, dass der Anzug tatsächlich voller Blut war.

«Wenn Sie uns nicht die Wahrheit sagen, müssen wir davon ausgehen, dass Sie mit einem Mordfall in Verbindung stehen, und dann gehen Sie möglicherweise für lange Zeit ins Gefängnis», hatte er gesagt, und Atze war sofort eingeknickt.

«Ick jeb et nich jerne zu, aber ick muss ehmt von dem lehm, wat annre Leute inne Mülltonne schmeißen. Ick hatte Hunger und an dem Ahmt noch nüscht Essbaret jefun'n. Statt Essen hab ick zum Schluss ehmt diesen Anzuch aus 'ner Tonne jefischt. Und hab jehofft, det ick 'ne Arbeet finde, wenn ich besser anjezog'n bin.»

Kappe hatte die andere Geschichte ohnehin von Anfang an nicht geglaubt. Atze war eine ehrliche Haut und völlig unverschuldet auf der Straße gelandet, wie so viele während dieser schlimmen Jahre. Der Schwarze Freitag an der New Yorker Börse im letzten Jahr hatte der sich zaghaft erholenden deutschen Wirtschaft einen schweren Schlag versetzt und es Menschen wie Arthur Cybulski doppelt schwer gemacht, jemals wieder auf die Füße zu kommen. Dabei wollte Atze wirklich etwas tun, um aus der Misere herauszukommen. Und da musste er ausgerechnet einen Anzug finden, der ganz offensichtlich bei einer Bluttat im Spiel gewesen war. Allerdings hatte dies für ihn vielleicht doch etwas Gutes.

«Wären Sie in der Lage, einem unserer Beamten zu zeigen, in welcher Mülltonne Sie den Anzug gefunden haben? Sollte dieses Beweisstück mit zur Aufklärung, sagen wir, in einem Mordfall beitragen, dann könnten Sie sogar mit einer kleinen Belohnung rechnen.»

«Ick würd Ihn'n die Tonne ooch ohne Belohnung zeigen, Herr Oberkommissar. Wenn eena umjebracht wurde, denn muss der Täter hinta Jitta, und da helf ick jerne.»

Kappe lächelte. Atze hatte das Herz auf dem rechten Fleck. Wenn nur alle Menschen so denken würden ... Doch dass er einen Mörder jagte, brachte Kappe wieder auf den Boden der Tatsachen zurück. Es gab zu wenige Menschen mit Herz.

Als Atze gegangen war, betrachtete Kappe nachdenklich den Anzug. Vielleicht handelte es sich ja um Tierblut. Doch wie sollte das an einen solchen Anzug gekommen sein? Kein Metzger würde so etwas beim Schlachten tragen. Und die Metzger, die er kannte, waren meist groß und kräftig. Die würden in keinen Konfirmandenanzug wie diesen passen.

Spielte dieses Gewand in einem Unfall eine Rolle oder in einem älteren Mordfall? Es gab vielleicht eine Möglichkeit, das herauszufinden. Kurzentschlossen packte er den Anzug ein und begab sich damit ins Krankenhaus.

Diesmal hatte er mehr Glück, denn man hatte Frau Krause vorzeitig entlassen. Kappe vermutete, dass das Personal dies aus Notwehr getan hatte, doch Frau Krause hatte von Anfang an keinen besonders mitgenommenen Eindruck auf ihn gemacht. Solche Frauen schienen einfach besonders zäh zu sein, im Gegensatz zu solch armen Geschöpfen wie Eva Schmitt.

Kappe wurde von ihr mit einem zaghaften Lächeln empfangen. Sie war jetzt nicht mehr so stark bandagiert, und die Schwellungen an den Augen waren deutlich zurückgegangen. Die Frage war nur, wann die Narben auf ihrer Seele heilen würden – falls sie das jemals taten.

Kappe zeigte ihr den Anzug.

«Und, wat is damit?»

«Hat dieser Anzug vielleicht Karl gehört?»

«Vielleicht als Kind!» Eva lachte mit bitterem Unterton. Karl war verständlicherweise gerade nicht ihr Lieblingsthema. Sie deutete auf ihr Gesicht. «Gloom Se vielleicht, det hat mir 'n Hämekin beijebracht, der in so eenen Anzuch passen würde?»

Nein, das konnte Kappe sich auch nicht vorstellen, doch er hatte zumindest fragen müssen. Diese Spur war also keine. Doch dann fiel ihm etwas ein. «Hatte Alfons Kontakt zu anderen Künstlern? Ich muss so viel wie möglich über ihn in Erfahrung bringen.»

«Der arme Alfons.»

Kappe sah, wie sich Wasser in Evas Augen sammelte, und er fragte sich nicht zum ersten Mal, ob sie für den Künstler nicht mehr empfunden hatte als für den brutalen Kerl, mit dem sie verlobt war. Und den sie bisher noch nicht hatten aufspüren können.

«Alfons hat oft in Cafés jesessen. Hat mit Otto Dix jesprochen und sojar mal mit Schorsch Gross.»

Offenbar sollte man diese Namen kennen, doch Kappe hatte von solchen Dingen nicht die blasseste Ahnung. Er würde wohl Klara fragen müssen, die war in so was eher bewandert. Er ließ sich jedoch nichts anmerken, notierte die Namen und sagte mit wissender Miene: «Aha!»

«Ach, und vielleicht könnten Se mal den fraren, mit dem er in letzter Zeit öfter wat unternomm' hat. Der kam mal in Alfons' Kella, als wir noch bei der Arbeit waren. Er hat wirklich jedacht, der Alfons und ick ... na, Se wissen schon ... dass wir intim jewesen wärn.» Sie lächelte, aber eines ihrer Augen lief nun doch über. «Dit war mehr so'n Verklemmta. Aba wohl janz nett. Victor hieß er, wenn mich meen Kopp nich wieda im Stich lässt.»

Victor … VIC.

«Hat er seine Bilder vielleicht mit den großen Buchstaben V, I und C signiert?» Kappe dachte wieder an Gretchens Bild und rief sich den Tag ins Gedächtnis zurück, als seine Tochter das Bild geschenkt bekam. Sie hatte von ihrem Taschengeld eines der großen Katzenbilder kaufen wollen. Was hatte der Künstler gesagt? «Wenn du erwachsen bist und ganz viel Geld hast, dann denkst du an den alten Victor und kaufst ihm ein großes Katzenbild ab.» Dem alten *Victor.*

«Ick hab von dem nie 'n Bild jesehn. Er kam ja in Alfons' Kella, und als ick 'n det zweete Mal jesehn hab, war dit in die Nähe von da, wo ick wohne. Also, jewohnt habe, denn in die Bude jeh ick bestümmt nich mehr zurück.»

«Dieser Victor hat also gewusst, wo Sie wohnen?»

«Wir ham nicht direkt vor da Haustüa jestan'n, aber ick hab jesehn, ditter mir beobachtet hat, ooch wo Karl rauskam und mir anjemeckat hat. Det war 'n komischa Kauz, der Victor. Sah total niedlich aus, so dunkle Oogen und die Haare och, so mit Wellen. Aba komisch war er. Konnte mir janich richtich inne Oogen kieken. Vielleicht, weila det Bild von mir bei Alfons jesehn hat. Vielleicht hatta die weibliche Anatomie noch nie so jenau studian könn', wenn Se wissen, wat ick meene.»

Kappe wusste genau, was Eva meinte. Er hatte das Bild schließlich auch gesehen. Das offenherzige. Kein Wunder, dass Karl rasend geworden war. Aber wer hatte ihm verraten, dass Eva bei Alfons zu finden war?

«Könn' Se den Anzuch noch ma hochhalten?», fragte Eva da und nickte schließlich. «Dem Victor könnte der schon eher passen. Bisschen kurz vielleicht anne Beene, aber die Breite kommt hin.»

Am liebsten hätte Victor Eleonores Villa gar nicht mehr verlassen. Je weniger Menschen ihn sahen, umso geringer war die Gefahr, dass irgendjemand sich daran erinnern konnte, ihn im Zusammenhang mit der Sache in der Galerie gesehen zu haben – oder gar in der Mordnacht. So schwer es ihm auch fiel, nicht in den Park zu gehen und zu zeichnen oder seine Bilder auszustellen, die Vernunft sagte ihm, dass er das nicht riskieren sollte.

Doch es half nichts – er musste seine letzten Habseligkeiten in Eleonores Haus schaffen.

Seinen Plan, ganz entspannt auszuziehen und seine Nachbarn einzuweihen, wohin er ging, um nicht verdächtig zu wirken, hatte er teilweise aufgegeben. Er hatte sich beeilt, alles zusammenzupacken und endlich zu Eleonore zu bringen.

Den Nachbarn, denen er begegnet war, hatte er erzählt, der Mann seiner Cousine sei gestorben und sie habe ihn nun um Hilfe gebeten, damit er ihr in der schweren Zeit unter die Arme greifen konnte. Da die Cousine in Spandau wohnte, wäre es für beide Seiten das Beste, wenn er bei ihr einzog. Sie hatten ihm alle geglaubt und viel Glück gewünscht.

Er hatte inzwischen immer mehr Angst davor, dass er einen Fehler gemacht haben und man ihn irgendwie mit den Vorfällen der letzten Zeit in Verbindung bringen könnte. Und wenn die Polizei erst einmal seinen Namen herausgefunden hatte, könnte sie schon bald vor der Tür stehen. Also beeilte er sich. Eleonore hatte ihm nochmals angeboten, einen Wagen zu schicken. Anfangs war es nur sein Stolz gewesen, der ihn das Angebot ablehnen ließ. Inzwischen war er der Meinung, dass er damit eine Spur legen würde, die Hänsel und Gretel zur Ehre gereicht hätte.

So zog er also auch bei seiner letzten Fuhre mit dem Handkarren los, auch wenn der Weg sehr weit war. Doch er wollte kein Risiko eingehen.

Den Blick gesenkt, ging er schnurstracks die bekannte Strecke entlang und sah nur auf, wenn er eine Straße überqueren musste.

Und dabei erblickte er einen Geist.

Er hatte ihn nur wenige Sekunden gesehen, doch diese hatten ausgereicht. Man vergaß keinen Menschen, den man umgebracht hatte!

SIEBZEHN

KAPPE war überzeugt davon, dass sie in der Mordsache Alfons Lauterbach keinen Schritt weiterkämen, wenn sie nicht wenigstens Victor Reimer aufspürten.

Unter der angegebenen Wohnadresse hatte Galgenberg ihn nicht angetroffen. Kappe war sich ziemlich sicher, dass Victor ihnen wichtige Hinweise geben konnte, die Licht ins Dunkel bringen würden. Er war Künstler. Er hatte Umgang mit Alfons Lauterbach gehabt. Das viele Blut an dem Anzug, den er vielleicht getragen hatte, könnte darauf hindeuten, dass er bei dem Mord anwesend war. Das könnte einerseits Zufall sein, andererseits ...

Kappes Gedanken drehten sich immerzu im Kreis. Er konnte sich einfach keinen rechten Reim darauf machen. Vielleicht irrte er sich, was diesen Victor betraf, aber solange sie Karl Kasulke nicht hatten, mussten sie sich an jeden Strohhalm klammern, den sie finden konnten. Auch wenn niemand wissen konnte, wo das hinführen würde.

So hatte Kappe angeordnet, in den Zeitungen einen Aufruf mit folgendem Wortlaut abdrucken zu lassen:

Die Polizei bittet um Ihre Mitarbeit!
Im Zusammenhang mit dem Mord an dem Künstler Alfons Lauterbach wird ein Mann namens Victor Reimer für eine Zeugenaussage gesucht. Er ist 28 Jahre alt, großgewachsen, schlank, mit dunkelbraunen Augen und dunklem gewelltem Haar. Er ist ebenfalls dem Künstlermilieu angehörig und malt mit Vorliebe Katzenmotive. Sachdienliche Hinweise können Sie an jeder Polizeidienststelle hinterlassen.

Er hatte diese Maßnahme zuvor mit Galgenberg und von Grienerick diskutiert. Von Grienerick war der Ansicht gewesen, sie würden
Victor Reimer nur dazu bringen, völlig abzutauchen. Es konnte
kein Zufall sein, dass er kurz zuvor seine Wohnung geräumt hatte.

«Vielleicht macht er aber auch 'nen Fehler, wenn er das liest,
und er gerät in Panik», überlegte Galgenberg und teilte damit Kappes Ansicht, die den zu der Pressemitteilung veranlasst hatte. «Und
dann – wupp – sind wir zur Stelle!»

«Sind wir denn sicher, dass er eine wesentliche Rolle spielt?»
Von Grienerick war skeptisch.

«Das Einzige, was wir momentan sicher wissen, ist, dass wir
eine Leiche haben.»

«Wieso fahnden wir in der Zeitung eigentlich nicht auch
gleich nach diesem Kasulke?», wollte von Grienerick wissen.

«Weil ich glaube, dass der Mann eine echte Gefahr ist. Wenn
wir die Öffentlichkeit auf den ansetzen, haben wir womöglich hinterher noch mehr Opfer zu beklagen. Ihr habt das Fräulein Eva
nicht gesehen. Dieser Kasulke muss ein Tier sein. Den müssen wir
selbst fangen.»

Karl Kasulke war nicht nur, was seine Gewalttätigkeit betraf, wie
ein Tier, offenbar galt das auch für seine Intelligenz. Er hatte sich
ganz offensichtlich nicht vorstellen können, dass rund um die Uhr
zwei Polizeibeamte seine Wohnung beobachteten. Er kam eines
Abends in der Stunde vor Mitternacht in seine Wohnung zurück,
ganz so, als wäre nie etwas passiert. Die Beamten griffen sofort zu.

Angesichts der Waffen, die auf ihn gerichtet waren, leistete
Karl Kasulke keinen Widerstand.

Kappe hatte vollkommen vergessen, dass er Liepe versprochen hatte,
den Sohn seines Zimmermädchens wieder auf den Pfad der Tugend
zu bringen. Nun saß der zehnjährige Peter Tauplitz bei Kappe auf
dem Besucherstuhl, und er konnte den Jungen so gar nicht gebrauchen.

Er hatte gerade das Protokoll mit der Aussage von Eduard Warzepuckel gelesen, als der Junge hereinkam. Warzepuckel gab an, am fraglichen Abend auf dem Weg zu seinem Freund Ferdinand Plaske gewesen und vor dessen Haustür mit einem riesenhaften Kerl zusammengestoßen zu sein. Kurze Zeit vorher sei aus derselben Richtung eine junge Frau gekommen und weinend über die Straße gerannt. Kappe ging davon aus, dass es sich um Eva Schmitt und Karl Kasulke handelte, das würde zu Fräulein Evas Aussage passen.

Dann hatte er noch einen Bericht hereinbekommen, über den er sich genauere Gedanken machen musste. An dem Kerzenleuchter, mit dem Alfons Lauterbach umgebracht wurde, waren nämlich neben den Fingerabdrücken von Lauterbach noch weitere entdeckt worden, die eindeutig zwei verschiedenen Personen zuzuordnen waren.

Ferner hatten die Gerichtsmediziner herausgefunden, dass der erste Schlag mit dem Leuchter nicht unmittelbar zum Tod geführt haben konnte. Zwei weitere Schläge waren anschließend in einem völlig anderen Winkel ausgeführt worden. Das konnte bedeuten, dass Kasulke den Mord nicht alleine begangen hatte, musste aber auch gar nichts heißen.

Kappe kam jedoch nicht dazu, den Gedanken weiter hin und her zu wälzen, da er sich um das Kind kümmern musste und noch keine Vorstellung davon hatte, wie er das am besten bewerkstelligen sollte.

«Der Herr Lubosch hat mir erzählt, dass Sie der beste Polizist weit und breit sind», sagte der Junge, und Kappe stutzte kurz über den «Herrn Lubosch», weil Liepe für ihn eben Liepe war, solange er denken konnte.

«Da übertreibt der Herr Lubosch vielleicht ein klein wenig.» Kappe schmunzelte. «Ich tue mein Bestes, aber das ist mitunter nicht gut genug.»

«Weil Ihnen die Verbrecher entwischen?»

Kappe überlegte sich seine Antwort gut. Schließlich hatte er

Liepe versprochen, dem Jungen vor Augen zu führen, dass Verbrechen sich nicht lohnten. «Nein, die fangen wir alle. Aber oft können wir den Schaden nicht mehr gutmachen, den sie angerichtet haben.»

«Sie meinen ... wenn jemand umgebracht wurde?»

«Ja. Wir können nur verhindern, dass der Mörder es wieder tut.»

«Weil Sie ihn einsperren», stellte Peter fest und fragte unvermittelt: «Haben Sie schon mal was geklaut?»

«Nein», sagte Kappe. «Weshalb sollte ich das tun?»

«Weil alle Leute um einen herumschwirren, wenn man erwischt wird», sagte Peter zufrieden.

Kappe blickte irritiert auf den Zwerg.

«Aber mich haben sie noch nie geschnappt.» Es klang enttäuscht, so als sei ihm der beste Teil am Stehlen bisher entgangen.

Kappe öffnete eben den Mund, um etwas zu erwidern, als das Telefon klingelte.

Als er nach dem Gespräch wieder auflegte, sah er den Kleinen eine Weile nachdenklich an. «Ich zeige dir mal was.»

Victor saß oben auf der Galerie in der Bibliothek, um sich abzulenken. Malen konnte er in diesem Zustand nicht, und so versuchte er zumindest, Zerstreuung beim alten Goethe zu finden. Doch die Worte erreichten sein Bewusstsein nicht. Er sah einfach durch die Buchseiten hindurch und hatte immer wieder die alte Frau mit ihrem Mops vor Augen. Wie ein Gespenst war sie wieder in seinem Leben aufgetaucht. *Die ich rief, die Geister, / werd ich nun nicht los!* Dabei hatte er doch mit seinen eigenen Augen gesehen, wie sie umfiel und mit dem Kopf auf den Kerzenständer krachte. Sie hatte sich nicht mehr geregt. Die Frau war so tot, wie man es nur sein konnte.

Dann fiel ihm wieder ein, dass er das von Alfons auch gedacht hatte. Er konnte noch immer förmlich fühlen, wie ihm der Schreck in die Glieder gefahren war, als dieser seine Augen wieder geöffnet hatte.

Nein, das war nicht gut! Wenn die Frau den Zwischenfall überlebt hatte und schon wieder draußen umherspazierte, konnte sie sich am Ende noch an sein Gesicht erinnern. Das durfte er nicht zulassen!

Vermutlich wohnte sie im Haus von Alfons. Victor meinte, sich erinnern zu können, dass sie den schon beschimpft hatte wegen der Bilder, die er malte, denn sie hatte sie bei einem Nachbarschaftsbesuch entdeckt. Victor konnte sich sehr gut vorstellen, dass Alfons' Aktbilder nicht das waren, was das Mopsfrauchen unter gutem Geschmack verstand.

Victor ließ das Buch sinken. Er musste sie beseitigen. Und dann musste er dringend noch etwas anderes tun.

Karl Kasulke war genau das richtige Anschauungsobjekt für den kleinen Peter. Er sah noch gewalttätiger aus als auf seinem Photo in der Verbrecherkartei, denn sein Kopf war noch kahler geworden seitdem, und er hatte an Muskeln zugelegt. Der wuchtige Schädel und die mehrfach gebrochene Nase in seinem kantigen Gesicht gaben der Erscheinung den letzten Schliff. Ein Gewaltverbrecher wie aus dem Bilderbuch.

Entsprechend eingeschüchtert sah Peter aus, als sie den Raum betraten, in dem Kasulke festgehalten wurde.

«Wat macht'n det Kleenjemüse hia?», wunderte Kasulke sich und sah den Kleinen erstaunt an.

«Anschauungsunterricht für Polizeilehrlinge», sagte Kappe, der sich im Vorfeld bei Liepe erkundigt hatte, ob es recht war, wenn er Peter tatsächlich mit dem richtigen Leben konfrontierte. Es waren zwei Polizeibeamte mit im Zimmer, und Kappe hatte sie angewiesen, Peter hinauszuführen, wenn es zu heftig zugehen sollte.

Vermutlich verstieß er damit gegen ein ganzes Bündel an Regeln, doch das war ihm seltsam egal. Er hatte seinem besten Freund versprochen, dem Kind zu zeigen, was aus Menschen werden konnte, die schon in jungen Jahren zu stehlen begannen – und wer wäre besser als negatives Beispiel geeignet gewesen als Karl Kasulke?

«Aha», sagte Kasulke, bei dem es offenbar länger dauerte, bis der Groschen fiel. «Denn hör ma jut zu, dette wat lerns', Kleena!» Er lächelte den Jungen an, was Kappe verwundert zur Kenntnis nahm.

«So, Herr Kasulke, was haben wir denn da? Diebstahl, Raubüberfall, mit elf Jahren sind Sie das erste Mal erwischt worden, als Sie einer Dame die Handtasche entwendet haben.» Kappe warf einen verstohlenen Seitenblick auf Peter.

«Wejen meener Jugensünden bin ick aba heute nich hier, nehm ick an. Jehört die Uffzehlung zu den Untaricht füa den Kleen dazu?»

Kappe ging nicht darauf ein. «Herr Kasulke, Ihnen wird der Tatbestand schwerer Körperverletzung zur Last gelegt. Sie haben Ihre Verlobte, Fräulein Eva Schmitt, bis zur Bewusstlosigkeit geschlagen. Sie liegt mit Frakturen und schweren Prellungen im Krankenhaus und hat ihr Überleben lediglich dem Umstand zu verdanken, dass die Tat so nahe am Krankenhaus stattgefunden hat.»

«Ach, die lebt noch? Kann ick se besuchen?»

«Sie gehen mit Sicherheit nirgendwohin! Geben Sie die Tat zu?»

«Ick kann ja nich wissen, det die Eva so zimperlich is.»

«Die Frau war halbtot, Kasulke. Sie können sich nicht herausreden!»

«Sie ham ja nich jesehn, wat ick jesehn habe, da im Keller! Nackt war se, det Luder! Betrogen hat se mir!»

«Hat sie nicht. Sie hat dem Künstler Modell gesessen, weil sie sich ein wenig Geld verdienen wollte, das ist nicht ungewöhnlich.»

«Aba doch nich nackend! Und denn hat se ooch noch Jeld vor mir versteckt. Det is die Höhe!» Kasulke war puterrot im Gesicht.

Kappe ging nicht weiter darauf ein, weil er einsah, dass man mit dem Mann nicht vernünftig reden konnte. Außerdem galt es, den Fall aufzuklären. «Herr Kasulke, woher wussten Sie, dass Ihre Verlobte sich bei Herrn Lauterbach aufhielt?»

«Det hat mir so 'n komischa Kauz jesacht», brummte Kasulke.

«Könnten Sie das freundlicherweise etwas näher ausführen?» Kappe hielt den Stift gezückt, in der Hoffnung, dass Kasulke etwas Brauchbares dazu zu sagen wüsste.

«Det wa so 'n komischa Heiljer mit Nasenfahrrad und pomadije Haare. Der sah aus wie 'n Arschjesicht mit Brille.» Kasulke lachte.

Kappe lachte nicht. Er sah sein Gegenüber nur an, und Kasulke wurde unsicher.

«Na, der hatte so 'nen Poposcheitel, Se wissen schon, jenau inner Mitte. Und 'ne Hornbrille. Außadem war ihm der Anzuch zu kurz. Hat jesacht, er sollte Eva wat ausrichten von … wie heeßta?»

«Der Maler?

«Ja.»

«Der hieß Alfons Lauterbach.»

«Jenau. Det Schwein. Aba weil se schon weg war, hatta dit ehmt mir jesacht.»

«Können Sie sich noch an den genauen Wortlaut erinnern?», wollte Kappe wissen.

«Wat?»

«Was hat der Mann Ihnen ausgerichtet?»

«Det det ‹Frollein Eva› diesma 'ne Stunde eher bei Herrn Lauterbach sein soll wie sons'. Ick hab erst ma nur Bahnhof vastan'n. Ick kannte ja keen Lauterbach. Und denn is der Jroschen jefalln, und ick bin zu die anjejebene Adresse jerannt.»

«Und das Fräulein Eva war schon da.»

«Die wa ja schon länga weg. Jede Woche um dieselbe Zeit is se zu 'ner Freundin jejangen. Also, det hat se jesacht. Dabei wa die wohl immer bei dem Schmierfink!»

Eva Schmitt war also bereits bei Lauterbach gewesen, als Karl Kasulke dort ankam. Nach seiner Aussage war sie um dieselbe Zeit dort hingegangen wie jede Woche, überlegte Kappe. Wenn sie aber schon dort war, weshalb hat ihr dann jemand ausrichten wollen, sie solle eine Stunde eher kommen?

Kasulke rutschte unruhig auf seinem Stuhl hin und her, wohl weil er sich fragte, weshalb Kappe seine Befragung nicht fortsetzte.

Kappe begann, Strichmännchen auf seinen Notizblock zu zeichnen, und verband sie mit Pfeilen, um sich den Sachverhalt klarer zu machen.

«Man könnte den Eindruck bekommen», sagte er schließlich gedehnt, weil er während des Redens noch immer darüber nachdachte, ob er auf dem richtigen Weg war, «dass der Mann, der Eva Schmitt ausrichten sollte, sie solle früher zu Herrn Lauterbach kommen, in Wahrheit wusste, dass sie längst dort war.»

Der Ausdruck auf Kasulkes Gesicht wurde nach Kappes lauten Überlegungen nicht intelligenter.

«Weil er wollte, dass der da die beiden erwischt!» Peter zeigte auf Kasulke und hielt sich erschrocken die Hand vor den Mund, als Kappe, Kasulke und die Polizisten sich zeitgleich zu ihm drehten.

Kappe lächelte. «Es sieht ganz so aus. Fragt sich nur, warum.» Er wandte sich wieder an Kasulke. «War außer Ihnen und Herrn Lauterbach noch jemand im Keller?»

«Na, die Eva. Aba die is schnella wegjerannt, als ick kieken konnte. Hat se bloß nüscht jenützt.»

«Sonst wirklich niemand?»

«Wenn ick et doch sage!»

«Herr Kasulke, Ihre Verlobte hat ausgesagt, dass Sie Alfons Lauterbach mit einem Kerzenleuchter erschlagen haben. Schwere Körperverletzung und Mord – das sieht übel für Sie aus.»

«Ick wa nich Herr meina Sinne, nachdem ick jesehn hab, wat da los war mit die beede. Dit jibt mildande Umstände.»

«Na, Sie kennen sich ja aus damit.» Kappe wollte das Verhör gerade beenden, als ihm der Anzug wieder einfiel. Er ließ sich das blutbefleckte Beweisstück bringen und hielt es Kasulke vor die Nase.

«Dit is der Fummel, den der Kerl jetrag'n hat. Den Anzuch erkenn ick jenau wieda. So wat zieht doch keena mehr an!»

«Sind Sie sicher?»

«So wahr ick Karl Kasulke heiße!»

Als die beiden Polizeibeamten Kasulke wieder abführen wollten, bat der noch um einen kurzen Moment und wandte sich an den kleinen Peter. «Kleener, ick jeb dir 'n juten Rat: Sieh zu, dette uff da andan Seite vom Tisch zu sitzen kommst.» Er deutete auf Kappe. «Haste mehr vom Leben.» Kasulke lächelte traurig.

Peter sah ihm fest in die Augen. «Mach ich, Herr Kasulke. So wahr ich Peter Tauplitz heiße!»

ACHTZEHN

VICTOR starrte seine Hände an. Langsam zweifelte er daran, dass er je wieder würde malen können. Seine Künstlerhände waren für Morde nicht geschaffen, und auch seine Künstlerseele nahm bereits Schaden.

Er konnte den Hals der alten Frau noch spüren, die faltige Haut, die Sehnen, das Pochen der Schlagader, den Kehlkopf, als er zudrückte.

Dem Hund hatte er diesmal direkt das Genick gebrochen – der würde der Polizei keinen Hinweis mehr geben können. Und diesmal hatte ihn niemand gesehen.

Bald, sehr bald würde er die Stadt verlassen, die ihm so übel mitgespielt hatte, dann wäre er frei, das zu tun, was er immer schon gewollt hatte. Er würde der neue Stern am Himmel von Paris sein!

«Was haben Sie sich dabei gedacht, Kappe?» Dr. Brettschieß war rot angelaufen. Er schien seinen Schreibtisch als Barriere zu brauchen, sonst wäre er Kappe vermutlich sofort an die Gurgel gesprungen. «Sie können nicht einfach ein Kind mit zu einem Verhör nehmen!»

«Ich habe kein diesbezügliches Verbot in den Dienstvorschriften gefunden.»

«Das muss da nicht drinstehen, weil es sonnenklar ist! Wenn Sie solche einfachen Dinge nicht wissen, sollten Sie sich dringend die Frage stellen, ob Sie ihrem Posten als Oberkommissar tatsächlich gewachsen sind!» Das Satzende ging im lauten Schrillen des Telefons unter.

«Was?», brüllte Brettschieß in den Hörer, noch immer in Rage.

«Ach, Herr Doktor Zwingmann!» Brettschieß lächelte plötzlich, als hätte jemand einen Schalter umgelegt.

Im selben Moment schien er Kappe vergessen zu haben, der vor dem Schreibtisch stand und schlagartig nichts mehr zu tun hatte. Er beobachtete, wie Dr. Brettschieß einen Briefbogen aus der Schublade zog und auf den Tisch legte. *Einladung* stand in großer, schwungvoller Handschrift oben auf der Seite.

«Ach, Sie sind auch dort, das ist erfreulich ... Ja, ich bin auch gespannt ... Wie heißt der?» Er hob den Brief kurz hoch und las. «Hier steht *Victor Reimer*. Nie gehört.» Brettschieß wollte die Einladung auf den Tisch zurücklegen, doch er war zu schwungvoll.

Das Papier segelte über das polierte Holz, passierte die Tischkante und fiel Kappe vor die Füße. Während der sich bückte, um es aufzuheben, las er, dass eine Eleonore von Stielicke in der Viktoriastraße in Pankow zum Geburtstag lud und der *talentierte junge Künstler Victor Reimer* anwesend sein würde – heute Abend.

«Junger Künstler, wenn ich das schon höre! Das sind sicher wieder Schmierereien, die besser dem Feuer überantwortet werden sollten», sagte Brettschieß gerade, als Kappe den Brief wieder auf die Tischplatte legte, um sich anschließend langsam rückwärts auf die Bureautür zuzubewegen.

Noch bevor Brettschieß die Sprechmuschel zuhalten und «Das wird Konsequenzen haben!» rufen konnte, stand Kappe auf dem Flur und rannte in von Grienericks Bureau.

«Wir wissen, wo der Reimer heute Abend ist!»

«Wir brauchen den doch gar nicht mehr. Kasulke hat doch gestanden.»

«Vielleicht hat er die Tat nicht alleine begangen.» Kappe berichtete kurz, was er eben gehört und gelesen hatte. «Und wir werden auch dort sein!»

«Eigentlich könnte der Brettschieß das doch selbst erledigen, wenn er ohnehin vor Ort ist.»

Kappe winkte ab. «Er weiß doch gar nicht, worum es geht. Oder hast du bemerkt, dass er in letzter Zeit bei einer Lagebesprechung anwesend gewesen wäre? Der kümmert sich doch nur noch um seine Partei. Ich habe den Eindruck, der würde sich am liebsten zum Reichskanzler wählen lassen.» Vorsichtshalber hatte Kappe diesmal über die Schulter gesehen, bevor er über seinen Vorgesetzten lästerte. «Wir werden auf dieser Geburtstagsfeier auftauchen und Victor Reimer befragen. Wenn er Zicken macht, nehmen wir ihn mit, damit er uns nicht wieder entwischt. Schließlich hat er sich auch nicht auf den Zeitungsaufruf gemeldet.»

«Es hat sich überhaupt nur ein einziger Anrufer gemeldet, kurz bevor du hereinkamst. Will sagen, eine Anruferin.»

«Und das sagst du erst jetzt?», erwiderte Kappe entrüstet.

«Der Anruf ergab keine neuen Erkenntnisse. Die Frau hat ihren Namen nicht genannt. Sie flüsterte, sie wüsste, wo sich Victor Reimer derzeit aufhält. Dann ertönte eine Männerstimme im Hintergrund, und sie sagte laut: ‹Danke, Frau von Stielicke, ich werde mich darum kümmern!›»

«Mensch, Grienerick! Bei Frau von Stielicke findet heute Abend die Geburtstagsfeier statt! Du begreifst einen Hinweis auch nur, wenn er dir persönlich ins Gesicht springt!»

Von Grienerick schien noch immer nicht zu verstehen.

«Die Frau hat geflüstert, weil sie nicht wollte, dass jemand mitbekommt, dass sie die Polizei anruft. Das kann ihr Mann gewesen sein, vielleicht weil er nicht will, dass sie sich in alles einmischt. Es kann ebenso gut Victor Reimer selbst gewesen sein. Jedenfalls kam genau der, der es nicht hören sollte, und hat sie beim Telefonieren ertappt. Sie hat danach lauter gesprochen, weil sie den Eindruck eines normalen Gesprächs erwecken wollte und dabei den Namen derjenigen genannt, bei der Victor Reimer sich aufhält.»

«Kappe, manchmal kriege ich Angst vor deinen seherischen Fähigkeiten», sagte von Grienerick und grinste.

«Erna, seit wann können Sie mit Frau von Stielicke telefonieren, wenn die hier im Haus ist?» Victor sah Eleonores Mädchen durchdringend an, die wie das personifizierte schlechte Gewissen wirkte.

Sein Blick fiel auf die Zeitung, die gefaltet neben dem schwarzen Telefonapparat auf dem polierten Telefontischchen lag.

Die Überschrift *Die Polizei bittet um Ihre Mitarbeit* fiel ihm sofort ins Auge. Er erstarrte, als er weiterlas. *Im Zusammenhang mit dem Mord an dem Künstler Alfons Lauterbach wird ein Mann namens Victor Reimer für eine Zeugenaussage gesucht.*

Sie suchten nach ihm. Ihm wurde schwindelig. Das konnte nicht sein!

Beinahe hätte er sich Erna gegriffen und geschüttelt, doch er beherrschte sich mühsam. «Erna, haben Sie der Polizei eben mitteilen wollen, wo ich bin?»

Wäre Erna eine Schildkröte gewesen, hätte sie ihren Kopf jetzt vermutlich in den Panzer zurückgezogen. So begnügte sie sich damit, die Schultern hochzuziehen und Victor aus großen Augen anzustarren. «N ... nein. Ich wollte Ihnen die Zeitung gerade bringen, weil Sie doch eine Aussage machen sollen. Sie müssen der Polizei helfen!»

«So, muss ich das? Ich wüsste nicht, wie. Ich weiß doch von nichts.» Er lächelte sie so zuckersüß an, wie er es in seinem Zustand gerade noch vermochte. «Mir ist nur immer noch nicht klar, wer dies eben am Telefon war. Frau von Stielicke sitzt im Arbeitszimmer.»

«Habe ich ‹Frau von Stielicke› gesagt?» Ernas Stimme zitterte. «Das ist mir aber unangenehm. Ich habe mit Frau von Thielke telefoniert. Sie bat mich auszurichten, dass sie heute Abend leider nicht kommen kann.»

Victor glaubte ihr kein Wort und sah sie mit hochgezogener Augenbraue an. «Wie auch immer – ich habe noch etwas zu erledigen. Sie können ja Frau von Stielicke im Arbeitszimmer anrufen und ihr ausrichten, dass ich leider noch einmal aus dem Haus muss.» Er lächelte spöttisch. «Aber ansonsten: Finger weg vom Telefon!»

Victor drehte sich um und verließ das Haus.

Sein Vater sah viel kleiner aus, als er ihn in Erinnerung hatte. Zusammengesunken saß er in dem dämmerigen Zimmer in einem Sessel am Fenster und blickte kaum auf, als Victor den Raum betrat.

Victor hatte lange überlegt, ob er diesen Schritt wirklich tun sollte. Seit sein Vater so krank geworden war, hatte er ihn noch kein einziges Mal in der Klinik besucht. Doch er war zu dem Schluss gekommen, dass er einfach alles wissen musste, um endlich Frieden zu finden. Schließlich wusste er nicht, wie viel Zeit ihm noch blieb.

«Guten Tag, Vater.»

«Es ist lange her.» Der Alte sah unverwandt aus dem Fenster.

«Vater, ich muss dich etwas fragen.» Victor trat einige Schritte näher, setzte sich jedoch nicht.

Blassgraue Augen richteten sich auf Victor. «Ich dachte, du würdest es nie wissen wollen.»

«Was wissen, Vater?»

«Was mit deiner Mutter geschehen ist. Oder ist das nicht der Grund, weshalb du hier bist?»

Victor schluckte. Sein Vater hatte nicht «Wo das Grab deiner Mutter liegt» oder «Woran deine Mutter gestorben ist» gesagt. Was hatte das zu bedeuten? «Ich möchte endlich ihr Grab sehen. Du hast mir nie gesagt, wo es ist.»

Paul Reimer kicherte.

Ganz klar, dachte Victor, ich stehe vor einem senilen, alten Mann, der nicht mehr ganz richtig im Kopf ist. Weshalb bin ich nicht früher gekommen?

Das Kichern erstarb, und der Alte blickte auf seine Hände. «Dann weißt du es wirklich nicht? Hat dir all die Jahre über wirklich niemand etwas gesagt? Nicht einmal Tante Gerda?»

Victor schwieg, wartete darauf, dass sein Vater weitersprach.

«Alle Achtung, das hätte ich der alten Schachtel gar nicht zugetraut! Aber wer weiß, wahrscheinlich wollte sie es mir nicht ersparen, dir selbst die Wahrheit sagen zu müssen. Das sähe ihr ähnlich. Niederträchtig bis in den Tod.» Sein Vater strich sich über die gichtverknoteten Finger und holte tief Luft. «Einmal musst du es ja erfahren: Deine Mutter ist nicht tot.»

Das Blut sackte Victor aus dem Kopf. Die Umgebung färbte sich erst gelblich, dann schwarz, und seine Füße begannen zu kribbeln. Halbblind tastete er nach dem Stuhl, der dem Sessel gegenüberstand, und ließ sich darauf fallen, bevor er vermutlich der Länge nach hingeschlagen wäre. Das besserte seine Lage jedoch nicht, und er beugte sich nach vorne, damit das Blut in seinen Kopf zurückströmen konnte. Allmählich konnte er wieder Konturen aus seiner Umgebung erkennen, und das Drehen in seinem Kopf ließ ebenfalls nach. Er keuchte: «Was hast du da gesagt? Sie ist nicht tot?»

«Für mich ist sie gestorben, vor langer Zeit. Doch falls sie nicht inzwischen tatsächlich irgendwo das Zeitliche gesegnet hat, wandelt sie putzmunter über Gottes schöne Erde. In Paris vermutlich.»

Paris. Die Stadt seiner Träume. Die Stadt, nach der er sich gesehnt hatte, seit er vor beinahe zwanzig Jahren dort gewesen war. Mit einem Mal bekam diese Sehnsucht einen Sinn.

Das Ticken der Wanduhr im Krankenzimmer seines Vaters schob sich in Victors Bewusstsein, als wollte sie ihm sagen, dass die Zeit, die er mit seiner Mutter hätte verbringen sollen, unwiederbringlich vergangen war.

«Hast du dich nie gefragt, was ich damals in Paris getan habe?»

Victor schüttelte den Kopf. «Du hast gesagt, du hättest geschäftlich dort zu tun. Wieso hätte ich das in Frage stellen sollen?»

«Ja, du warst ein naives Kind. Neugierig zwar, aber die Neugier bewegte sich in seltsamen Bahnen. Es war, als ob dich deine Herkunft niemals interessiert hätte, und auch nicht, was aus deiner Mutter geworden war.»

«Du hast mir sehr deutlich gemacht, dass du nie mehr über sie sprechen wolltest.» Victor dachte an die schallende Ohrfeige zurück, die Antwort auf seine Frage, ob Mutter nun im Himmel sei.

«Ich habe Fehler gemacht, das stimmt. Ich erwarte nicht, dass du mir verzeihst. Damals in Paris – ich wollte sie zurückholen, trotz allem.»

Victor verstand nur langsam. Ein Bild schob sich aus der Erinnerung hervor, längst vergessen und von ihm als Sinnestäuschung abgetan. Sein Vater in Paris, auf der anderen Seite einer großen Straße. Er stand halb mit dem Rücken zu ihm und hatte noch nicht gemerkt, dass Victor ihn gesehen hatte. «Vater, Vater!», hatte er gerufen, doch Pferdedroschken hinderten ihn daran, die Straße zu überqueren. Neben seinem Vater hatte eine Frau mit langem rotblondem Haar gestanden. Sie hatte Victor für einen kurzen Moment in die Augen gesehen, und als die nächste Droschke an ihm vorbeigefahren war, war sie verschwunden, als hätte sie niemals existiert. Seine Mutter! Doch sie war damals bereits tot gewesen, also hätte sie es gar nicht sein können. Und doch hatte er die Frau gesehen.

Wäre es wirklich seine Mutter gewesen, hätte sein Vater sicher etwas dazu gesagt. So aber hatte Victor seine vermeintliche Beobachtung lieber für sich behalten. Was sein Vater ihm nun eröffnet hatte, ließ diesen Vorfall allerdings in einem anderen Licht erscheinen. Seine Mutter lebte. Sie hatte ihn gesehen, doch anstatt ihn in die Arme zu schließen, war sie fortgelaufen. Wie sehr musste sie ihn gehasst haben?

Victor krallte seine Hände in die Haare und schüttelte den Kopf. Wieso nur hatte er unbedingt herkommen müssen? Mit ihrem Tod hatte er sich vor langer Zeit abgefunden, er hatte doch nur wissen wollen, wo er ihr Grab finden konnte. Die Erkenntnis aber, dass sie einfach fortgelaufen war, ohne sich um ihn, um ihr Kind, zu kümmern, war schlimmer, als jede Gewissheit ihres Todes hätte sein können.

«Ich wollte ihr verzeihen», sprach sein Vater weiter, «doch sie hatte ihr Leben schon ohne uns weitergeplant. Mein Fehler! Ich kann es ihr nicht verdenken.» Das Sprechen fiel ihm schwer. Ein Hustenanfall unterbrach ihn.

Victor ging zu ihm und schüttelte ihn. «Was, Vater, was wolltest du ihr verzeihen? Was ist damals passiert? Ich habe verdammt noch mal ein Recht, dies endlich zu erfahren!»

Paul Reimer röchelte. Der Schleim in seinen Lungen machte ihm das Reden noch schwerer. «Ich hatte erfahren, dass ich nicht dein Vater bin.» Er keuchte und schien zu erwarten, dass Victor ihn schlagen würde, denn er sank noch mehr in sich zusammen.

Victor starrte den kleinen alten Mann an. Alles, was sein Leben ausgemacht hatte, war mit einem Mal wie ein Kartenhaus in sich zusammengefallen. Es gab nicht viel in seinem Dasein, woran er sich hatte halten können. Und nun stellte sich heraus, dass die wenigen Fakten eine Lüge waren. Die Lüge seines Lebens. Wieder drohte sein Kreislauf zusammenzubrechen, und er setzte sich sofort zurück auf den Stuhl. «Wer?», krächzte er.

«Das tut nichts zur Sache. Von ihm hast du dein Aussehen geerbt. Jedes Mal, wenn ich dich angesehen habe, hatte ich *ihn* vor Augen. Und als du mit dieser Leinwandschmiererei angefangen hast, bin ich schier verrückt geworden vor Wut, weil deine Mutter dieselbe Leidenschaft hatte. Ich glaube heute noch, dass die Malerei sie von mir fort in die Arme dieses Bastards getrieben hat! Ich hätte dich gemeinsam mit ihr davonjagen sollen, doch du warst nicht da, als ich von der Ungeheuerlichkeit ihrer Untreue erfuhr, und später wollte ich ihr einfach nur weh tun.» Die Beichte schien seinem Vater schwerzufallen, denn mittlerweile waren Schweißperlen auf seine Stirn getreten.

«Wieso hat sie niemals versucht, mich zu holen?»

«Weil ich ihr gesagt habe, dass ich dich dann umbringen würde.»

Eine Krankenschwester kam ins Zimmer und fragte, ob es Paul Reimer an etwas fehle. Als dieser verneinte, verschwand sie wieder, mit einem irritierten Seitenblick auf Victor, der sich nur mühsam unter Kontrolle hatte. Sein Vater – oder derjenige, den er bis vor einigen Minuten für seinen Vater gehalten hatte – war ganz offensichtlich ein Monster! Er war mit Victors Leben umgesprungen, wie es ihm beliebte. Es war Victor ein kleiner Trost, dass er wenigstens seine Berufswahl nicht hatte beeinflussen können. Aber ach, was hatte der alte Mann ihm angetan!

«Den Namen», sagte Victor gepresst, «ich will den Namen wissen. Du hast mein Leben zerstört, du schuldest mir zumindest den Namen meines Vaters.»

Paul Reimer sah Victor aus blutunterlaufenen Augen an. «Ich werde diesen Namen niemals vergessen. Er hat sich geradewegs in mein Gehirn gebrannt. Er heißt Georg von Stielicke.»

NEUNZEHN

«HAST DU ES GEWUSST?» Die Tür zum Arbeitszimmer ihres Mannes krachte gegen das Bücherregal, das unmittelbar neben dem Eingang stand, und Victor stürzte in den Raum.

Die Tischkarten, die Eleonore gerade in der Hand hielt, um sie zu sortieren, rutschten ihr aus den Fingern und verteilten sich über den Schreibtisch.

«Hast du mich erschreckt!» Sie lächelte irritiert. «Was ist geschehen?»

Mit wirr abstehenden Haaren und zornesrotem Gesicht stand Victor nach vorne gebeugt vor dem Schreibtisch, stützte seine Hände auf die Schreibtischplatte und schrie sie an: «Ob du es gewusst hast, habe ich gefragt!»

In Sekundenschnelle schossen Gedankenfetzen durch ihren Kopf. Was um alles in der Welt konnte er meinen? Er schien ihr wie von Sinnen. Sicher hatte es mit diesem Bild zu tun, doch sie hatte keine Vorstellung, was er von ihr wollen könnte. «Was meinst du? Was soll ich gewusst haben?»

«Ob du gewusst hast, dass dein Mann mein Vater war?» Mit wild lodernddem Blick starrte er ihr in die Augen, als könne er Wahrheit oder Lüge erkennen, wenn er nur genau genug auf die Regung ihrer Pupillen achtete.

Seine Worte hallten in ihrem Kopf wider. Sie drohte in Ohnmacht zu fallen. Zu schrecklich war die Erkenntnis. Wenn es wirklich der Wahrheit entsprach, hatte sie mit dem Sohn ihres Mannes geschlafen.

Hilflos blickte sie auf die helle Stelle an ihrem Ringfinger. Sie hatte ihren Ehering abgelegt. Sie war für Victor bereit gewesen. Heute hatte sie es ihm sagen wollen.

Sein Blick folgte ihrem. «Meine Stiefmutter ist also frei für mich!», sagte er spöttisch. «Ich hätte um deine Hand anhalten dürfen, ja? Ist es das, was dein Sinneswandel mit dem Ring bedeutet? Wolltest du heute Abend allen unsere Verlobung verkünden?» Er richtete sich abrupt auf und lief durchs Zimmer. «Das ist doch krank! *Krank*!» Er krallte die Hände in seine Haare.

«Ich habe es nicht gewusst», flüsterte sie.

Er lief in schnellen Schritten um den Schreibtisch herum, auf sie zu. «Ich glaube dir kein Wort, Stiefmutter!» Das letzte Wort spuckte er förmlich aus. «In dieser Stadt leben vier Millionen Menschen, und da soll es Zufall sein, dass du mich aufgespürt hast? Regelrecht verfolgt hast du mich!» Er riss die Arme in einer Geste absoluter Hilflosigkeit hoch. «Was soll ich damit nur anfangen? Ich verstehe, dass du Georgs Sohn kennenlernen wolltest, aber dass du mich ins Bett gelockt hast, ist einfach ... krank! Sehe ich ihm denn so ähnlich? Wolltest du einen jüngeren Ersatz haben? Hast du den alten Georg ins Jenseits geschickt, um dir die jugendliche Ausgabe zu holen?»

Die Sätze prasselten mit einer Heftigkeit auf sie ein, die sie erschütterte. Eleonore war unfähig, sich zu rühren. Verzweifelt fragte sie sich, was das alles zu bedeuten hatte. Natürlich, Georg hatte ihr etwas sagen wollen, kurz bevor er starb. War es *das* gewesen? Hatte er gewusst, dass er einen Sohn hatte? Sie lauschte noch einmal Victors Worten nach. «Was meinst du damit, ich hätte Georg ins Jenseits befördert?»

Er bleckte die Zähne und bedachte sie mit einem unechten Grinsen. «Ach, dann hast du noch gar nicht bemerkt, dass dein Tagebuch fehlt?»

Erschrocken wanderte ihr Blick zum Regal. Am Stammplatz des kleinen schwarzen Buches klaffte eine Lücke. «Dazu hast du kein Recht!»

«Dazu hast du kein Recht!», äffte er sie nach. «Ach, ich vergaß: Das Recht ist auf *deiner* Seite. Das Recht, über Leben und Tod zu entscheiden. Das Recht, andere Menschen zu manipulieren ... All das darfst nur du.» Er kam wieder auf sie zu. «Aber du hast dich geirrt! All das darf ich auch. Ich beende Leben, ich manipuliere sie – ganz wie es mir zum Vorteil gereicht. Genau wie du.» Er kicherte.

Eleonore lief es kalt den Rücken hinunter. Er beendete Leben? Was bedeutete das? «Wenn du das Buch wirklich gelesen hast, dann weißt du, dass ich Georg von seinen Schmerzen erlöst habe. Ich habe ihm ein paar Tage Quälerei erspart, sonst nichts.» Ihre Stimme zitterte.

«Natürlich, natürlich.» Victors Blick war aus dem Fenster gerichtet, doch es wirkte, als würde er durch alles hindurchsehen. «Ich habe Alfons auch nur Quälerei erspart. Er war schon halbtot – ich habe ihn nur von seinen Schmerzen befreit. Es war besser, sein Leben ganz zu beenden.»

«Du hast ...»

«Das wusstest du. Du bist nicht blind.»

Eleonore schloss die Augen. Dann war es also wahr, was sie in letzter Zeit vermutet hatte. Victor war so besessen von seiner Malerei, dass ihm auch Menschenleben egal waren. Die Erkenntnis, die daraus folgte, machte sie starr. Doch dann erhob sie sich langsam vom Stuhl, die Zimmertür im Blick.

Victor wirbelte herum. «Bleib, wo du bist!»

«Ich ... ich wollte mir ein Glas Wasser holen. Mir geht es nicht gut.»

«Das kann ich mir denken. Wie fühlst du dich im Angesicht des Todes?»

Ferdinand Plaske und Eduard Warzepuckel standen wie zwei begossene Pudel neben den Leichen von Mops und Oma Lotti.

Seit dem Überfall hatte die alte Dame Angst gehabt, alleine zu Hause zu sein. Sie hatte die beiden angefleht, nicht wegzugehen, doch Eduard war zu seinem Verleger zitiert worden, und Ferdinand hatte sich ihm angeschlossen, um ihm beizustehen – und um Oma Lottis Gequassel zu entgehen.

Oma Lotti hatte schließlich eingesehen, dass ohnehin nicht immer jemand bei ihr bleiben konnte, doch der Blick, den sie ihnen zum Abschied zugeworfen hatte, war herzzerreißend gewesen. Nun war sie tot, und die beiden warteten mit schlechtem Gewissen auf das Eintreffen der Kriminalpolizei.

Kappe verschaffte sich nur einen kurzen Überblick und überließ Kniehase das Feld.

«Wir müssen jetzt zu Frau von Stielicke. Der Reimer kann es sich nicht leisten, heute Abend in aller Seelenruhe auf der Geburtstagsfeier zu erscheinen. Ich an seiner Stelle wäre schon längst über alle Berge. Aber vielleicht haben wir Glück.»

«Wie soll'n wir denn da so schnell hinkommen? Die Stielicke wohnt in Pankow, und det Mordauto braucht doch die Spurensicherung», gab Galgenberg zu bedenken.

«Dann verstoße ich eben heute gegen eine weitere Regel!» Kappe wies von Grienerick und Galgenberg an, sich ins Mordauto zu setzen, klemmte sich hinter das Steuer und gab Gas.

«Wie fühlst du dich im Angesicht des Todes?»

Ganz nah war Victor an ihrem Gesicht, als er ihr den Weg zur Tür versperrte. Fliehen wollte das Weib, das seinen Vater geheiratet hatte. Den Vater, den er nie hatte kennenlernen dürfen. Den Vater, der ihm die Mutter genommen und die ganze Familie zerstört hatte.

Sie antwortete nicht, zitterte nur. Ihr Atem ging unregelmäßig.

«Was hat Georg dir über sie erzählt?»

Etwas flackerte in ihren Augen auf. «Nichts! Er hat nie über sie gesprochen.»

«Du lügst!» Er staunte selbst über die Wucht, mit der seine Ohrfeige sie traf.

Eleonore fiel durch den Schlag zu Boden. Weinend versuchte sie, sich wieder aufzurappeln.

Doch er war schnell bei ihr, hielt sie auf dem Boden. «Was hat er dir über sein früheres Leben erzählt?»

Sie schluchzte.

«Antworte!» Nach dem zweiten Schlag war seine Hand nass von ihren Tränen.

«Er ... hat gemalt. Ganz früher. Aber das hatte er aufgegeben, bevor wir uns trafen.»

«Weiter!»

«Nichts weiter, außer ... Er ist viel gereist.»

Bedauerlicherweise nahm sie ihm den Grund, sie nochmals zu schlagen.

«Paris», fügte sie hinzu. «Beinahe in jedem Jahr. Er hat mich nie mitgenommen, obwohl ich ihn darum bat.»

«Meine Mutter lebt in Paris.» Während er das aussprach, fühlte er, wie eine erneute Welle der Wut seinen Körper hinaufkroch. Und doch tat es gut zu sehen, wie Eleonore erbleichte.

«Deine Mutter ist tot!»

«Ich wünschte, sie wäre es!»

«Victor! Wie kannst du so etwas sagen?» Sie streckte ihre Hand aus, berührte ihn sanft im Gesicht.

Er stieß sie fort. Was wusste sie schon? Seine Welt, alles worauf er gebaut hatte, alles, was ihm sicher erschien, war in den letzten Tagen über ihm zusammengebrochen. Nichts war so, wie es schien. Was war so ein Leben wert? «Was hat er dir über sie erzählt?», schrie er sie wieder an.

«So glaub mir doch, ich hatte keine Ahnung, dass es sie gab!»

Victor stürzte sich abermals auf sie. «Du lügst!» Er schlug wieder auf sie ein. «Du wusstest von ihr! Er hat sie noch immer geliebt, nicht wahr? Die ganze Zeit, während ihr verheiratet wart, hat er es mit ihr getrieben, in Paris oder wo auch immer! Er hat meine Mutter dazu gebracht, mich zurückzulassen! Und du hast mich benutzt! Du hast mich benutzt!»

Eleonores Blut pochte schneller als das der alten Dame. Er konnte es an ihrem Hals fühlen. «Du hältst dich für schlau.» Er kicherte. «Aber das bist du nicht, Eleonore.» Sein Griff wurde fester. «Jaaa, so ist es gut. Alles ist kaputt, und du wirst auch kaputt sein! Ich werde dein Leben zerstören, so wie du mein Leben zerstört hast, du und dein Georg.» Es war amüsant, ihre Augen aus den Höhlen treten zu sehen. Und sie schrie ohne Ton. Victor gluckste. Das würde er später malen müssen.

«Lassen Sie die Frau los!» Victor fühlte eine Hand an seiner Schulter. Jemand wollte ihm den Spaß verderben, das war ganz offensichtlich. Er sprang auf, stieß den Mann beiseite und rannte aus der Tür des Arbeitszimmers.

Im Flur standen weitere Männer, versperrten die Tür zum Ausgang. Sie gestikulierten, rissen die Münder auf, deuteten auf ihn. Ihre Bewegungen sahen aus, als stünden sie unter Wasser. Auch Erna, das Mädchen, fiel ganz langsam, als er sie beiseitestieß, um seine Flucht die Treppe hinauf fortzusetzen.

Die Bibliothek auf der Galerie. Dahinter die rettende Tür, dort konnte er sich aus dem Fenster hangeln.

«Bleiben Sie stehen, Sie haben keine Chance!»

Sprach der Mann mit *ihm*? Das Fenster stand offen.

«Machen Sie keinen Unsinn, Mann!»

Ein schöner Anblick vom Fensterbrett aus. Er konnte seine Bilder durch das gläserne Dach des Wintergartens sehen, etliche Meter unter ihm. Eleonore hatte auch Sól dort aufgestellt. Sein Meisterwerk.

Bald würden sie eins sein.

Er würde niemals nach Paris zurückkehren.

ZWANZIG

«ZAHLTAG, KOLLEGE!» Von Grienerick schlenderte grinsend ins Bureau und blieb vor Kappes Schreibtisch stehen. «Tja, da hat unser kleena Miesepeta aber mal mächtich falsch jelejen mit seiner Unkerei!»

«Ihr müsstet euch mal sehen! Ihr grient, als hättet ihr meinen Jahreslohn gewonnen! Sind doch nur fünfzig Pfennige für jeden.» Kappe zog seine Geldbörse hervor.

«Det is die Jenugtuung, mein Lieber, nüscht weiter. Unsre Hertha hat's endlich jeschafft! Dein Klimperjeld ist bloß det Sahnehäubchen!» Strahlend nahm Galgenberg das Geldstück von Kappe entgegen.

Der machte sich beim Stichwort Geld rasch eine Notiz in seinen Block, weil er nicht vergessen wollte, dass Arthur Cybulski sich durch den Anzug eine satte Belohnung verdient hatte.

«Wat hätt ick drum jejeben, Herthas Triumph direkt im Düsseldorfer Rheinstadion miterleben zu dürfen!»

Kappe winkte ab. «Damit du uns dann wieder tagelang jeden Spielzug zigmal erklärst? Lass mal gut sein, Galgenberg, mir reicht es zu wissen, dass unser Verein Holstein Kiel mit 5:4 geschlagen hat, obwohl es zur Halbzeit noch 3:3 stand.»

«Haste gehört?» Von Grienerick stieß Galgenberg mit dem Ellenbogen in die Seite. «Er hat ‹unser Verein› gesagt!» Von Grienerick grinste breit.

«Na ja, wo wir doch nun Meister sind ...»

«Haste denn wenichstens anständich jefeiert?», wollte Galgenberg wissen.

«Dazu war keine Zeit. Erst mal musste ich mich seelisch von dem blutigen Einsatz erholen, und dann haben wir Möbel in die Große Frankfurter Allee geschafft. Da blieb keine Zeit zum Feiern.»

«Was denn, du ziehst wieder näher ans Präsidium? Wie hast du das denn deiner Klara beigebracht?»

«Das ging diesmal von ihr aus.» Kappe zögerte. Dann beschloss er, den Vorfall, der zu ihrem Entschluss geführt hatte, nicht zu erwähnen. «Sie hat gemerkt, dass sie ohne die Stadtluft doch nicht leben kann. Dabei hatte sie mir so lange damit in den Ohren gelegen, ins Grüne ziehen zu wollen. Aber es war wohl doch ein bisschen zu beschaulich da draußen in der Hufeisensiedlung.»

«Da haste aber Glück gehabt!»

Ein Wachtmeister riss die Tür auf. «Der Reimer ist noch immer nicht wieder zu sich gekommen. Überhaupt ein Wunder, dass er den Sturz durch das Glasdach überlebt hat! Der Arzt sagt, er sieht aus wie Geschnetzeltes.» Damit war er auch schon wieder verschwunden.

«Wenn der je wieder zu sich kommen sollte, jeht er hoffentlich direkt in die Klapse! Nach allem, wat die Frau von Stielicke ausjesagt hat, tickt der sowieso nich janz richtich.»

«Wenn jeder, der im Kopf nicht ganz gesund ist, in die Klapsmühle wandern würde ...», sagte Kappe bedeutungsschwer.

«... dann hätten wir einen anderen Chef», vollenden Galgenberg und von Grienerick im Chor.

Und diesmal kam Dr. Brettschieß nicht ins Bureau geplatzt.

Es geschah in Berlin ...

Berliner Mauerkrimis